# 돈 드릴로:
# 불안의 네트워크와 치유의 서사

# 돈 드릴로: 불안의 네트워크와 치유의 서사

지 은 이    박선정

초판1쇄발행    2018년 5월 21일

표 지 디 자 인    김소연

펴  낸  곳    도서출판 3

등      록    2013년 7월 4일(제2013-000010호)

주      소    부산시 수영구 광남로 192-1

전 화/F A X    070-7737-6738 / 051-751-6738

인      쇄    호성 P&P

전 자 우 편    3publication@gmail.com

I S B N    979-11-87746-25-6 (93840)

이 도서의 국립중앙도서관 출판예정도서목록(CIP)은 서지정보유통지원시스템
홈페이지 (http://seoji.nl.go.kr)와 국가자료공동목록시스템(http://www.nl.go.kr/kolisnet)에서
이용하실 수 있습니다. (CIP제어번호: CIP2018013930)

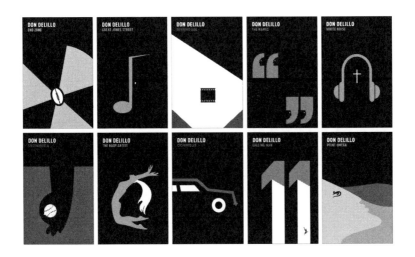

불안의 네트워크와 치유의 서사

박선정

도서출판

# CONTENTS

# CONTENTS

# 극변하는 시대 한 가운데서 돈 드릴로를 만나다

20세기에서 21세기로 들어서는 경계선 위에서 시대는 불안에 떨고 있었다. 아날로그에서 디지털 세대로 넘어가는 경계선 위에서 세계는 처음으로 세기의 전환을 맞이하고 있었던 것이다. 1999년에서 2000년으로의 전환은 단지 숫자만의 문제가 아니었다.

세기 말이라는 혼돈의 시점에서 나는 '돈 드릴로'(Don DeLillo, 1936-)라는 거장을 만났다. 영문학을 전공하고 석사 논문을 준비하면서

다. 1990년대 말에서 2000년대 초만 해도 드릴로는 국내에 잘 알려져 있지 않은 작가였는데, 그의 소설 중에서 처음으로 우리말로 번역된 책이 『화이트 노이즈』로서, 그때가 2005년이다. 그러니 그는 대부분의 영문학자들에게도 생소하고 낯선 이름이었다. 그러나 드릴로는 1985년 출판된 『화이트 노이즈』가 전미도서상을 수상한 후, 1992년 팬포크너상과 2010년 팬솔벨로우상을 수상하는 등, 끊임없이 노벨 문학상에 거론되고 있는 작가로서, 최근에는 국내에서도 번역서가 다수 출판되고 그에 대한 연구도 활발히 진행 중이다.

드릴로는 토마스 핀천(Thomas Pynchon), 필립 로스(Philip Roth)와 더불어 미국을 대표하는 현대작가로 인정받고 있으며, 1960년대 이후 변화하고 있는 현대사회의 모습을 냉철하고 예리하게 묘사하고 있다는 평을 받고 있다. 그는 자본주의와 테크놀로지의 발달로 인해 변화하고 있는 사회 속에서의 테러와 음모, 죽음, 그리고 그 속에서 살아가는 현대인들의 모습을 어두우면서도 블랙유머를 담은 드릴로만의 독특한 필체로 날카롭게 묘사하고 있는데, 이러한 이유로 그는 미국의 대표적인 포스트모던 작가로 분류되기도 한다.

드릴로는 1936년 11월 20일생이며 이탈리아 이민 2세로서 미국 뉴욕의 브롱크스(Bronx) 지역에서 태어나고 성장하였다. 어릴 적에는 가톨릭 종교의 학교를 다녔으며, 이러한 그의 성장배경은 이후 그의 작품 속에서 종교에 대한 견해를 피력하는 부분에 영향을 끼친다. 전자매체와 현대 자본주의에 대한 비판적 사고를 실천하듯, 오랜 기간 동안 대중매체에 등장하지 않고 미국의 조용한 작은 마을에서 외부와의 접촉을 가능한 한 극소화하면서 살아 온 것으로 유명하다. 이런 이유로 그에 대해 개인적으로 알려진 것이 극히 드물다. 그러나 최근에는 인터뷰에도 응하고 북 콘서트에도 등장하여 최소한의 대중적인 활동을 하고 있는 것으로 알려져 있다. 주요 작품으로는 『아메리카나』, 『화이트 노이즈』, 『리브라』, 『언더월드』, 『마오 II』, 『코스모폴리스』, 『오메가 포인트』, 그리고 가장 최근작인 『제로 K』에 이르기까지 10편이 넘는 소설과, 『데이룸』, 『발파레이소』, 『사랑, 거짓말, 유혈』 등의 희곡이 있다. 이들 중 『코스모폴리스』와 같은 소설은 영화로 제작되기도 하였다.

내가 처음으로 그의 소설을 접했던 1990년대 말 당시, 드릴로 소설은 내게 하나의 충격이었다. 아무런 비판적 사고 없이 따라가기에 급급했던 석사 대학원생이던 내게 드릴로는 끊임없이 세상과 나에 대한 질문을 던지고 있었다. 변화무쌍한 세상과 그 속에서의 우리들의 삶과 죽음에 대한 근원적인 질문이었다. 그리고 그것은 결국 나로 하여금 세상을 보는 눈을 뜨게 만들었다. 뿌옇게 겉모습만 보이던 세상이 다시 보이기 시작했고 그 안을 들여다보는 지혜도 생긴 셈이다. 그렇게 나는 세기의 전환점에서 드릴로라는 새로운 가이드를 만나 새로운 안경을 쓰고 세상 여행을 출발하였다.

그렇게 출발한 여행은 1999년 석사 논문을 위해, 그의 초기 중요작품으로 분류할 수 있는 『화이트 노이즈』를 연구함으로써 시작되었다. 지금으로부터 거의 20여 년 전, 나는 이 작품을 연구하면서 처음으로 '소비사회'라든지, '테크놀로지'에 의해 지배당하는 세상에 대해 고민하게 되었고, 그 가운데 알게 모르게 인간을 에워싸고 있는 죽음의 모습을 보았다. 그의 소설과 더불어, 당시 학계에서 하나의 중요한 이슈로 회자되고 있던 '포스트모더니즘'의 개념을 연구함으로써 시대의 변화를 이해하고자 하였다.

본서의 마지막 장인 일곱 번째 장에 실은 「White Noise에 나타난 포스트모던 양상」이라는 논문은 1960년대 이후 뚜렷하게 드러나던 모던에서 포스트모던으로의 시대적인 변화를 드릴로의 소설과 더불어 이해하려고 애쓴 석사 대학원생의 미흡한 노력이 담겨 있다. 여러 가지 면에서 부족해 보이지만, 다른 한편으로 이제는 우리 사회에서 일반적인 양상이 되어버린 다양한 현상들을 20여 년 전에는 어떤 시각으로 보았는지를 확인할 수 있다는 장점도 있다. 그럼에도 불구하고 글쓰기의 초보급이라 할 수 있는 석사논문이 갖는 미흡함과 시간적 차이로 인해 생겨난 글쓰기 형식에서의 차이 등으로 인해 제일 마지막 장에 실었음을 미리 밝혀 두고자 한다.

첫 번째 논문으로서 본서는 2014년에 영문 학회지에 발표한 「복잡계 이론을 통한 드릴로 소설 읽기:『코스모폴리스』를 중심으로」를 싣고 있다. 이 논문에서는 2000년대 이후 과학계에서 하나의 주요 이론으로 연구되고 있는 '복잡계 이론'을 인문학적인 관점에서 이해하고자 하는 시도를 담고 있다. 드릴로의 소설들은 다양한 학제 간 연구가 가능할 정도로 작품 속에 여러 분야의 내용을 담고 있다. 철학은 물론이고, 현대 미술과 현대 과학이론이 농후하게 깔려 있다. 따라서 그의 소설을 보다 폭넓게 이해하기 위해서는 현대 미술이나 과학 분야에 대한 폭넓은 공부가 함께 될 필요성이 있다.

그런 의미에서 이 논문은 그러한 학제 간 연구의 출발점이 되려는 작은 시도일 수 있겠다. '복잡계 이론'이라는 아주 복잡한 과학이론에 대한 인문학자의 단편적인 이해를 바탕으로 드릴로의『코스모폴리스』라는 작품을 분석함으로써, 인문학자의 과학 지식에 대한 이해를 돕고자 하였다. 소설 속의 장면처럼, 좁은 자동차 안에 앉은 채로 손가락 끝으로 전 세계를 좌지우지할 수 있는 현대 테크놀로지 사회의 다양한 모습들을 이해하기 위해서, 현시대의 한 대세적인 과학이론에서 도움을 얻고자 한 시도로 여겨주길 바란다.

드릴로는 작품 활동의 초기와 중기까지의 다양한 소설들에서 드러난 포스트모던적인 시대적 변화와 그 속에서의 인간의 모습을 탐구한 후, 차츰 인간 내면의 세계로 그 시선을 돌린다. 그리고 발간한 책이『포인트 오메가』이다. 이 소설의 제목은 피에르 샤르댕의 '오메가 포인트' 이론에서 차용한 것으로 보인다.『언더월드』에서 모든 것이 연결되어 있음을 역설했던 드릴로는 이제 인간의 육체와 정신과 우주와 모든 만물이 하나의 세계로 연결되어 있음을 보여주고자 한다. 샤르댕이 말하는 '차별적 일체화'가 말하듯이, 개개인은 고유의 성질을 그대로 유지하면서도 서로 하나처럼 합해져야 살 수 있다는 것을 암시하는 것이라 하겠다. 그는 각각의 파편조각처럼 살고 있는 현대인들에게 각각이면서도 하나가 될 수 있는 데 희망을 걸고 있다. 더불어, 시대는 파편화의 포스트모던 시대에서 다시 한 걸음 더 나아가 포스트모던 이후의 시대로 변하고 있다.

본서의 두 번째 장에 실은 「『포인트 오메가』를 통한 포스트-포스트모더니즘 읽기: 포스트-포스트모더니즘 시대에서 자아의 의미」에서는 앞에서 언급한 이러한 내용을 다루고 있다. 이 논문은 2012년 새한영어영문학회지에 발표한 논문으로, 포스트모더니즘이 변화하고 있음을 역설하면서 포스트모던 이후의 시대로의 전환을 '포스트-포스트모더니즘'이라는 용어와 더불어 풀어보고자 시도한 연구다. 아직 그런 논의가 활발히 이루어지기 이전의 초창기 연구였다는 점에서 부족한 점이 많음을 양지해 주기 바란다.

세 번째 장에 실은 글은 「돈 드릴로 소설에 나타난 죽음에 대한 공포와 종교의 의미:『화이트 노이즈』,『언더월드』,『추락하는 인간』을 중심으로」라는 제목으로 2011년에 영문학회지에 발표한 논문이다. 이 논문에서는 미국 911테러를 담고 있는 드릴로의 2007년 소설 『추락하는 인간』을 중점으로 다루면서, 죽음에 대한 공포와 현대사회에서의 종교의 의미에 대해 분석하고자 하였다. 초기작인 『화이트 노이즈』에서 드러나는 막연한 '죽음에 대한 공포'는 현대인들로 하여금 끊임없이 죽음으로부터의 도피를 유도하지만, 불행히도 911을 예언하는 작품으로 널리 알려진 『언더월드』에 이르러 '죽음의 승리'로 이어지고 있다. 그리고 911 그 자체를 다루면서 한편으로는 그 이후를 암시하고 있는 『추락하는 인간』에 이르러, 드릴로는 우리로 하여금 '죽음을 넘어서' 앞으로 나아가야 할 우리 현대인들의 자아상을 보여주고자 하였다. 결국 이러한 죽음의 그림자가 우리로 하여금 현재의 삶을 더욱 가치 있고 소중한 것으로 여기게 만든다는 역설을 하고 있는 것이다.

네 번째 논문 「네트워크 사회와 정체성: 돈 드릴로[1] 소설을 통해 본 개인 정체성의 변화」는 2008년 국내 한 학회지에 발표한 논문으로서, 드릴로의 세 소설들, 『화이트 노이즈』, 『리브라』, 『언더월드』에서 나타나는 개인의 정체성의 혼돈에 대해 연구하고 있다. 현대사회를 지배하는 소비, 대중매체, 테크놀로지, 그리고 데이터와 같은 것들이 현대인들의 정체성에 어떤 영향을 미치고 있는가를 고민해보고 있다. 드릴로는 그의 소설 곳곳에서 개별적 인간을 압도하고 있는 듯 한 현대사회의 지배적인 문화들이 결코 우리의 정체성을 대변할 수 없음을 보여주면서,

---

[1] 2008년 새한 영어 영문학회지에 실은 논문의 원제목은 「네트워크 사회와 정체성: 돈 데릴로 소설을 통해 본 개인 정체성의 변화」로 되어있다. Don DeLillo를 한글로 표기하는 과정에서 아직 일반적으로 통일이 되어 있지 않은 상황에서 박사논문 주심 교수님의 적극적인 권유를 수용하여 '데릴로'로 표기하였다. 이후, 국내에서 일반적으로 '드릴로'로 통용되는 점을 고려하여, 본서에서 '드릴로'로 수정하여 싣고 있다.

자신의 진정한 정체성을 찾고자 한다면 그 내면에 귀를 기울일 것을 권유하고 있다.

다섯 번째 장에 실은 「가족 개념의 변화와 네트워크」는 2008년 한 영문학회 학술대회 발표문이다. 드릴로의 대표적인 두 대작이라 일컬을 수 있는 『화이트 노이즈』와 『언더월드』에서 나타난 가족 개념의 변화를 연구한 것이다. 시대가 변화하면서 이전의 모던 시대에서 절대적이라고 여겼던 가족에서의 의미는 '모호함의 시대'라 일컬을 수 있는 포스트모던 시대에 이르러 상당한 변화를 겪었다. 가족에 있어서의 다양한 변화는 현대사회에서의 개개인의 의미와 가치에도 변화를 불러 왔고, 가족 속에서도 파편화되어가고 있는 현대인들은 극한 외로움을 느끼면서 살 수밖에 없음을 드릴로는 보여주고 있다.

여섯 번째 장의 「돈 드릴로의 『언더월드』와 포스트모던 생태학: 자본주의, 소비주의, 그리고 죽음에 대한 공포」는 박사논문을 위한 준비 단계에서 연구한 내용으로서, 900페이지에 달하는 드릴로의 최장 소설인 『언더월드』를 '포스트모던 생태학'이라는 관점으로 연구하려고 시도한 논문이다. 이 대작에서 드릴로는 다양한 문제들을 함께 다루고 있는데 결국 각각의 문제들로 보이는 일련의 사건들은 거대한 네트워크처럼 서로 연결되어 그 안에 포함되어 있는 인간에게도 영향을 끼칠 수밖에 없음을 암시하기 위한 듯하다.

따라서 본 논문은 이러한 드릴로의 관점을 생태학적인 측면에서 살펴봄으로써, 자본주의와 소비주의, 그리고 그 속에서 생겨나는 여러 가지 환경적 문제들을 고민해 보고자 하였다. 그러나 제목에서 시사하는 '포스트모던 생태학'이라는 개념이 일반적인 '생태학'과 어떤 차이가 있는지에 대한 논의가 불분명하다는 점을 비롯한 여러 가지 흡족하지 못한 점들이 있음을 양해 바란다. 후속연구자들에게 타산지석의 본보기로 삼는 기회를 드리고자 미흡한 논문을 그대로 싣고자 한다.

본서에 실은 논문의 목차는 모두 발표한 년도의 역순으로 되어있다. 만일 논문 발표 순서대로 읽기를 원한다면 목차를 거꾸로 읽어 내려오면 될 것이다. 다시 정리를 하면서, 출판을 망설일 정도로 미흡하기 그지없는 논문들임을 인지했음에도 불구하고, 최근 국내 학계에서 많이 연구되고 있고 일반인들에게도 서서히 읽히고 있는 드릴로에 대한 선행 연구서라는 점에 의의를 두기로 하였다. 미흡한 점들과 위대한 작품들에 못 미치는 연구자의 짧은 생각들을 타산지석으로 삼아서, 국내에서 드릴로 연구가 더 큰 결실을 맺을 수 있는 밑거름이 되기를 감히 기대해 본다.

드릴로를 알고 그의 소설들과 그에 대한 연구서를 읽으면서 20여 년의 시간이 지났다. 그 시간의 흐름과 더불어 그의 소설도 분명 변화를 겪고 있음을 알 수 있으며, 초창기 그의 소설에서 묘사되었던 생소한 사회 모습들이 이제는 당연한 일상이 되고 있음을 느낀다. 현시대를 가장 예리하고 냉철하게 묘사해내고 있는 작가라는 평을 받고 있는 드릴로를 연구해온 것을 영광으로 여기며, 이제껏 드릴로를 통해 고민해 온 나의 견해들을 좀 더 많은 사람들과 나누어야 할 소명을 느끼면서 본서를 출판하려는 용기를 내었다.

우선, 이 책이 태어나는데 조산사 역할을 해 주시고, 늘 학문적인 선배의 역할을 해 준 출판사3의 편집진에 감사를 드린다. 또한, 누구보다도 나의 큰 스승이신 서영철 교수님께 표현할 수 없는 감사의 마음을 전하며, 더불어 내게 영문학도의 길을 열어주셨던 영문학과 모든 스승님들께 늘 빚지고 있는 고마움을 여기서 표현하고 싶다.

2018년 수선화가 활짝 핀 3월

박선정

# 복잡계 이론을 통한 드릴로 소설 읽기

『코스모폴리스』를 중심으로

## 1. 들어가며

2011년 11월 22일, 페이스 북은 1967년 하버드 대학 교수인 스탠리 밀그램(Stanley Milgram)이 밝힌 전 세계 사람들은 모두 최소 여섯 단계의 연결고리로 연결되어 있다(60)는 '여섯 단계 분리이론'(six degrees of

* 『새한영어영문학』(2014) 제56권 4호. 59~75.

** 이 논문은 2012년 정부(교육부)의 재원으로 한국연구재단의 지원을 받아 수행된 연구임 (NRF-2012S1A5B5A07036978).

separation)을 입증하기 위한 실험 결과를 밝혔다. 그에 따르면 지구상의 사람들은 평균 4.74단계만 통하면 모두 연결될 수 있다. 이것으로 세계의 인구가 모두 적은 인맥을 통하면 서로 연결될 수 있는 시대에 살고 있다는 사실이 재확인되었다.[1]

이처럼 우리 사회의 연결망은 단순히 인간 사회에 대한 이해에만 한정된 것이 아니라, 생태계와 우주에 대한 이해로까지 확대되고 있다. 이것은 특히 과학 연구에서 두드러지게 나타나고 있는데, 그 중에서도 특히 물리학 연구의 변화를 통해 쉽게 이해할 수 있다. 이전의 과학이 물질을 더 작은 입자로 분석하고 쪼개는 것으로 진행되면서, 자연세계 전체보다는 파편화되고 단순화된 모형 연구에 집중하고 있었다고 한다면, 최근의 연구 방향은 오히려 이러한 작은 입자들이 어떻게 서로 연결되고 상호 작용하는가에 초점을 맞추고 있다.

자연은 질서와 무질서의 양면성을 갖고 있다. 여러 가지 방법에 의해 예측과 통계가 가능한 질서의 세계와는 달리, 무질서의 세계는 거의 예측불가능하다. 그러나 그 무질서 속에서도 질서와 법칙이 있다는 것이 복잡계 이론의 핵심으로, 이처럼 "무질서한 복잡성 가운데서 의미 있는 단순성을 찾아내는 것"(Simon 275)이 과학의 목적이 되고 있다. 이런 이유로 지난 10여 년 동안 사회학, 물리학, 생물학을 비롯한 여러 분야의 학자들이 세상의 움직임 속에서, 그리고 겉으로 보기에는 그것과 전혀 관련이 없을 것 같은 부분에서 예기치 못한 연관성을 무수히 밝혀내고 있다(Buchanan 12).

---

[1] 해외에서 뿐 아니라 한국에서도 이러한 '좁은 세상'에 대한 실험이 있었다. 연세대의 김용학 교수 및 연구자들에 의해 이와 유사한 실험이 실시되었는데, 그 결과는 밀그램의 경우와도 다소 차이가 나기도 한다. 강병남 18-20 참조.

'과학계의 엄청난 변화의 물결'(Gleick 3)이라고 불리는 복잡계의 개념은 단순히 물리학이나 경제학을 넘어서 사회전반에 걸친 변화된 관점 중 하나라고 할 수 있다. 하지만, 그 구성 요소들 각각의 의미보다는 그 것들의 상호작용에 의미를 둠으로써 전체를 이해하고 앞으로의 방향을 예측하려는 복잡계의 의도는 그에 따른 부작용을 초래할 수도 있다.

이런 의미에서, 현대 사회가 갖고 있는 다양한 변화와 특징을 날카롭게 묘사하고 있는 돈 드릴로의 소설을 분석해 보는 것은 상당히 의미 있는 일이다. 『아름다운 카오스』(Beautiful Chaos)의 저자인 고든 슬레토그(Gordon E. Slethaug)는 카오스에 대한 이론을 정리한 이 책에서 직접적으로 드릴로의 저서들과 그 내용을 언급하고 있는데, 자신의 저서들이 '혼돈 가운데서 질서를 찾고 있다'고 언급하는 드릴로의 주장을 그대로 인용하면서 드릴로의 작품들이 많은 부분에서 카오스 이론이나 복잡계 이론을 담고 있다고 피력한다(80-88).

이처럼 드릴로의 소설 대부분은 우리가 살고 있는 세계의 복잡한 네트워크 현상을 다양한 방법으로 제시하고 있는데, 본 연구에서는 그 작품들 가운데서도 특히 월스트리트가의 한 젊은 억만장자의 이야기를 다루고 있는 『코스모폴리스』(Cosmopolis, 2003)를 복잡계라는 이론과 더불어 분석해 보기로 하겠다.

우선 '코스모폴리스'라는 제목에서부터 우리는 넓지만 좁아지는 역설적인 네트워크 세상을 떠올리게 되는데, 이 책의 제목에서처럼 이제 우리가 사는 세계는 지구의 영역을 벗어나 우주로까지 그 생활과 관심의 영역이 더욱 넓어지고 있지만, 테크놀로지의 발달로 그 규모는 오히려 하나의 소도시처럼 점점 더 작아지고 있다.

따라서 본 연구는 현대인들의 생활에서 중요한 영역을 차지하는 인터넷의 네트워크처럼 범위와 규모가 엄청나게 넓어져가면서도 다른 한

편으로 아주 좁아져만 가고 있는 현대인들의 삶을 들여다보고, 이러한 사회적 변화 속에서 살고 있는 인간과 자연이 갖는 의미와 그 상호작용에 대해서 복잡계 이론과 더불어 해석하고자 한다.

이를 위해 복잡계에 대해 대략적으로나마 개념을 이해한 후, 우리 사회의 복잡계가 어떤 방향으로 진행되고 있는지를 소설 속 상황과 더불어 이해함으로써, 인간과 우리 사회의 미래에 대한 의미를 드릴로의 견해와 더불어 살펴볼 것이다. 이로써 복잡계의 시대를 살고 있는 우리에게 드릴로가 전하고자 하는 메시지가 무엇인지에 대해서 고민해 보고자 한다.

본 연구는 과학이라는 학문의 영역을 문학 작품을 이해하는 데 차용함으로써, 과학기술의 발전과 불가분의 관계에 있는 현대사회의 모습을 다루고 있는 드릴로의 소설을 이해하는 데 도움을 주고자 하였다. 이로써, 최근의 과학이론에 대한 이해와 더불어 문학 작품에 대한 보다 깊은 이해를 돕고자 하였다. 인문학자가 과학이론을 다루는 데 있어서 상당히 미흡한 점이 많은 것을 인정하고도 이러한 연구를 시도한 것은, 이제 우리는 과학과 인문, 그리고 사회라는 것이 간격을 둘 수 없을 만큼 서로 밀접하게 연결되어 있는 복잡한 세상에 살고 있기 때문이다. 드릴로가 강조하고 있듯이, 우리는 "결국 모든 것은 다 연결되어 있는"(*White Noise* 217; *Underworld* 825) 세계에 살고 있기 때문이다.

## 2. 복잡계와 『코스모폴리스』

복잡계 물리학을 연구해온 세계적인 이론 물리학자이자 과학 학술지 『네이처』(*Nature*)의 편집자인 마크 뷰캐넌(Mark Buchanan)은, 그것이 원자이건 분자이건, 혹은 박테리아이건 간에, 아니면 길을 가는 행인이건, 증권거래소의 브로커이건, 심지어 지구상의 국가건 간에, 그러한 상호작용하는 것들을 한데 모아 놓기만 하면, 일종의 무언가가 생겨난다고 주장하였다(18).

다시 말해서, 이들은 각자가 갖고 있었던 기존의 성질과는 다른 새로운 일정 성질과 법칙을 만들어 내는 데, 그 법칙을 발견해 내는 것이 바로 복잡계 이론의 목적이라고 정의 내리고 있다. 이처럼, 각각의 구성요소들을 따로따로 떼어 놓았을 때는 전혀 일어날 것 같지 않은 현상이 그 부분들을 모두 합해 놓음으로써 완전히 다른 결과를 발생시키는 것이 '창발'(emergence)이며, 이것은 복잡계를 이해하는 데 핵심이 되는 중요한 어휘 중 하나다.

복잡계 이론의 대표 학자 중 한명으로 꼽히는 멜라니 미첼(Melanie Mitchell)은 자신의 저서인 『복잡계로 안내하는 여행』(Complexity: A Guided Tour)에서 복잡계를 설명하기 위해 인간 뇌의 뉴런과 개미사회를 예로 들고 있다. 인간 뇌의 뉴런이나 개미는 각각의 개체가 다른 개별 요소들의 신호에 따라서 일정한 반응을 하지만 그것들이 모두 모여서 일어나는 일은 엄청난 결과를 가져온다. 즉, 각각의 개체가 하는 반응과 행동만으로는 전체를 예측할 수도 설명할 수도 없으며, 그 전체의 움직임은 상당한 복잡성을 띠지만 그것의 결과는 과히 질서정연하다. 미첼은 이것이 바로 복잡계를 설명하는 현상이라고 말한다(3-6).

삼성경제연구소의 윤영수, 채승병 연구원은 『복잡계 개론』에서 복잡계와 창발의 개념 및 관계를 다음과 같이 정의 내리고 있다.

> 복잡계는 우선 수많은 구성요소들로 이루어져 있으며, 이들 구성요소들은 독립적으로 존재하지 않고 다양한 상호작용

(interaction)을 주고받는다. 그 결과 구성요소를 따로따로 놓고 봤을 때의 특성과는 사뭇 다른 거시적인 새로운 현상과 질서가 나타난다. 이 새로운 질서의 출현을 '창발'(emergence)이라고 하며, 이로 인해 나타나는 질서적인 현상을 창발현상(emergent behavior)이라고 한다…….

복잡한(complex) 것은 단순히 뒤엉켜 있는(complicated) 것 과는 다르다고 이야기했다. 이것은 창발의 여부를 가지고 명확 하게 구분된다. 많은 구성요소를 가지고 있다 해도 거시적인 새 로운 질서가 나타나지 않는다면 그것은 뒤엉킨 시스템에 불과하 다. 창발이 일어날 때 비로소 '복잡계'(complex system)라고 할 수 있다. (55-56)

이처럼, 그것이 '단순히 복잡한 현상이냐', 아니면 '복잡계라고 정의될 수 있는가'의 판단은 창발의 유무에 달려있다고 해도 과언이 아니다. 복 잡계는 많은 구성요소들이 복잡한 구조를 가진 채 서로 상호작용하여, 그 결과 새로운 어떤 질서를 창조해 낼 때 생겨난다.

이런 의미에서 『복잡계 개론』에서는 복잡계의 특징을 다섯 가지로 요약하고 있다. 즉, 상호작용하는 많은 구성요소를 가지고 있으며, 시스 템 전체를 이해하기 위해서는 개별요소들 사이의 연관관계와 상호작용 을 이해하는 것이 중요하다는 것이 첫 번째 특징이다.

둘째로는 복잡계 구성요소들의 상호작용이 비선형적(nonlinear)이라 는 점이며, 셋째로는 복잡계 구성요소들의 상호작용은 흔히 되먹임 고 리(feedback loop)를 형성한다는 점이다. 넷째로는 열린 시스템(open system)이며 그 경계가 불분명하다는 것, 그리고, 복잡계의 구성요소는 또 다른 복잡계로서 종종 끊임없이 적응해나간다는 것이 다섯 번째 특 징이다(윤영수, 채승병 59-61).

이 시점에서 복잡계를 더 잘 이해하기 위해 카오스 이론과의 차이를 살펴볼 필요가 있겠다. 이에 대해, 남아프리카의 스텔렌보쉬(Stellenbosch) 대학의 철학교수인 폴 실리어스(Paul Cilliers)는 『복잡계와 포스트모더니즘』(Complexity and Postmodernism)에서 카오스에서는 그 시발점(initial point)이 중요한 의미를 갖지만, 복잡계에서는 그렇지 않다는 사실을 지적하고 있다.

이와 더불어, 그는 카오스 이론이 상대적으로 작은 수의 비선형적인 상호작용에 의해 발생하는 것에 반해, 복잡계에서는 엄청난 수의 구성요소들이 상호작용을 하고 있음을 강조하였다(ix). 즉, 카오스 이론은 어떤 결과적인 혼돈 상태에 대한 해답을 구하기 위해 귀납적으로 그 발생 원인을 찾는 데 주력한 것이라고 한다면, 복잡계는 이미 발생한 복잡한 구조의 상호작용을 분석함으로써 그 의미를 파악하고 미래를 예측하는 것이라 하겠다. 카오스 이론은 복잡계 구조에 비해서 상대적으로 덜 복잡한 구조와 상호관계를 갖고 있다고 볼 수 있는데, 수많은 카오스가 모여서 거대한 상호작용을 일으키는 것을 복잡계라고 이해할 수 있다.

결국, 카오스 이론과 복잡계 이론에 이르는 최근의 이론들은 다양하고 복잡한 현실 속에서 동일성과 단순성을 찾아내는 데 주력하였던 기존의 기계론적 과학에서 해답을 찾지 못하여 새로운 방법을 찾고자 시도한 노력의 과정이자 결과들이다. 그리고 이와 같은 복잡성과학은 단순한 것에서 출발하였고, 단순한 것으로 이루어져 있는 세계가 어떻게 다양하고 복잡한 것으로 되어가고 있는가를 해명하려는 시도에서 출발하였던 것이다.

자연계는 많은 구성성분으로 이루어진 다체계이며, 그 구성성분간의 다양하고 유기적인 협동현상에서 비롯되는 복잡한 현상들의 집합체로 생각할 수 있다. 결국 복잡계는 우리가 인식하지 못했을 뿐, 이미 우리를 둘러싼 자연계는 원래 이러한 복잡계의 네트워크 구조를 가지고 있었던 것이다.

그렇다면 현 시대에서 이러한 복잡계 현상이 더 중요하게 인식되는 것은 무엇 때문일까? 많은 요인들 가운데 하나로 "과거에는 다양한 복잡성을 하나의 틀로 담아낼 만큼 세세한 지식이 축적되지 못했으며, 이를 과학적으로 접근하여 이론화할 수단이 부족했기 때문에 독립된 영역으로 자리 잡지 못했을 뿐"(윤영수, 채승병 73)이라고 답할 수 있겠다. 즉, 컴퓨터의 발전과 같은 과학 기술에서의 발전이 자연과 사회에서 일어나는 다양하고 복잡한 정보들을 정리하고 통계화하는 것을 가능하도록 해주었던 것이다.

현대 사회 속에 내포된 이러한 복잡계 현상은 드릴로의 소설 『코스모폴리스』에서 잘 드러나고 있다. 2003년에 발표된 이 소설의 주인공인 에릭 패커(Eric Packer)는 28세의 남자로서 '패커 캐피탈'의 회장이며, 월스트리트에서는 "하나의 전설"(*Cosmopolis* 12)[2]과도 같은 존재이자, 엄청난 자본을 소유한 세계적인 젊은 재벌이다. 그는 뉴욕 중심가의 89층짜리 빌딩의 꼭대기 층에서 48개의 방이 딸린 맨션에서 살고 있다.

이 소설은 에릭이 자신의 아파트에서 나와 자신의 흰색 리무진을 타고 이발소를 찾아가는 만 하루 동안의 여정을 담고 있는데, 대부분의 사건은 그의 리무진 안에서 일어난다. 에릭의 리무진은 움직이는 그의 사무실이자 그의 두뇌이다. 리무진 안은 수시로 변하고 있는 세계 주식 변동을 끊임없이 보여주는 "다양한 크기의 모니터가 하나의 군집을 이루면서 설치되어 있거나 단독으로 위치하고 있다"(35). 각각의 화면에서 보여주는 숫자들과 더불어, 각 분야의 전문 인력들과 시시각각으로 광

---

[2] 이 장에서 『코스모폴리스』의 인용 부분은 괄호 속에 쪽수만 표기한다.

대한 정보를 나누면서, 에릭은 리무진에 앉아서 세계가 돌아가는 것을 한 눈에 알 수 있다.

> 전에는 이곳에 앉아 모든 것을 손바닥만 한 리모컨으로 조작하고 있었지만 그것도 이제는 다 지나간 이야기다. 이제는 리모컨에 손을 댈 필요가 없어졌다. 음성만으로도 대부분의 시스템을 조작할 수 있으며, 화면을 향해 손을 흔드는 것만으로 끌 수 있다. (13)

『코스모폴리스』에서 드릴로는 복잡계를 연구해 온 최근의 과학적인 동향을 직접적으로 언급하고 있는 듯한데, 세계 곳곳의 유명 연구소에서는 각 분야의 전문가들이 모여 복잡계를 연구함으로써 우리가 살고 있는 세계와 사회를 보다 잘 이해하려고 노력하고 있음을 보여준다. 지구와 우주의 복잡한 연결고리에서 질서를 발견하려는 노력을 통해, 보다 정확한 기후예측을 이루어내고, 주식변동이나 경기침체, 더 나아가 금융위기와 같은 사회와 경제 전반에 걸친 변화를 예측해 냄으로써 마치 우주의 비밀을 풀어 나가고 있는 듯하다.

이러한 세밀하고 전문적인 분석을 통해 인간은 이전보다 훨씬 더 강한 자신감을 갖는다. 이런 이유로 에릭은 세상에는 더 이상의 "의심이란 존재하지 않으며, 사람들은 더 이상 의심이라는 걸 하지 않는다"(31)고 단언한다. 이것은 그가 세상의 모든 현상들을 눈에 보이는 "차트로 분석해 보일 수 있다"(46)고 믿는 것과도 일맥상통한다. 에릭은 세계 경제가 돌아가는 상황을 복잡계적으로 분석함으로써 이 분야에서 천재적인 인물이 되었다. 에릭의 기술팀장인 샤이너(Shiner)는 그와 그의 팀에 대해서 이렇게 평한다.

"당신은 매 10분마다 수천 개가 넘는 자료를 분석하지요. 패턴,
비율, 지수, 정보에 대한 전체 지도를 그리죠. 나는 정보를 좋아
해요. 이것이야말로 우리에겐 생명이자 빛이죠. 그야말로 끝내주
죠. 그리고 우리는 세계의 의미를 쥐고 있어요." (14)

에릭은 현대 사회에서 숫자가 단순히 숫자에 불과한 것이 아니라는
것을 알고 있다. 단지 숫자 뿐 만이 아니다. 그는 세계에 있는 모든 것
들, 심지어 나무와 공기와 풀 까지도 모두 서로 연관성이 있으며 상호
적으로 움직인다는 것을 안다. 그는 복잡계의 근원이 자연이라는 것을
알며, 자신이 쌓아가고 있는 탑도 자연과 연관되어 있다는 것을 안다.

사실 데이터 자체에는 혼이 담겨 있으며, 그 자체로 빛나고 있
다. 생명 과정이 가진 역동적 측면. 이것이야 말로 알파벳과 숫
자 체계의 웅변, 그것이 전자적인 형태로-0과 1의 세계에서-완
전히 실현된 것이다. 지구상에 사는 몇 십 억 명이라는 생물의
날숨 하나하나를 규정하고 있는 디지털의 정언명령. 여기에 살
아있는 세계의 들썩거림이 있다. (24)

에릭의 직업은 무엇이든지 연관성이 있어 보이는 것은 다 연결하여 복
합적으로 분석하는 것이다. 그리고 그 분석을 통해 미래를 예측하고 그
예측된 결과에 투자한다. 그런 방식으로 그는 이십대 후반에 이미 세계
금융계를 좌지우지하는 세계적인 거물이 되어 있다. 그는 이러한 분석
을 위해서 초 단위까지도 다시 쪼개어 "10억 분의 1초"(79), "10의 24승
분의 1초"(79) 단위로까지 쪼개어 분석한다. 이런 노력을 기울이는 이유
는 "사이버-자본이 미래를 결정한다"(79)고 믿고 있기 때문인데, 이러한
사이버-자본(cyber-capital)을 분석하기 위해서는 아주 짧은 순간조차 놓
쳐서는 안 된다고 확신한다.

사람의 눈에는 감지되지 않는 '10억 분의 1초'에서 발생한 작은 변화가 나중에 엄청난 위기를 가져올 수 있다는 '나비효과'[3]를 알고 있기 때문이다.

## 3. 손끝에 매달린 세계

랜디 레이스트(Randy Laist)는 에릭을 "세계적인 경제 헤게모니의 독보적인 상징물과 같은 존재로서, 제3의 쌍둥이 빌딩과도 같은 인물"(257-58)이라고 언급하고 있다.

레이스트는 이러한 전제를 바탕으로 에릭이 파멸되어 가는 과정을 9/11로 인해 쌍둥이 빌딩이 무너져가는 것과 비교해 가면서 논지를 이끌고 있는데, 한마디로 그는 이 소설이 사이버-자본이 초래하는 현상을 보여주는 소설이라고 요약한다. 이제 우리가 살고 있는 거대한 세계는 공장과 시장의 움직임만으로 돌아가는 것이 아니라, 사이버 조직 안에서 몇몇 뛰어난 인물들의 손가락에 의해 소용돌이처럼 상호작용하면서 변화한다.

이러한 변화를 통해 에릭이 추구하는 것은 궁극적으로 돈이 아니라 "그 스스로가 사이버 조직 안에서의 테크놀로지 그 자체가 되는 것"(Laist 259)인데, 결국 그는 세계의 연결고리 안의 일부로 존재함으로

---

3) 본 연구에서는 '나비효과'를 단순히 '카오스 이론'의 하나로 파악하지 않고, 복잡계에서 구성요소들 간의 상호작용에 의해 비선형적으로 발생할 수 있는 복잡하고 다양한 결과들을 일컫는 의미로 사용하고자 한다. 분명 '나비효과'는 카오스 이론에서만 발생하는 것은 아니기 때문이다.

써 시스템 전체가 되고자 한다. 이러한 그의 의지는 이론담당 주임인 비자 킨스키(Vija Kinski)가 에릭에게 하는 대화 속에서 잘 드러난다.

> "'사람은 죽지 않는다.' 이건 새로운 문화의 교의 같은 거죠. 사람들은 정보의 흐름 속에 흡수될 거예요. 그것에 대해 잘은 모르지만. 컴퓨터라는 기계는 사라질 거예요. 지금의 형태는 다 없어지는 거지요. 따로 구분된 존재로는 더 이상 존재하지 않을 거예요. 본체, 모니터, 키보드. 컴퓨터는 일상생활 그 자체 속으로 녹아들고 있는 거지요……." (104)

> "굉장히 작고 강력한 마이크로칩. 인간과 컴퓨터가 서로 융합된 것. 이것은 내가 이해하고 있는 영역을 완전히 넘어서 있어요. 그리고 결코 끝나지 않는 인생이 시작되는 거지요." (105)

비자는 에릭이 궁극적으로 추구하고 있는 것이 무엇인지를 알고 있다. 그리고 그 속에는 이것이 우리 인류의 미래일 수도 있다는 드릴로의 막연한 불안감이 내재되어 있다.

인간은 자연계에서 일어나고 있는 복잡한 연관성의 규칙성을 컴퓨터를 비롯한 다양한 테크놀로지를 통해서 분석해내고, 마침내 인간 자신이 그 거대한 복잡계 속의 강력한 칩이 되어 복잡계의 질서를 통제하기를 욕망하고 있다.

드릴로는 인간이 시스템 자체가 되려는 욕망을 가지고 있는 현상에 대한 이러한 우려를 베노 레빈(Veno Levin)을 통해서 암시하고 있다. 베노는 에릭의 회사에서 일했던 인물로서, 회사에서 해고당한 후 줄곧 에릭을 암살하기 위해, 에릭이 세상을 관찰하고 분석해온 것과는 역으로 에릭을 관찰하고 분석해 온 인물이다. 베노의 입을 빌려 드릴로는 에릭으로 대표되는 인간의 욕망을 다음과 같이 요약하면서 그것이 갖고 있는 문제점을 피력하고 있다.

> "너는 자연으로부터의 패턴에 의존해 일본 엔의 동향을 예측하려고 했지. 물론, 그래야 해. 나이테라든지, 해바라기 씨앗의 패턴이라든지, 은하계의 소용돌이의 가장자리의 수학적 속성들 말이야……. 시장의 사이클이 어떻게 메뚜기의 번식이라든지, 밀 수확의 시간적 사이클과 교환 가능한가 하는 것 말이야. 너는 그러한 형태의 분석을 무서울 만큼 정확한 어떤 것으로 만들었지. 하지만 너는 그 와중에 무엇인가를 놓쳐버렸지."
> "뭘?"
> "한쪽으로 치우친 것, 조금 비뚤어진 것의 중요성 말이야. 너는 균형만 찾았지. 아름다운 균형을. 등변에 좌우대칭. 나는 그것을 알고 있어. 나는 너를 알고 있어. 너는 일본 엔의 변동을 그것이 경련을 일으키고 변덕을 부리는 흐름 속에서 추적했어야만 했지. 작은 변덕. 형태가 기묘한 것." (200)

베노가 말하고 있듯이, 에릭을 비롯한 경제 분석가들은 단지 경제적인 것만을 작용의 요인들이라고 생각하지 않는다. 전혀 관계가 없을 듯한 많은 것들, 심지어 은하계의 소용돌이에서부터 가장 먼 우주의 천체에서 생겨나는 가장 작은 변화까지도 데이터로 입력하고 분석을 해 왔다. 에릭은 이 모든 것들이 서로 복잡하게 연결되어 하나의 새로운 결과를 만들어 낸다는 것과 그 복잡한 네트워크 속에 어떤 질서가 있다고 하는 복잡계의 이론을 그대로 그래프로 분석하고 있다. 그는 그것을 자연에서 배웠다고 말한다. 늘 인간은 무언가를 자연으로부터 얻고 배운다. 그러나 문제는 인간이 그것을 망각하고 있다는 데 있다.

드릴로는 에릭의 담당의사의 입을 통해 "그의 전립선이 비대칭"(54)이라는 말을 하고 있다. 그리고 베노 역시 그에게 이 사실에 주의를 기울이라고 충고한다. 에릭이 늘 알고 있으면서도 총체적으로 잊고 있었던 것이 바로 이것이라고 말한다. '비대칭'이라는 단어는 "균형과 침착함과는 정반대되는 힘이며, 수수께끼처럼 보이는 작은 비틀림이고, 원자미만의 것으로, 창조를 야기하는 어떤 것이다. 알파벳 하나를 더하는 것만으로도 모든 것이 변해버리는 것"(52)을 보여주는 대표적인 단어이기도 하다.

에릭은 자신의 예상과는 달리 엔화가 급등함으로써 하루 만에 자신의 전 재산을 잃게 된다. 소설의 문맥상으로는 엔화의 상승이 복잡계의 '임계점'(critical point) 역할을 하면서, 요소들 간의 상호작용은 이전과는 전혀 다른 도표를 그리면서 복잡계 전체에 변화를 가져온다. 에릭의 몰락은 엔화의 상승에 대한 빗나간 예측으로 시작되는 듯하지만, 드릴로는 그 이면에 숨겨져 있는 또 다른 임계점을 말하고 있다. 베노가 언급한 것처럼, 이것은 에릭이 전체 시스템에서 작은 비틀림과 같은 존재들을 무시해버린 실수에 있다.

에릭은 수없이 많은 요인들이 만들어 내는 상호작용을 분석하는 데 열중하면서도, 정작 무질서한 것, 배제되어 있는 것, '경련을 일으키고 변덕을 부리는 것'의 의미를 파악하는 데는 집중하지 않았던 것이다. 그는 '나비효과'를 알면서도 정작 잊혀진 듯한 나비의 존재를 파악하는 데는 실패한 채, 그 나비들이 만들어 내는 파동과 변화에만 주의를 기울인 것이다. 이처럼 복잡계에서는 진정한 의미에서 배제되거나 잊혀진 구성요소란 있을 수 없음을 시사하면서, 더불어 우리의 복잡계 네트워크에서는 이러한 작은 구성요소들의 존재와 의미가 전체 연결망 속에서 사실상 무시되고 있음을 지적하는 것이기도 하다. 이것이 에릭이 저지른 첫 번째 실수이자, 복잡계를 연구하는 우리들의 실수다.


## 4. 아웃사이더가 나비가 되다

자신이 타고 다니는 리무진 안에서 세상을 내려다보는 신과 같은 존재였던 에릭은 시간이 지나면서 조금씩 남루해지는 자신의 외모처럼 서서히 몰락해 간다. 그리고 에릭이 세상을 한눈에 내려다보고 있었듯이, 그 역시 누군가의 시선에서 늘 관찰되고 분석되어 왔음을 알지 못했다. 무엇보다도 그는 세상을 통찰하고 분석하는 데는 전문가였지만, 정작 자신은 이러한 관찰과 분석 대상에서 배제시켜왔다. 분석 대상에서 제외된 자신이 겪고 있는 인간적인 갈등이 시스템 전체를 위기로 이끌 수 있다는 것을 망각한 것이다. 결국 그는 시스템과 전체를 보는 데는 천재적이었지만, 정작 인간을 인간으로 분석하는 데는 실패한 인물이며, 근본적으로 자신을 들여다보지 못하였다.

이처럼 에릭은 스스로도 자신이 분석하고 있는 전체 복잡계의 한 요소라는 것을 망각하였을 뿐 아니라, 자신의 관심 밖에 있으면서 시스템에 연결되어 있지 않은 다른 인물들 역시 우리가 살고 있는 전체 복잡계의 작은 요소들이라는 것을 망각하고 있었다. 이런 의미에서 에릭 자신도 전체 시스템의 '아웃사이더'이며, 그를 암살하고자 한 베노 레빈 역시 시스템의 '아웃사이더'라 할 수 있다. 이때의 아웃사이더는 시스템 밖의 인물이라는 의미가 아니라, 시스템 안에 존재하지만 마치 잊혀져 있는 존재와도 같음을 의미한다. 이미 언급한 것처럼, 복잡계에서 시스템이란 전체를 의미하며, 그 속에서 진정한 의미의 바깥, 즉 아웃사이더란 존재하지 않기 때문이다.

그러나 구성요소들 자체 보다는 그것들이 만들어 내는 상호작용 자체에 더 큰 의미를 두고 있는 복잡계에서는 이처럼 시스템 안에 있으면서도 정작 그 속에 없는 것처럼 치부되는 아웃사이더가 수없이 많이 존재할 수 있다. 그리고 소설 속에서처럼 에릭이 무시해버렸고 시스템에 드러나지도 않는 작은 요인들이 나비의 날갯짓을 시작하면서 급기야는 거대한 폭풍을 불러일으키기도 한다. 이것이 바로 베노가 말한 "형태가 기묘한 것의 작은 변덕"(200)에 해당한다.

에릭 스스로가 전체 복잡계 속에서의 자신의 중요성을 무시한 결과는 에릭 자신의 죽음을 초래하고, 이것은 더불어 자본주의 경제에서 거대한 폭풍을 일으킬 것으로 암시된다.

> 그는 이전에 자신의 웹 사이트를 방문하곤 했던 사람들을 생각했다. 그가 주가를 예상하고 있던 무렵. 예상이 순수한 힘이 되어 그가 과학 기술주를 추천하거나 어떤 부문 전체를 추천하거나 하면 그것이 원인이 되어 자동으로 주가가 두 배 폭등하거나 사람들의 세계관이 확 바뀌어 버릴 때의 일 말이다. (75-76)

에릭은 자신의 말 한마디로 주식시장 전체가 변화할 수 있다는 것을 이미 경험으로 알고 있다. 자신의 말 한마디는 세계의 자본 시장이라는 거대한 네트워크 조직 안에서 무엇보다도 큰 규모의 허브가 되어 있었던 것이다.

허브가 갖는 의미는 에릭과 더불어 그의 분석가들도 집중을 하고 있는 부분이다. 그의 재정 담당 팀장인 제인 멜먼(Jane Malmon)은 이미 이러한 허브의 움직임에 대비를 하고 있다. 허브에 비해서 시스템 안의 작은 조직의 움직임은 다소 무시될 수 있는 것이 이러한 복잡계의 특성인데, 허브 역시 무수히 많은 구성요소들의 상호작용에 의한 결과물임을 망각하고 있다.

> "재무 장관 얘기에요. 그는 지금이라도 언제든 사임한다고 하지만." 그녀가 말했다. "오해를 부를 만한 말 한마디로 웃기는 스캔들이 빚어지고 있어요. 경제성명을 발표하다가 오해가 생겼어요. 온 나라가 그 성명의 문법과 구문을 분석하고 있다고나 할까……." (47-48)

어떤 식으로든 영향력을 갖고 있는 인물들, 즉 현대사회라는 네트워크에서 허브에 속하는 인물들은 그 헛기침 하나조차도 분석이 되고 있다는 이야기다. 제인의 말처럼 '웃기는 스캔들'이 나중에는 예상치 못하는 결과로 이어질 수 있는 것이 복잡계 이론의 원리라는 것을 알고 있기 때문에, 다들 웃기지만 웃고 넘기지 못하는 것이다.

하지만, 허브가 아니라도 작은 변수 하나가 복잡계 이론에서 '쏠림현상'이라 불리는 현상으로 이어지면서, 요소들 간의 상호작용을 불러일으키고 결국은 거대한 집단적인 움직임을 초래하기도 한다(84). 이것은 실제 주식 시장에서 흔히 발생하는데, 작은 변수 하나로 인해 투자자들은 동요하게 되고, "여러 가지 가설을 참고하여 현실에서 가장 성과가 높은 가설을 따르는 귀납적 추론을 선택"(83)하면서 투자의 방향이 완전히 바뀌기도 하는 것이 그 실례다.

그러나 이미 언급한 것처럼, 우리 세계는 인간이 만들어 놓은 시스템에서 잊혀진 인물들, 그리고 그 시스템에 집중을 하고 있는 분석가인 자기 자신에 대한 데이터는 망각해가고 있다. 보이지 않는 나비는 분석조차 어렵다는 것을 인지하지 못하고 있는데, 복잡계에서는 눈에 보이는 것이 전부가 아니라는 사실을 망각한 때문이다.

드릴로는 복잡계 네트워크에서 허브와 같은 존재인 재무 장관에 대비되는 인물로서 베노를 등장시킨다. 그는 우리 시대의 네트워크에서는 보이지 않는 작은 구성요소와 같은 존재로서, 마치 『화이트 노이즈』의 윌리 밍크(Willy Mink), 『리브라』에서의 리 오스월드(Lee Oswald), 『언더월드』에서는 사회로부터 소외된 '벽' 안에 사는 인물들, 그리고 『포인트 오메가』에서는 '벽 속의 남자'(the man at the wall)와도 같은 인물이라고 하겠다.

> 나는 전기를 가로등으로부터 훔쳐 쓰고 있다. 녀석에겐 그런 일 따위는 있을 수 없을 것이다. 살기 위해 전기를 훔치는 일 말이다.
>  나는 많은 어려움을 겪어왔지만 거리에서 볼 수 있는 인간들과는 다르다. 분 단위로 살고 생각하는 인간들 말이다. 철학적으로 나는 세상의 끝에 살고 있다. (57)

베노는 우리 사회에서 버려진 인물이다. 사회라는 거대한 시스템에서 고장이 난 부품처럼 내버려진 그에게 관심을 기울이는 사람은 아무도 없다. 그는 직접 쓴 고백서에서 자신이 한때 대학 강사였으나, 백만장자를 꿈꾸며 대학을 그만두고 에릭의 캐피탈 회사로 직장을 옮겼다고 거듭 밝히고 있다(56, 150). 이로써, 자신이 처음부터 우리 사회에서 제외된 인물로 전기나 훔쳐서 쓰는 그런 인물은 아니었음을 강조하고 있다. 그러나 그는 시스템에 잘 적응하지 못하면서, 스스로가 말하듯이 "그는 그 조직에 끼워 맞춰진 기분을 느꼈다"(153). 그는 "회사의 소소한 기술적인 부품에 불과할 뿐이며, 하나의 노동력에 지나지 않았다. 그리고 그는 예고도 없이 해고되고 퇴직금도 받지 못하였다"(90).

베노는 길에서 주운 운동 기구 자전거 얘기를 두 번에 걸쳐서 하고 있다. 그는 페달이 하나 없다는 이유로 길거리에 버려진 자전거를 주워서 자신의 집에 갖다 놓았다(61, 152). 그가 이 이야기를 되풀이해서 하는 것은 그의 신세가 부품이 빠졌다는 이유로 내다 버려진 헬스기구와 같기 때문이다. 그리고 이러한 베노의 모습은 현대 사회를 사는 우리 인간들의 모습이기도 하다. 우리는 시대에 뒤처지거나 시스템에 적응하지 못하면 미련 없이 버림을 받는다. 고장 난 기계가 버려지는 것과 마찬가지다. 그리고 회사라는 네트워크로부터 소외되면서 그는 가족이라는 네트워크에서도 배제된다. 가족에 대한 부양 능력을 잃어버린 그를 사회는 내버려두지 않는다. 사회는 장애인인 그의 아내와 아기를 휠체어에 태운 채 어딘가로 데리고 가 버렸다(153). 이로써 사회는 가족이라는 네트워크에서도 그를 소외시켜 버렸다.

그러나 완전히 "오프라인의 상태로 살고 있는"(149) 베노 역시, 아직도 사회라는 거대한 네트워크 속에서 온-라인으로 머물고 있음을 재확인하기를 원한다. 현대사회는 시스템 속에 있지 않으면 불안을 느끼도록 만들기 때문이다. 이런 이유로 베노는 잔고가 거의 남아있지 않은 은행계좌를 아직도 소유하고 있다는 사실 만으로도 위로를 받는다. 잔고도 없고 거래도 없는 은행계좌를 가지고 있으면서도 그는 종종 그 기계에서 내역을 확인하는데(151), 이는 자신이 아직도 시스템에 남아있고 이 사회에 살아있음을 확인하려는 의도로 분석된다. 우리 사회의 구성원인 개개인은 어떤 형태로든 전체 복잡계 시스템의 구성 요소임에 틀림이 없지만, 그럼에도 불구하고 개개인은 전자 시스템 안에 존재할 때만 그 가치를 인정받는다.

이런 맥락에서 베노는 자신이 아직도 '온-라인'으로 머물러 있다는 것을 증명하기라도 하듯이 에릭을 협박한다. 자신이 근무했었던 회사의 본부에 직접 전화를 걸어서 그에 대한 위협을 한다. 그러면 그들은 그에 대한 분석에 들어갔는데, 그것이 그를 즐겁게 만들었다. 그는 스스로가 아직도 시스템 안에 머물러 있다는 사실에 만족한다. 자신이 아직도 시스템 안에 존재한다는 것을 확인하는 것이 그가 에릭을 협박한 이유 중 하나이기도 하다.

우리 사회의 철저한 아웃사이더처럼 보이는 베노 역시, 복잡계 구조 안에서는 하나의 작은 구성 요소임에 틀림없다. 단지 사회적으로 중요하지 않다고 판단되는 작은 구성요소는 복잡계 전체를 이해하는 데 있어서 별로 중요하지 않기 때문에 분석에서 배제될 뿐이다. 복잡계에서 각 개별적인 요소에 주의를 기울이는 것은 그것의 상호작용이 하나의 임계점을 만들어 내면서 의미를 창출해 낼 경우뿐이다. 이런 의미에서 드릴로는 현대 사회의 복잡계적인 접근이 갖고 있는 문제점을 이러한 개개인의 존재 상실에 두고 있다.

이처럼 현사회의 복잡계 구조 속에서 진정한 존재의미를 상실한 인물들은 가치 없는 존재로 치부되고 있지만, 그 인물들이 일으키는 작은 몸부림이 조직 전체에 거대한 변화를 불러일으키기도 하는데, 앞에서 살펴본 것처럼 소설 속에서는 베노가 바로 그런 인물이다. 복잡계 네트워크 자체라고도 볼 수 있는 에릭의 거대한 조직으로부터 외면당하고 버림받은 베노는 결국 이 거대 조직의 핵심인물이자 코스모폴리스의 거대허브인 에릭을 죽음으로 몰아간다. 그리고 분명 에릭의 죽음은 경제계에 또 다른 영향을 미칠 것으로 예상된다. 베노가 복잡계 네트워크의 작은 구성요소에 불과하다면, 에릭은 분명 거대허브에 속한다. 네트워크 속의 작은 구성요소 하나가 초래한 위기가 허브의 위기로, 나아가서 조직 전체로 이어지고 있음을 암시한다. 물론 그 모든 소용돌이 역시 시간이 흐르면서 다시 질서를 되찾을 것이 분명하지만 말이다.

이것은 복잡계 구조에서는 많은 상호관계를 이루고 있는 허브의 중요성에 비해 작은 구성요소들은 큰 의미를 갖지 못한다(62)는 정하웅 교수의 주장에 의문을 던지고 있다.

이로써 드릴로는 네트워크 전체와 그 속에서 존재하는 허브의 가치에 초점을 맞추고 있는 복잡계적인 관점에 대해 의문을 던지면서, 현대 사회에서 점점 더 의미를 상실해가고 있는 개개인들에 대한 의미를 반추해 보기를 권유하고 있다.


## 5. 나오면서

시간조차도 더 이상 쪼갤 수 없을 만큼 미세하게 분해되고, 자연의 세계를 나타내는 하나의 거대한 현상이었던 복잡계 네트워크마저 데이터로 도표화되고 분석되면서, 인간은 점점 현재를 사는 것이 아니라 미래를 사는 것이 되어가고 있다. 보다 정확히 말하자면 우리가 미래에 길을 내어 준 채, 떠나고 있는 현재의 끝자락에 매달려 살고 있다고 하겠다. 이런 이유로 이론 담당 비서인 비자는 "시간의 가속을 바로잡을 무언가, 즉, 자연을 정상으로 돌려놓을 무언가가 필요하다"(79)고 말하고 있다. 여기에서 '자연조차도 정상적인 것이 되지 않았다'는 것은 자연의 복잡계에서 일어나고 있는 많은 것들이 인간의 세계에서 많은 인위적인 것들과 더불어 분석되고 숫자화 됨으로써 더 이상 자연적인 것으로 남아 있지 않기 때문일 것이다.

우리가 살고 있는 세계는 소설 속의 에릭과 같은 분석가의 손끝에서 움직이는 세계다. 그러나 또 한편으로 그것은 에릭이 분석한 세계일 뿐, 세계는 각각의 분석가들이 분석하는 수많은 세계로 이루어져 있다. 그 각각의 세계가 모두 각각의 복잡계로 이루어져 있으면서, 또 그 각각의 복잡계는 서로 상호작용을 하면서 또 다른 수많은 복잡계를 만들어 낸다. 그리고 그러한 상호작용 속에서 새로운 의미인 창발이 생기면서 세계는 움직인다.

우리 사회는 네트워크의 부속과도 같은 개개인에게 큰 의미를 부여하지 않는다. 그 개별적인 요소가 어떻게 상호작용을 하는지, 그리고 그러한 상호작용이 어떤 의미를 만들어 내는지에만 주의를 기울이는 듯하다. 더불어 사회적인 변화를 일으킬 수 있는 허브의 존재에 대해서는 집중을 하면서도, 그 속에서 죽은 듯이 살고 있는 작은 요소들인 번데기들이 엄청난 파장을 불러올 수 있는 나비로 변모하고 있다는 것을 망각하고 있다.

이처럼, 드릴로는 차츰 복잡계적으로 해석되고 있는 우리 사회의 모습을 긍정적으로 이해하면서도, 더불어 개인의 존재가 망각되어 버리는 현대 사회에 대한 해석이 가져올 파장에 대해 심각하게 재고할 것을 권고한다.

테크놀로지가 복잡계의 한 시스템으로 작동하면서, 이제 세상은 인간과 기계와 자연이 함께 살 수 밖에 없다는 것을 인정하면서도, 드릴로는 분명 각각의 개인이 전체의 한 요소들로 치부된 채 배제되어 버리거나 또는 하나의 분석 자료로만 존재하는 우리 시대의 복잡계적인 해석에는 우려를 표하고 있다. 이와 더불어 그는, 기계로만 측정할 수 있는 만큼의 작은 시간 단위에서의 자본의 향방이나 경제의 흐름에는 모든 시스템을 동원하여 분석을 하면서도, 정작 각각의 인간은 그 분석에 동원되는 기술의 부품정도로만 치부되어 버리는 우리 시대에서는 결국 그 잊혀진 인간들이 거대한 나비효과의 충격을 가해올 수도 있음을 경고하는 것이다.

# 『포인트 오메가』를 통한 포스트-포스트모더니즘 읽기

포스트-포스트모더니즘 시대에서 자아의 의미*

## 1. 시대가 변하고 있다

19세기 말에서 20세기를 거치면서 인간은 분명 이전의 시대와는 다른 다양한 변화를 경험하였다. 특히 사실주의(Realism)로 대표되는 이전 시

* 『새한영어영문학』 (2012) 52권 2호. 19~39쪽.

**이 논문은 2011년 정부(교육과학기술부)의 재원으로 한국연구재단의 지원을 받아 수행된 연구임 (NRF-2011-35C-A00804).

대의 특성에 반대되는 개념으로서, 이 시기를 모더니즘의 시대라 일컫는다. 대부분의 주의나 사상이 그러하듯이 모더니즘 역시 하나로 정의 내리거나 단정 지을 수는 없지만, 모더니즘의 가장 대표적인 특성을 인간과 주체 중심의 사상이라고 볼 수 있는데, 이런 이유로 이 시대를 개인주의의 시대라고 특징지을 수 있다. 이 시기에는 작가의 주관적인 견해와 시점이 중요한 위치를 차지하면서, 대상은 리얼리즘에서처럼 객관적인 이미지의 중요성을 강조하기보다, 그것을 바라보는 주체의 주관성에 중점을 두게 되었다.

이러한 시대적인 변화는 1960년대를 지나면서 또 다른 변화를 겪게 되는데, 사람들은 더 이상 '나'와 '대상'이라고 하는 이분법적인 한계를 수용할 수 없게 되었다. 모더니즘 문학의 대표적인 특성이라 할 수 있었던 '작가' 중심의 관점이나 시각은 점점 더 '작가'의 존재에 대한 의문으로 번져 가면서 급기야는 '작가의 죽음'을 선포하기에 이르렀는데, 이것은 결국 주체의 죽음을 의미한다(Jameson 17; Hassan 169). 이러한 작가의 죽음은 결국 모든 것에서의 주체, 또는 핵심의 사라짐을 의미하였다. 우리가 '포스트모더니즘'이라고 부르는 '애매모호성'과 '불확실성'의 시대가 도래한 것이다(Hassan 65).

뚜렷한 차이와 경계선이 사라지면서 세계는 국가나 이념의 구분도 점점 더 모호해졌다. 처음에는 텔레비전이나 전화망의 발달에 따라 지역의 경계가 무의미해지더니, 마침내 인터넷을 비롯한 글로벌 네트워크의 발달에 힘입어 세계는 점점 더 시간과 공간이라는 경계마저도 뛰어넘게 되었다. 주체와 객체, 또는 상하의 구분과 같은 경계는 사라지고 모든 것이 파편화되면서, 모더니즘 시대에서 절대적인 것으로 받아들여지던 것들이 의문의 대상이 되고 더 이상 진리나 절대적인 것은 없는 것처럼 보였다.

하지만 이러한 포스트모던의 시대도 계속되는 테크놀로지 및 과학기술의 발달과 더불어 또 다시 변화하고 있다. 1990년을 기점으로 시대는 우리가 포스트모던이라고 부르는 1960년대 이후의 시대와 또다시 달라지고 있다.

알렌 커비(Alan Kirby)는 「포스트모더니즘의 죽음과 그 너머」("The Death")라는 제목의 논문에서 "포스트모더니즘은 죽었다"고 주장하는데, 그 일례로, 우리가 일반적으로 포스트모던 소설이라고 인정하는 1980년대 이후의 소설에서 묘사되는 시대를 현재 대학에 다니고 있는 학부생들은 자신들의 부모의 시대라고 여긴다는 점을 들고 있다(Kirby, "Time for New'ism'?" 48). 즉 지금의 젊은이들은 자신들이 태어나서 자라고 있는 현 시대가 포스트모더니즘으로 불리어지는 시대와는 분명히 다르다고 느낀다는 것이다.

포스트모더니즘의 시대가 막을 내리고 있다는 또 다른 예로서, 그는 최근의 서구 학회나 논문에서 포스트모더니즘을 대표하는 데리다나 푸코와 같은 이론가들의 이름을 들을 수가 없다는 점도 밝히고 있다(Kirby, "Time for New'ism'?" 48). 이제 포스트모더니즘이라는 이론이나 그 이론가를 거론하는 것이 진부한 것이 되어 버렸다는 것 자체가 이러한 시대가 이미 지나가고 있음을 의미한다는 것이다.

커비는 포스트모더니즘과는 달라진 현 시대상을 가리켜 포스트-포스트모더니즘(post-postmodernism), 또는 의사-모더니즘(pseudo-modern-ism)이라고 일컫는다(Digimodern 3). 커비가 주장하는 것처럼, 포스트모던 시대와는 달라진 다양한 변화가 1990년대 후반에서 2000년대 초에 걸쳐 뚜렷해졌는데, 테크놀로지가 더욱 발전한 현 시대에서는 오히려 개개인으로 하여금 문화 창조에 적극적으로 참여하기를 유도하면서, 포스트모던 시대에 반하여 오히려 개인과 주체의 개념이 다시 살아나게 되었다. 이로써 포스트-포스트모더니즘 시대의 '텍스트'(text)는 그것을 시청하거나 읽는 대상으로 하여금 거기에 직접 참여하도록 유도하는데, 그 대표적인 예로서 인터넷을 꼽을 수 있다. 인터넷에서는 뉴스도 단순히 소식을 전달하고 그 소식을 듣기만 하는 일직선적인 관계만이 존재하지는 않는다. 소위 댓글이나 시청자 의견과 같은 참여를 통해 쌍방 간의 관계가 성립된다. 때로는 독자들의 다수 의견에 의해 뉴스가 만들어 지거나 그 방향이 바뀌는 일도 있다.

텍스트의 의미가 모호해졌던 포스트모던 시대와는 달리, 이제는 이러한 텍스트가 존재함은 물론이고 그것을 읽거나 보거나 거기에 참여하는 대상도 존재한다. 이런 의미에서 이 시대는 다시 모더니즘의 시대로 되돌아가는 듯해 보이기도 한다. 그러나 이러한 특성은 분명 모던 시대와는 다르며, 포스트모던 시대와도 일치하지 않는다. 커비는 이러한 예로서 '텍스트'의 순간적 중요성(hyper-ephemerality)을 들고 있다("The Death").

즉, 텍스트가 존재하고 그 텍스트에 대한 독자와 청자가 존재하며 그 구분도 존재하지만, 이 모든 것은 일순간에 사라지고 그 중요성도 일순간에 그치지 않는다는 것이다. 그리고 현 시대의 특성은 이러한 텍스트가 무분별하게 많다는 것이며, 누구나가 이러한 텍스트를 만들 수 있다는 데 있다. 그 대표적인 예로서 인터넷에서의 블로그를 들 수 있다.

인터넷 상에는 수많은 블로그가 존재하다가 사라진다. 이 모든 것들이 잠깐 동안 존재하다가 사라지는 순간적인 텍스트인 것이다. 텍스트의 경계가 모호했던 포스트모던 시대와는 달리 인터넷의 기술이 다양하게 발전한 지금의 시대에서는 다시 텍스트가 존재함은 물론이고, 그 텍스트의 양이 엄청나게 많아졌다. 너무도 많기 때문에 마치 텍스트가 없는 것처럼 보이기도 하는데, 이런 점이 포스트모던 시대와의 혼동을 불러일으키기도 한다. 그러나 지금의 시대에서는 텍스트가 다시 부활했다는 점에서 모더니즘과 유사하지만, 그 수가 엄청나게 늘어났고, 하나의 핵심적인 절대 텍스트가 존재하지 않는다는 점에서 포스트모더니즘과 유사하다.

커비는 이전의 시대와 구분하여 포스트-포스트모더니즘, 또는 의사-모더니즘을 다음과 같이 정의 내리고 있다.

> 모더니즘의 신경증(neurosis)과 포스트모더니즘의 나르시시즘(narcissism)을 대신하여, 의사-모더니즘은 세계 전체를 삼켜버리고 있다. 무게도 없고 아무데도 없는(nowhere) 새로운 침묵의 자폐증(autism)으로 말이다. 당신은 클릭하고, 글자판을 두드린다. 그리고 나면 당신은 '그 안에 속하게 되고' 그 속에 완전히 빠져들게 되고 결정지어지게 된다. 당신이 텍스트 그 자체가 되며, 거기에는 다른 누구도 없다. '작가'도 없다. 다른 곳이란 없다. 다른 어떤 시간도 공간도 없다. 당신은 자유롭다. 당신이 텍스트고 그 텍스트는 (다른 것에 의해) 금방 그 자리를 내놓는다. ("The Death")

이런 점에서 현대를 사는 우리들은 특별히 신경계의 이상 증후를 발견하지 않고서도 이러한 증상을 갖고 있다. 신체 내부의 신경계의 문제가 아니라, 오히려, 세계와 개인을 연결하는 네트워크가 만들어 내는 드러나지 않는 다양한 문제점들이 이러한 자폐증상을 만들어 내고 있는 듯하다. 그 결과 현대인들[1]은 각자 자신만의 세계에 갇힌 채, 타인과의

---

1) 본 논문에서 자주 언급되는 '현대인' 또는 '현대사회'라는 용어는 현대의 동일한 시기를 살고 있지만 문명이 다른 세계(예를 들면, 아프가니스탄이나 아프리카와 같은 국가들)의 모든 사람들까지도 포괄하는 일반적인 용어로 볼 수는 없다. 따

의사소통에 장애를 가지고 사회에 적응하지 못한 채 살아가고 있는 자폐증 환자들로 보인다. 이런 의미에서 현 시대 역시 커비의 표현처럼 이런 자폐증 환자들로 가득 찬 세상임에 분명하다("The Death").

이제까지 중점적으로 살펴본 커비 이외에도 다양한 이론가와 학자들이 포스트모더니즘에 대한 회의를 시사하고 있다. 테리 이글턴(Terry Eagleton)은 『이론 이후』(After Theory)(2003)에서 포스트모더니즘에 대한 회의적인 견해를 밝히고 있으며, 독일계 미국 학자인 라올 에쉴만(Raoul Eshelman) 역시 「실행주의, 또는 포스트모더니즘의 종말」("Performatism, or the End of Postmodernism")(2010)이라는 논문에서 포스트모더니즘은 끝이 나고 그가 실행주의라고 칭한 새로운 풍조가 생겨나고 있다고 주장하였다. 이와 유사하게 질 리포베스키(Gilles Lipovetsky)라는 이론가 역시 포스트-포스트모더니즘의 하나라고 볼 수 있는 하이퍼모더니즘(Hypermodernism)이라는 새로운 이론을 내놓고 있다. 이들 모두의 공통점은 포스트모더니즘이 이제 끝이 났다는 데 의견을 같이한다는 점이다.

그러나 이러한 변화가 이전의 시대와 이후의 시대를 하나의 경계선으로 분명한 선을 긋듯이 구별되어 있는 것은 아니다(서영철 186). 포스트모더니즘 속에도 여전히 모던적인 요소가 남아있듯이, 포스트-포스트모더니즘으로 향하고 있는 현재 역시, 그 속에는 모더니즘과 포스트모더니즘을 비롯한 다양한 특성들이 남아있는 것이 사실이다. 그러한 특성을 공유한 채로 변화를 겪고 있는 것이 포스트-포스트모더니즘의 특성이기도 하다.

---

라서 본 논문에서의 '현대인'과 '현대사회'는 일반적으로 미국이나 유럽과 같은 서구의 문명권에 영향을 받고 사는 지극히 서구화된 문명권의 사람들과 그 사회를 일컫는 어휘로 정의 내릴 수 있다.

이상에서 살펴본 것과 같은 이러한 시대 변화를 인식하듯이, 돈 드릴로는 가장 최근 작품인 『포인트 오메가』(2010)에서 이러한 시대적인 변화를 의식하고 있는 듯하다. 드릴로는 이제까지의 소설을 통해, 각 시대에 걸맞게 그 변화하는 모습과 시대적인 특성을 특유의 필체로 날카롭게 묘사하고 있다.

드릴로는 80년대 대표작인 『화이트 노이즈』(1985)를 통해서 포스트모던 사회를 잘 묘사하고 있는 것으로 인정받았으며, 이후의 소설들에서도 이러한 시대적인 흐름을 잘 그려내고 있는 것으로 인정받았다. 『화이트 노이즈』를 통해서 그는 테크놀로지의 지배 하에서 끊임없이 기계 문명에 방해와 간섭을 받으며 살고 있는 포스트모던 사회의 모습을 잘 그려내고 있다. 더불어 인간이 만들어 낸 과학 문명에 의해 오히려 역습을 받을 지도 모른다는 경고를 '독성가스배출 사건'과 같은 일례로 제시하고 있다.

드릴로의 현대 문명에 대한 부정적인 견해는 이후 90년대 대표작인 『언더월드』(1997)에서 더욱 강해지면서, 인간은 점점 자신이 만들어 낸 자본주의와 기계문명의 역습을 받게 되는데, 그 일례로서 핵폐기물에 의해 기형아가 발생하거나 원인 모를 질병에 걸리는 것들을 얘기하고 있다. 이와 더불어 그는 극심한 생산과 소비주의가 가져오는 엄청난 쓰레기 문제도 함께 거론하고 있는데, 이런 점에서 이 소설은 마치 하나의 거대한 다큐멘터리를 연상시킨다고 하겠다.

이전 소설에서 암시되어 왔던 현대의 물질문명에 대한 드릴로의 경고는 결국 2000년대에 이르러 『추락하는 인간』(2007)에서, 세계 자본주의의 상징이라고 할 수 있는 세계 무역센터 빌딩의 추락을 의미하는 9/11의 사건으로 이어진다. 이로써 그는 현시대의 물질과 과학 문명 중심의 세태를 냉혹하게 비난해 오고 있는데, 이러한 그의 작품 경향은

『추락하는 인간』에서 변화를 보이기 시작한다. 즉 그의 관점이 시대적인 현상과 더불어 인간의 내면으로 향하기 시작했음을 볼 수 있다. 나아가 드릴로는 『포인트 오메가』에서 개개인의 세계에 갇혀 자신의 존재 의미조차 망각한 채 살아가고 있는 포스트-포스트모던 사회의 현대인들의 모습을 보여주고자 한다.

따라서 본 연구는 최근에 포스트-포스트모더니즘으로 대표되는 시대 변화에 대한 이론과 견해들을 이해하고, 특히, 프랑스의 신부이자 철학자였던 피에르 떼이야르 드 샤르댕(Pierre Teilhard de Chardin)의 이론과 더불어 『포인트 오메가』에서 그려지는 현대인의 모습과 자아의 의미를 분석하는 데 그 목적을 두고 있다.


## 2. 보이지 않는 존재

드릴로가 소설의 후기에서 밝히고 있듯이, 『포인트 오메가』는 2006년 뉴욕에 있는 현대 미술관에서 선보인 더글라스 고돈(Douglas Gordon)의 『24시간 사이코』(24 Hour Psycho)라는 비디오 아트의 전시관을 배경으로 시작된다.

이것은 히치콕 감독의 영화 『사이코』(Psycho)를 아주 느리게 재생함으로써, 정확히 24시간동안 상영되도록 만들어 놓은 작품이다. "익명"(Anonimity)으로 제목이 붙어있는 이 장에서, 드릴로는 이름도 없고 눈에 띄지도 않는 어떤 인물을 등장시킨다. 그는 연일 5일째 이곳 전시실을 찾아와 이 영화의 장면을 보고 있는(DeLillo 6)[2] "벽에 숨어있는

---

[2] 드릴로의 『포인트 오메가』의 인용부분은 이후에는 괄호 속에 쪽수로 표기함.

더글라스 고돈, 비디오 아트, <24시간 사이코>,

한 인물"(the man at the wall)(4)로서, 우리는 그가 누군지 어떤 일을 하는 사람인지 전혀 알지 못한다. 그에 대한 아무런 정보도 없이, 소설의 처음 1/3은 『24시간 사이코』에서 나오는 장면과 그 전시실을 찾아들어왔다 사라지는 관람객들에 대한 그의 의식의 전개로 이어진다.

그러나 정작 그는 보이지 않는 어둠 속에서 그 곳을 드나드는 이들의 일거수일투족을 관찰하고 있다. 이것은 마치 그가 보고 있는 영화, 『사이코』에서, 벽의 구멍을 통해 옆방에 있는 쟈넷 리(Janet Leigh)의 모습을 훔쳐보고 있는 앤소니 퍼킨스(Anthony Perkins)의 행위를 연상시킨다(8). 그리고 나아가 이것은 우리가 인식하지도 못하는 사이에 우리의 모든 것이 누군가에 의해 감시되고 관찰되고 있으면서도, 정작 자신에 대해서는 알지 못하는 현대인들의 모습을 암시하고 있는 것이기도 하다.

모두가 무언가를 지켜보고 있다. 그는 그 두 남자를 지켜보고, 그 두 남자는 스크린을 쳐다보고, 앤소니 퍼킨스는 구멍으로 쟈넷 리가 옷을 벗고 있는 것을 지켜보고 있다.

아무도 그를 쳐다보지 않았다. 이것은 그가 이제껏 그려왔던 그런 이상적인 세계다. 자신이 다른 사람들에게 어떻게 비칠지 그는 알지 못한다. 자신에게조차 어떤 모습인지 확신할 수 없다. 어머니가 그를 쳐다보았을 때 어머니 눈에 보였을 모습 그대로다. 하지만 어머니는 돌아가셨다. 이 사실이 이 우등생 학생에게 한 가지 질문을 던졌다. 다른 사람들의 눈에 비친 그에게는 어떤 것이 남아 있을까? (8)

현대인들은 모두 무언가를 쳐다보고 있다. 포스트모던 시대의 사람들이 텔레비전이나 영화를 쳐다보고 있었다고 한다면, 디지-모더니즘으로도 불리는 포스트-포스트모더니즘의 시대에서는 컴퓨터나 아이팟 또는 스마트폰에 시선을 고정시키고 있다. 그래서인지 아무도 거기에 있는 사람을 의식하지 못한다. 사람과 사람을 이어주는 것도 이제는 기계의 몫이다. 현대인들은 기계를 통해서 사람을 쳐다본다. 현실에 존재하는 실제 인물의 모습보다 그 사람을 찍은 카메라 영상에 더 관심을 보이고 집중을 한다. 어느 것이 실제인지 알 수가 없다.

'아무도 이 남자를 쳐다보지 않는다'라는 것은 아무도 실제 인물들에 관심을 가지지 않는다는 것을 의미한다. 이것은 이 '벽 속에 숨어있는 남자'가 그려오던 이상적인 세계다. 그리고 이것은 자폐증을 앓는 현대인들 모두가 바라는 이상적인 세계이기도 하다. 자폐를 앓는 사람들은 자신만의 세계에 살고 싶어 하고, 더불어 자신의 세계를 침범 당하고 싶어 하지 않는다. 이러한 자폐인들에게 지금의 세계는 이상적인 세계인 셈이다. 모두들 서로를 쳐다보지 않는다. 그저 자신만의 세계를 통해 자신만의 사고 속에서 세상을 들여다보고 또 자신의 언어를 통해 소통한다.

이러한 모습은 모든 것이 디지털화되어가는 현대 사회의 모습을 '디지모더니즘'(digimodernism)이라는 용어로 설명하는 커비의 주장과 더불어 이해할 수 있다. 커비는 현대 사회에서 모든 것이 전산화되고 있으며, "이러한 현상이 텍스트를 변화시키고 있고 앞으로도 그러할 것이며, 결과적으로 텍스트의 생산과 소비, 형태 및 경제와 가격을 모두 바꿔놓을 것이라"(*Digimodernism* 246)고 주장한다. 그리고 현시대를 사는 우리는 이러한 변화를 체험하고 있다. '스마트폰'의 등장으로 수많은 정보가 손가락 하나의 움직임으로 나타났다 사라지는 것이 그 일례인데, 이제 현대인들은 이 작은 기계를 통해 서로 소통을 시도하고 있다. 더 넓은 세계와의 소통을 위해 만들어진 스마트폰이 역설적이게도 이 시대의 개개인을 더 작은 자신만의 세계 속에 가두고 있다.

앞에서도 언급하였듯이, 커비가 말하는 '텍스트'는 결국 우리가 살고 있는 세계 전체를 의미하면서 안으로는 개인을 의미하기도 한다. 컴퓨터상의 채팅방이나 게시판, 위키페디아와 유튜브, 그리고 페이스북과 아이팟과 같은 세계는 이제 현대인들이 살고 있는 또 하나의 세계가 되고 있다. 포스트모던 시대에서 작가가 죽었다면, 현대의 디지털화된 세계에서는 개개인 모두가 작가이자 텍스트다.

로버트 사뮤엘스(Robert Samuels)가 『새로운 미디어, 문화 연구, 그리고 포스트모더니즘 이후의 비평이론』(*New Media, Cultural Studies, and Critical Theory after Postmodernism*)에서 주장하고 있듯이, 오늘날의 디지털화된 세계를 자동성(automation)과 자율성(autonomy)으로 특징지을 수 있다(3). 현대 사회에서 자동화와 자율성은 서로 이율배반적인 듯 하면서도 서로 공존하고 있는데, 이 속에서 개인은 자동화된 시스템 속에서 자율성을 가진 존재로서 살아가고 있다.

커비와 사뮤엘스가 인지하는 포스트-포스트모던사회에서의 개인의 모습은 『포인트 오메가』의 "벽에 숨어있는 인물"과 상응한다. 포스트-포스트모던 사회의 개개인은 겉으로 드러나지 않는다. 이것은 분명 포스트모던 시대의 '주체의 죽음'과는 다르다. 포스트-포스트모던 시대의 개인은 분명 살아있고, 거기 존재하지만, 모두가 숨어있다. 어디에 있는지 알 수 없지만 모두 '눈'을 가지고 있다. 그래서 개개인은 누구인지 알지 못하는 누군가의 감시를 받고 있고, 또 한편으로 다른 누군가를 감시하고 있다.

이것은 마치 조지 오웰(George Orwell)의 소설 『1984』에서의 "빅 브라더(Big Brother)가 당신을 지켜보고 있다"(5)는 문구를 연상시키지만, 현대 사회와 『1984』에서의 가장 큰 차이점은 이러한 빅 브라더가 개개인 모두가 될 수 있다는 데 있다. 단순히 CCTV나 현대 사회의 전산 네트워크와 같은 기계적인 감시 뿐 아니라, 작금의 시대는 여기에서 더 나아가 개개인이 시시각각 전해오는 다양한 정보를 통해서 서로를 감시하고 있으면서 동시에 누군지 모르는 대상들로부터 감시를 당하면서 살고 있기 때문이다. 예를 들어, 페이스북이나 카카오톡과 같은 매체를 통해 오히려 내가 누구에게 감시를 당하고 있는지 나 자신도 알 수 없다.

이처럼, 이 시대의 우리는 "벽에 숨어 있는 인물"처럼, 모습을 드러내지 않으면서 오히려 누군가의 시선을 즐기면서, 또한 훔쳐보는 것을 즐기기도 하고, 스스로 '사이코'에 완전히 빠지기를 원하기도 한다(9). 그리고 이러한 그의 모습은 현대인들의 관음증과 정신병적 집착을 떠올리게 만든다.

하루가 슬며시 지나간다. 점점 더 들어오는 사람이 줄더니 이제
는 거의 아무도 없다. 그는 이 벽에 기댄 채 어둠 속에 서있는
것 말고는 어디에도 존재하고 싶지 않았다. (13)

그는 하루 종일 그곳에 서 있다. 물론 전시실이 문을 닫을 때까지를
의미한다. 영화는 정확히 하루 종일(24시간) 상영되도록 재조정되었다.
그리고 그는 이것이 상영되는 시간동안 꼼짝없이 그곳을 지키면서 장면
들을 분석하고 또 분석한다. 그리고 그는 실제 영화가 아니라 재구성된
이 전시물(『24시간 사이코』)이 실제라고 말하는데(13), 이것은 자신이
빠져있는 다양한 디지털화된 세계가 실제라고 여기는 현대인들의 모습
을 암시하기도 한다. 또한 현대인들은 이러한 세계로부터 실제 자신이
살고 있는 세계로 빠져 나오는 것을 훨씬 더 어려워 한다는 것을 암시
해 준다.

24시간 계속해서 이 전시를 보고나서, 그가 누구인지 어디에 사
는 지를 잊은 채 거리로 나갈 수 있을까? 아니면 지금처럼 상영
하더라도, 이 상영이 하루에 다섯, 여섯, 일곱 시간 매주 계속되
고 계속 관람하러 온다면, 그가 그의 세계에서 살아가는 게 가
능할까? 그가 그걸 원할까? 그리고 그의 세계란 어디에 존재하
는 걸까? (13)

그렇다면 왜 고돈은 『사이코』를 택하였으며 드릴로 역시 왜 이 전시
를 소재로 소설을 시작한 것일까. 이것은 현시대를 살고 있는 우리가
더 이상 정신병이 구분되는 시대에 살고 있지 않다는 것을 암시하고 있
다. 모더니즘의 시대를 '신경증'이라고 하고 포스트모던 시대를 '나르시
시즘'의 시대라고 한다면 (Kirby, "The Death"), 포스트-포스트모던 시대

는 '더 이상의 정신병이 구분이 되지 않는 시대'라고 할 수 있을 것이다. 현대를 사는 우리 모두는 24시간 정신병에 시달리고 있으며, 정신병원이 아닌 어디에서나 정신병자를 볼 수 있는 시대에 살고 있다. 겉으로 드러나는 증상이 조금 더 심하고 덜하고의 차이가 있을 뿐이다.

이런 이유로, 앞에서 언급한 것처럼, 포스트-포스트모던 시대라 할 수 있는 작금의 시대를 '자폐증'의 시대라 일컫는 듯하다. '벽에 숨어 있는 인물'처럼 현대인들은 '벽' 속에 자신의 모습을 감춘 채 자신의 세계에 빠져서 살고 있다. 이 소설의 첫 장의 구성이 한 익명의 인물의 사고의 흐름으로 이루어져 있듯이, 자신의 생각 속에 갇힌 채 자기만의 세계에서 24시간 정신병을 앓으면서 익명으로 살고 있는 현대인들은 역시 모두 "벽에 숨어 있는 인물"임을 드릴로는 이 소설을 통해 암시하고 있다.


## 3. 나를 찾아 떠나는 여행

『포인트 오메가』는 크게 세 개의 장으로 나뉘어져 있고 처음과 끝장은 "익명"(Anonimity)이라는 제목이 붙어있으며, 가운데 장은 다시 네 개의 작은 장으로 나뉘어져 있다. 가운데 장은 첫 번째 장의 전시장면에서 관람객으로 등장하는 두 인물인 리차드 엘스터(Richard Elster)와 짐 핀리(Jim Finley)의 철학적이고 사색적인 대화로 이루어져 있다.

"남쪽의 어딘지 모를 어딘가"(20)라고 밝힌 사막 한가운데서 이루어지는 길고 느릿느릿하고 지루하기까지 한 이러한 두 인물의 일상과 대화는 리차드의 딸인 제시(Jessie)의 등장으로 변화를 가져온다. 그리고 갑작스런 그녀의 실종은 이 소설에 긴장감을 불러일으키지만, 아무런 해답이나 설명도 없이 소설은 다시 처음의 『24시간 사이코』의 전시관으로 돌아간다. 그리고는 "벽에 기대어 있는 한 남자"(21)와 제시와의 연관성을 드러냄으로써, 모든 것을 미스터리와 추측으로 남겨둔 채 끝이 난다.

핀리는 성공하지 못한 다큐멘터리 영화 제작자다. 전쟁에 대한 비밀 조언자로 미국 정부를 위해 일해 왔던 엘스터의 경험을 영화로 제작할 계획을 세우고 핀리는 엘스터를 만나기 위해 그가 있는 사막으로 향한다. 그리고 그는 엘스터를 다른 어떤 배경도 없이 벽만을 배경으로 한 채 인터뷰를 하는 것으로 영화를 구성하고자 한다. 우연히도 그 영화의 제목을 '벽에 기대어 있는 남자'로 이름 짓는다. 이러한 영화에 대해 논의하고자 이틀쯤으로 계획하고 떠난 사막으로의 여행은 열흘을 넘긴다 (20).

엘스터는 일상으로부터 자신을 찾기 위해 이곳으로 은둔해 있다고 표현한다. 소설의 첫 장에서처럼 현대 도시인들의 삶은 매순간이 마치 『사이코』 영화를 24시간으로 늘여놓은 것과 같다. '나'라는 존재에 대한 자의식도 없이 순간을 긴장과 전투 속에서 살아야 한다. 이런 이유로 엘스터는 시간과 공간을 잊을 수 있는 이곳 사막 어딘가에서 자신을 찾고 자신의 삶을 찾는 명상의 시간을 보내고자 한다.

> "내 경우는 달라. 영혼의 은둔이라고나 할까. 이 집은 첫 번째 아내의 가족 중 누군가의 소유였지. 수 년 간 이 집을 들락거렸어. 글을 쓰려고 오기도 하고 생각을 정리하려고 오기도 했어. 어디를 불문하고 다른 곳에서는 하루가 완전히 전투였어. 내가 밟는 도시의 거리 전체가 전쟁터였고 다른 사람도 모두 전투 대상자들이었어. 여기는 달라." (23)

이러한 엘스터의 바람은 현대인들의 공통된 소망이기도 하다. 언제부턴가 현대인들은 바쁜 일상으로부터 그리고 각종 시스템과 네트워크로부터의 감시에서 벗어나기를 내심 소망해왔다. 그러나 정작 그러한 기회가 주어지더라도 현대인들은 더 이상 진정한 자유를 누리지 못한다. 이미 이러한 시스템과 전자 장치들에 완전히 익숙해져 있기 때문이기도 하고 일상의 전투에 익숙해져 버린 탓이기도 하다.

그러나 이곳 사막에서의 생활은 이러한 도시 생활과는 다르다. 핀리는 이곳에서 휴대폰도 사용하지 않으며 노트북 컴퓨터도 사용하지 않는다. 그는 이러한 전자장비가 오히려 광활한 대지에 의해 압도당하는 듯한 느낌을 받는다(65). 아무리 기계문명이 발달한다 하더라도 자연을 이기지는 못한다는 작가의 메시지가 숨겨져 있는 듯하다. 이런 이유로 그들의 일상은 데크에 나와서 대자연을 바라보면서 이야기를 나누거나 보드카를 마시는 것이 거의 전부다. 그런데 이러한 일상에서 핀리는 차츰 이것이 정상적이라고 느끼기 시작한다. 영화가 전부였고 그래서 아내에게 늘 핀잔을 받아왔던 그가 점점 영화에 대한 강박증으로부터 독립하기 시작한다.

> 엘스터와 제시와 더불어 이곳에 머물면서 나는 더 이상 영화가 그립지 않았다. 눈앞에 펼쳐진 풍경이 정상으로 보이기 시작했다. 여기에서 느끼는 거리감이 정상적인 것이고 이곳에서는 열기가 곧 날씨의 전부다. 여기에서는 시간이 장님이라고 했던 엘스터의 말을 이제 이해하기 시작했다. (64)

핀리는 이곳에서 엘스터와 진정한 자아에 대한 대화를 나눈다. 엘스터는 "모든 것을 드러내 보이고 모든 감정을 보여주고 이해해주기를 바랄 때는 자신에 대한 이해에서 중요한 무언가를 잃어버리게 된다"(66)

고 말한다. 더불어 진정한 자아를 찾기 위해서는 "다른 사람들이 알지 못하는 무언가를 알고 있을 필요가 있다"(66)고 덧붙인다. 이것은 인터넷을 비롯한 현대 사회의 여러 전자 매체들로 인해 자신의 정보를 무제한적으로 공유하고 있는 포스트-포스트모던 사회의 모습을 보여주는 것으로써, 이러한 행위를 통해서는 자아를 찾을 수 없음을 지적하는 것이라 하겠다.

엘스터의 딸인 제시 역시 "벽에 숨어있는 한 인물"과 마찬가지로 '자폐증'을 앓는 현대인들을 대표하는 인물이다. 핀리는 제시를 "공기의 요정 같다"(49)고 표현하고 있다. "그녀는 마치 미끄러지듯이 고요히 움직이고 어디에서든지 동일한 것을 느낀다"(49). 또한 제시는 종종 자신의 존재를 잊은 채 멍하니 있을 때도 있었다고 하는데, 이런 엘스터의 증언에서 우리는 제시를 일종의 자폐증상을 가진 인물로 추정할 수 있다.

> '제시가 아이였을 때는'이라고 그는 말문을 열었다. 나는 엘스터가 자신의 음료를 한 모금 들이킬 때까지 잠시 기다렸다. 제시는 자기가 누군지 알기 위해 자신의 팔이나 얼굴에 손을 대어야만 했었다. 엘스터 말로는 아주 드물게 일어나는 일이긴 했지만 어쨌든 그런 일이 일어났다고 했다. 제시는 자신의 손을 얼굴에 대곤 했다. 이게 제시카야. 그녀의 몸은 그렇게 손을 대기 전까지는 거기에 있지 않았다. 지금은 그런 사실을 기억하지 못하지만, 제시는 작았어. 의사들, 각종 검사들. 아이 엄마는 아이를 꼬집곤 했지. 아이는 거의 반응을 보이지 않았고, 아이에게는 상상 속의 친구가 필요 없었어. 자기 스스로가 상상의 존재였으니깐. (71)

제시는 그 자체로서 실제로 존재하는 인물이 아니었다. "상상 속의 친구가 필요 없었다"는 것은 상상하는 주체로서 존재하지 않았다는 것을 의미한다. 그녀 스스로가 상상 속에 존재함으로써 상상하고 있는 주체조차 존재하지 않았던 것이다. 현실이 아닌 상상 속에 살고 있기에 제시는 늘 그 상상 속에 갇혀 살았다. 이것이 그녀의 자폐증상이며, 드릴로는 이를 통해 자신들 만의 세계에 갇혀 사는 현대인들의 미래의 모습을 예견하는 듯하다.

이제 이십대인 제시는 여전히 조용한 성격의 인물로 그려지고 있다. 그러면서도 그녀는 지금도 종종 낯선 이에게 말을 걸곤 한다고 엘스터는 말한다(49). 이런 그녀의 모습은 그녀로 하여금 전혀 현실 속의 인물 같지 않은 신비로움을 느끼게 한다. 결국 그녀의 어머니는 최근에 그녀가 만나고 있다고 추정되는 한 남자에 대해 불안을 느끼게 되고, 그와 격리시키려는 의도로 그녀를 뉴욕에서 아버지가 있는 이곳 사막으로 보낸다.

그러나 어느 날 엘스터와 핀리가 집을 나갔다 돌아왔을 때, 그들은 제시가 아무런 흔적도 없이 사라져버린 사실을 발견한다. 그리고 이후 우리는 그녀의 행방을 알 수 없다. 자신의 세계에 갇힌 채 살아가다가 결국 길을 잃거나 사라져 버리는 현대인들의 모습이 그녀의 실종을 통해 암시된다.

딸을 찾고자 하는 모든 노력이 수포로 돌아가고, 오히려 어떤 단서도 찾지 못한 채, 엘스터는 사막을 떠난다. 도시 문명에서 벗어나 자아를 찾고자 하던 엘스터는 결국 딸을 잃어버린 채 거의 제정신이 아닌 상태로, 다시 현대 사회를 대표하는 도시로 되돌아올 수밖에 없다.

## 4. 오메가 포인트

이 소설의 제목은 샤르댕의 이론인 '오메가 포인트'(omega point)에서 차용하고 있는데, 소설 속에서 엘스터는 직접 샤르댕의 이론을 언급하고 있다(52, 53). 샤르댕의 이론은 그의 저서 『인간의 미래』(The Future of Man)(1964)에서 잘 드러나고 있다. 그는 인간이 진화하는 존재임을 믿으면서, 인간의 진화는 궁극적으로 "초강력인간"(ultra-human)으로 나아가는 과정이라고 주장한다(317).

샤르댕은 인간을 하나의 분리된 존재로 보지 않았다. 그는 인간을 시공적으로 에워싸고 있는 우주의 한 복판에 놓인 하나의 현상으로 파악하였다(김성동 32). 즉, 인간을 우주 내의 많은 생명체 중의 하나로서가 아니라, 그를 둘러싼 모든 것을 아우르는 종합적인 하나의 존재로 파악한 것이다. 나아가서 그의 관점대로라면 "물질과 정신은 결코 두 가지 다른 실체가 아니고, 같은 우주적 재료가 보는 방식에 따라 달리 나타나는 두 '상태', 두 측면인 것이다"(『물질의 심장』44). 샤르댕은 어떻게 분화되고 구분되고 쪼개어지는가에 중요성을 두지 않았다. 그것들이 어떻게 합을 이루고 있는가에 초점을 맞춘 채, 이를 통해 모든 진화와 철학적 문제들을 풀고자 하였다.

> 세대의 고리 속에서 볼 때, 개체 하나는 중요하지 않았고 살 권리가 없었다. 개체는 자기 위로 지나가는 어떤 흐름을 받쳐주는 지점에 불과했다……. 그런데 반성의 출현과 함께 모든 게 변했다. 집단 변이의 현실 속에서 개인화(individualization)를 향한 행진이 비밀스럽게 시작되었다……. 전체에서 보면 세포에 불과한 개체가 '뭔가'가 되었다. 단위 물질 후에 단위 생명이 생기고 이제 '단위' 생각이 이룩된 것이다. (샤르댕, 『인간현상』167-68)

집단의 개념에서 개별적 개체는 무시되었던 과정을 지나면서, 다시 개인을 찾고자 하는 노력, 그리고 그 다음의 진화과정으로 이 두 과정을 아우르는 현상이 발생한다. 즉, 샤르댕이 말하는 '일체화'(unification) 또는 '전체화'(totalization)가 생겨난다. 더 이상의 분열이 아니라, "대신 새로운 방향성으로서 수렴(convergence)의 과정으로 들어서는" 것이다 (샤르댕, 『자연 안에서 인간의 위치』 135). 그리고 이러한 과정을 통해 전체가 된 개개인의 상태가 바로 '초강력인간'이고 인간이 도달할 이러한 영역이 바로 "정신영역"(noosphere)(Chardin, *The Future of Man* 180)이다.

이러한 상태는 정신적인 묵상과 의식의 영역으로서 모든 인류를 묶어줄 수 있는 어떤 단계다. 결국 인간은 모든 것을 연결해 주는 이러한 '오메가 포인트'를 향해 진화하고 있으며, 결국 이것이 신에게로 가는 길이라고 샤르댕은 정의내리고 있다(*The Future of Man* 257). 그의 주장에 따르면 '오메가 포인트'는 인간에 의해 만들어지는 것이 아니다. 그것은 이미 존재하고 있는 것으로서 우주 만물의 자석과도 같은 이끌림이라고도 할 수 있다(*The Future of Man* 257). 샤르댕은 이러한 이론을 통해 우주의 생성과 소멸, 인간의 탄생과 진화, 그리고 나아가서 죽음을 설명하고자 한다.

샤르댕이 주장하는 인간 진화의 궁극적인 도달점은 이처럼 '오메가 포인트'인데, 이 지점에서는 "차별적 일체화"(differentiated unification)가 일어나야 한다. 그가 말하는 "차별적 일체화"란 "서로 뒤섞이지 않으면서 합류한다"(김성동 43)로서 정의된다. 그리고 이러한 일체를 가장 잘 보여주는 일례로서 '사랑'을 들고 있다. "사랑하는 두 사람이 서로 자신을 상대에게 내주지 않고 어떻게 상대를 완벽하게 가질 수 있겠는가?

남과 하나가 되면서 '내가 된다'는 모순된 행위를 실현하는 것이 사랑이 아닐까?"(샤르댕, 『인간현상』 246)

이런 의미에서, "오메가는 결국 '여러 중심들이 이룬 유기체 한 가운데서 빛나는 중심'이다. 매우 자율적인 '하나' 아래에서 '전체'의 하나됨과 각 개체의 개체화가 서로 섞이지 않고 동시에 최고에 달하는"(샤르댕, 『인간현상』 244) 그 순간이 바로 '오메가 포인트'이다. 그리고 최종적으로 우리 인간이 진화되어 가야할 방향이 이것이라고 샤르댕은 주장한다.

이러한 샤르댕의 이론은 전자 네트워크에 의해 점차 하나의 큰 덩어리로 연결되고 있는 현대인들의 모습을 묘사하고 있는 듯하지만, 샤르댕이 말하는 '오메가 포인트'는 이와 다르다. 오히려 이것이 정신적인 세계, 또는 생각하는 세계의 거대한 덩어리라고 할 수 있는 어떤 존재로의 이끌림이라고 한다면, 인류는 그와는 다른 방향으로 진화하고 있다고 볼 수 있다. 인간은 오히려 그가 염려했던 기계와 물질만으로 연결되어있는 거대한 덩어리로 진화하고 있는 것이다.

이런 의미에서 드릴로는 샤르댕의 이론과 주장에 동의하면서, 현대사회가 잘못 진화되고 있음을 지적하고 있다. 그는 핀리의 입을 빌어 도시의 생활을 "뉴스와 자동차, 스포츠와 날씨"(18)로 요약하면서, "사람들이 결코 말을 걸지 않는 곳"(37)이라고 말한다. 드릴로가 보는 현대사회는 이처럼 말을 하지 않는 사람들이 테크놀로지로만 연결이 된 채 개별화되어 있는 사회다. 이런 의미에서 현대인들은 실제로 자폐증상을 보이는 제시 보다 더한 자폐증을 앓고 있다. 왜냐하면 제시는 낯선 이에게 종종 말을 걸기도 하지만 대부분의 도시인들은 서로 말조차 하지 않기 때문이다. 대신에 현대인들은 기계를 통해서 말을 한다. 그리고 그 기계를 통해 거대한 네트워크를 이룬다.

진정한 삶이란 말이나 글로 축약할 수 없는 것이다. 누구도 이런 업적을 이룬 이는 없다. 진정한 삶이란 우리가 혼자일 때, 우리가 생각할 때, 느낄 때, 기억 속에서 길을 잃었을 때, 혼자서 꿈을 꿀 때, 아주 순식간에 자리를 잡는다. 엘스터는 이런 말을 다른 방식으로 여러 번 했다. 멍하니 벽을 쳐다볼 때 저녁에 뭘 먹을까를 생각하고 앉아 있을 때 자신의 삶이 생겨난다고 그는 말했다. (17)

여기에서 그가 강조하는 것은 '혼자'와 '생각'이다. 기계가 아니라, 스스로 생각을 하고 느끼고 기억을 하느라 생각에 빠져있거나 꿈을 꾸는 것은 그가 자신의 생각을 소유하고 있음을, 그리고 살아있음을 의미한다. '혼자'가 가능해야 한다. 샤르댕이 말하는 '자율적인 하나'를 의미한다. 하나가 되기 이전에 그 개체는 자신만의 자율성이 전제되어야 한다는 의미다. 이것이 '차별화된 전체화'로 가기 위한 전제조건이자, '오메가 포인트'로 가는 시발점이다. 이런 이유로 드릴로는 '혼자'를 강조한 후, 다시 '집단'의 개념을 상기시킨다.

"우리는 어떤 존재일까요?"

"모르겠어요."

"우리는 하나의 무리고 집단이죠. 우리는 단체로 생각하고 무리지어 여행을 하죠. 이런 무리는 자기 파멸적인 유전 인자를 달고 다니죠. 폭탄 하나로는 모자라죠. 테크놀로지의 얼룩인 셈이죠. 그리고 이것이 신들이 전쟁을 꾸미는 바로 그곳이고요. 왜냐하면 이제는 내전의 시대니까요. 떼이야르 신부는 이것을 알고 있었죠. 바로 오메가 포인트에요. 인간의 생물학적인 존재를 벗어나는 단계말이지요. 당신 자신에게도 이 질문을 해보세요. 우리가 영원히 인간이어야 하나요? 의식은 지쳤어요. 이제 비유기체적인 존재로 돌아가는 거죠. 이것이 바로 우리가 원하는 거에요. 우리는 들판에 있는 돌이 되고 싶은 거죠." (52-53)

개개인의 생각과 자율성이 살아 있으면서 그 개개인이 다시 하나가 되어야 한다. 그리고 그 개개인의 '의식'은 살아있어야 한다. 작금의 시대처럼 의식은 기계에게 맡긴 채 좀비처럼 무리만 지어서 떠돌아다니는 것은 결코 샤르댕이 말하는 '초강력인간'의 경지가 아니다.

드릴로는 '우리가 영원히 인간이어야 하나'라고 질문을 하면서, 우리의 의식은 지쳤다고 역설하고 있다. 그리고는 무생물의 상태로 돌아가 쉬고 싶다고 한다. 그러나 이것은 오히려, 우리가 인간이어야 한다는 것을, 그리고 끝없이 의식을 갖고 있어야 한다는 주장을 더 강하게 보여주고자 하는 작가의 반어적 의도로 보인다. 다시 말해서, 현 시대를 사는 우리 개개인은 개인의 의식과 사유를 잃지 말아야 하며, 더불어 개개인으로 존재하면서도 동시에 전체 네트워크 속에 스며들어 '전체화'를 만들어야 한다는 샤르댕의 주장을 내포하고 있다.

이로써 드릴로는 자신의 존재와 미래를 모두 테크놀로지에 맡겨놓은 듯이 살고 있는 현대인들에게 다시 '오메가 포인트'로 되돌아 갈 것을 권유한다. 이것은 생각하고 느끼고 꿈을 꾸는 존재로서의 개인적 인간들의 합을 의미한다. 이런 의미에서 샤르댕의 '포인트 오메가'와 '초강력인간'에 대한 이론은 1960년대 이론임에도 불구하고 시대를 앞서간 듯, 그 자체로서 포스트-포스트모던적 개념을 함축하고 있다. 그리고 이러한 이미 오래 전의 이론이 오히려 현대를 살아가는 우리에게 자아에 대한 해답을 제시하고 있음을 드릴로는 간파한 것이다.

한 명은 사막에 남아서 제시를 기다리자고 했던 약속과는 달리, 엘스터와 핀리가 함께 다시 도시로 되돌아오는 장면을 통해, 드릴로는 다시 한 번 샤르댕의 개념에 대해 동의하고 있음을 암시한다. 그들은 자신만의 공간과 시간이 필요한 건 사실이지만, 더 이상 홀로 고립된 상태만으로는 자아를 찾을 수는 없다는 사실을 간파한 것이다. 샤르댕의 주장처럼, "인간의 의식은 우주로 뻗어 있고 공간과 시간으로 무한히 연장되어"(『인간 현상』 64) 있기 때문이다. 자아는 혼자만의 세계에서가 아니라 다른 사람들과의 합일 속에서 찾을 수 있다.

본 연구는 이러한 시대적인 변화의 흐름 속에서, 드릴로의 『포인트 오메가』를 통해, 모더니즘에서 포스트모더니즘으로, 그리고 다시 포스트-포스트모더니즘으로 변화하고 있는 시대상을 확인하고, 그 속에서 '보이지 않는 존재'처럼 살아가고 있는 우리 시대의 개인의 자폐증적인 삶에 대해서 고찰해 보았다.

이러한 삶에서 의미를 찾지 못하고 자아를 찾으려는 노력의 일환으로 홀로 사막으로 떠났던 소설 속 주인공이, 결국 자아를 찾지 못한 채 오히려 상실만을 가득 담은 채 되돌아오는 것을 우리는 목격했다. 이로써 드릴로는 혼자만의 세계에만 머물러서도 안 되고 그럴 수도 없음을 암시하면서, 인간의 자의식과 자율성을 되찾으면서도 더불어 이 시대의 네트워크 속에서 하나의 거대한 합일을 이루어야 한다는 샤르댕의 '오메가 포인트'로 나아갈 것을 권고한다.

물질과 기계적인 네트워크로 이루어진 거대한 덩어리가 아니라, 그 속에 개개인의 의식과 가치가 그대로 남아있는 가운데서의 완전한 합일은 우리가 이해하기에 모순적으로 보인다. 그러나 그것은 우리가 사랑을 통해 가능하다고 샤르댕은 말한다.

이러한 사랑으로서의 합일이야말로 '오메가 포인트'로, 그리고 나아가서 우리가 '정신영역'에 도달하고 궁극적으로 모두가 여럿이면서 하나일 수 있는 '초강력인간'이 될 수 있는 길이라고 드릴로는 샤르댕의 표현을 빌어 우리에게 말하고 있다. 그리고 포스트-포스트모던 사회에서의 이상적인 인간상이라 할 수 있는 이 '초강력인간'이야말로, 인간으로서 의 절대 권력을 휘두르는 지배자로서의 인간이 아니라, 오히려 우주의 모든 생명과 무생물마저도 사랑의 힘으로 아우르는 각각이면서도 하나 인 존재로서의 인간을 의미한다.

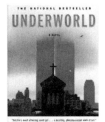

# 죽음에 대한
# 공포와
# 종교의 의미

『화이트 노이즈』, 『언더월드』, 『추락하는 인간』을 중심으로

## 1. 들어가며

과학과 의학의 발달에 힘입어 인간의 수명이 늘어나고 있는 것이 사실이지만, 다른 한편으로 "지식과 기술 분야에서의 모든 진보는 새로운 종류의 죽음이나 새로운 변종으로 연결됨"(White Noise 145)으로써, 오히려 현대인들은 자신들이 발전시킨 테크놀로지로부터 위협을 받고 있

---

* 『새한영어영문학』(2011) 53권 1호. 21~45쪽.

는 듯하다. 인간의 생활을 보다 편리하고 여유롭게 만들기 위해 인간에 의해 발전되어온 테크놀로지가 오히려 현대인들을 따라다니며 죽음에 대한 공포를 불러일으키고 있다. 현대인의 생활에서 필수가 되어버린 자동차나 비행기가 가져오는 크고 작은 사고들, 인류가 초래한 환경오염에 의해 생겨난 여러 가지 독성물질에의 노출, 인류문명의 발전과 더불어 점점 더 심각해져가고 있는 지구 온난화와 그로 인한 여러 가지 자연재해들, 그리고 인간이 만들어 낸 최고의 테크놀로지라 할 수 있는 핵무기의 끊임없는 위협 등이 현대인들로 하여금 언제나 죽음을 더 가까운 곳에 있는 것으로 여기게 만든다.

현대인들이 느끼는 죽음에 대한 이러한 공포감은 미국의 포스트모던 작가인 돈 드릴로[1]의 소설을 통해 잘 드러나고 있다. 그는 자신의 소설 속에서 끝없이 발전하고 있는 인류의 과학 문명과 이와는 대조적으로 깊어져만 가는 인간의 죽음에 대한 공포감을 보여줌으로써, 현대 자본주의 사회와 그 속에서 살고 있는 현대인들의 모습을 좀 더 냉철한 시각으로 통찰할 수 있도록 도와준다.

테크놀로지와 죽음, 그리고 종교의 의미를 찾고자 하는 드릴로의 노력은 그의 소설 전반에 걸쳐 드러나고 있는데, 특히 이러한 주제는 그의 주요소설 중 하나인 『화이트 노이즈』(1985)에서 본격적으로 대두되면서 『리브라』(1988)를 거쳐 『언더월드』(1997)에 이르면서 극도로 강해진다. 하지만 죽음에 대한 어둡고 부정적이기만 하던 그의 견해는 『언더월드』에 이르러 다소 변화된 시선을 보여주는데, 이것은 그의 최근작인 『추락하는 인간』(2007)에 이르러 이전과는 다른 새로운 해석이 가능

---

[1] 필자는 박사 논문과 그 이후의 논문에서 Don DeLillo를 '돈 데릴로'라 칭하여 왔다. 하지만 최근 이 작가의 이름에 대한 번역이 '돈 드릴로'로 통상 불리고 있음에 따라, 필자 역시 이에 따르고자 한다.

하도록 만든다. 이들 소설의 특징 중 하나로 이 속에서는 모두 종교적 인물이 등장하고 있는데, 종교에 대해 갖고 있는 그의 견해는 죽음에 대한 그의 해석에 직접 간접적으로 영향을 끼치고 있음을 알 수 있다.

따라서 본 논문에서는 드릴로의 주요 작품들이면서도 그의 초기와 중기, 후기를 대표하는 작품이라고 할 수 있는『화이트 노이즈』,『언더월드』, 그리고『추락하는 인간』을 중심으로, 죽음의 의미가 어떤 방향으로 변모하고 있는지를 살펴보고, 나아가 언제나 그 속에 죽음의 문제를 포함하고 있는 종교의 의미에 대해 연구해 보고자 한다.

본 글에서는 드릴로의 이전 소설인『화이트 노이즈』와『언더월드』의 경우에서는 죽음과 종교에 대한 드릴로의 견해에만 초점을 맞춘 채 간략하게 살펴본 후, 보다 최근작인『추락하는 인간』을 중심으로 그의 견해가 어떤 변화를 겪고 있는지, 그리고 이 작품에서 그가 현대 사회에 던지고 있는 문제점과 그 해답은 무엇인가에 대해 좀 더 심도 있게 논의해 보고자 한다.


## 2. 죽음으로부터의 끝없는 도피,『화이트 노이즈』

『화이트 노이즈』에서 드릴로는 미국의 중산층을 대표하는 글래드니(Jack Gladney)라는 가족의 모습을 통해서 현대인들에게 팽배해있는 죽음의 문제를 묘사하고 있다. 물질적 환경적으로 과거보다 훨씬 여유롭고 풍요해졌음에도 불구하고 인류는 점점 더 죽음을 목전에서 목격하고 피부로 느끼면서 살고 있다. 이러한 현상은 인류가 이룩해 온 미디어의 발전에서도 그 원인을 찾을 수 있는데, 우리는 이제 매일 안방에서 수많은 사람들의 죽음을 목격하며 살고 있다.

미디어의 발전과 보급에 따라 현대인들은 하루에도 수없이 많은 타인의 죽음을 목격할 수 있는데, 이러한 현상이 초래하는 죽음에 대한 이해는 크게 두 가지로 분류될 수 있다. 그 첫 번째로, 현대인이 점차 죽음의 실재성에 둔해지고 있음을 들 수 있다. 『화이트 노이즈』에서 글래드니 가족이 함께 텔레비전을 보는 장면에서 이러한 예를 찾아볼 수 있는데, "시체 두 구가 발견되었지만, 더 많은 시체가 그 장소에 묻혀 있을 거라는 보도"에 결과를 기대하면서 계속 지켜보지만 결국 "다량의 시체가 없다"는 결과가 나오자, 뉴스 기자도 글래드니 가족도 실망감을 감추지 못한다(*White Noise* 211-12). 또 다른 소설 『리브라』에서, 미디어를 통해 수없이 반복 재생되는 케네디 대통령 암살 장면이 더 이상 실제 죽음이 아닌 하나의 시뮬라크라로 변모하는 것 역시 현대 사회에서 타인의 죽음이 갖는 무의미성을 보여준다.

타인의 죽음을 하나의 시뮬라크라로 여기는 것과는 대조적으로, 현대인들은 자신의 죽음에 대해서는 언제나 자신을 따라다니는 그림자와도 같은 직접적인 공포의 대상으로 느끼면서 살고 있다. 이러한 모습은 "신문의 부고를 읽을 때마다 언제나 죽은 이의 나이를 확인한다. 그러면서 저절로 그 숫자를 내 나이와 연결 하게 된다"(*White Noise* 98)는 잭 글레드니의 모습에서도 잘 드러난다.

『화이트 노이즈』에서 주인공들은 의식적으로 죽음을 외면하거나, 또는 죽음으로부터 자신만은 예외가 될 수 있기를 바란다. 잭이 히틀러 학과의 교수가 된 것은 히틀러가 수많은 유대인들을 학살함으로써 죽음을 관장했다고 믿었기 때문이다. 즉 히틀러의 강력한 힘 아래에 숨음으로써 자신은 죽음으로부터 벗어날 수 있을 지도 모른다고 막연하게 기대한다. 이러한 죽음에 대한 도피는 잭의 아내인 바베트(Babette)에서 절정을 이루는데, 그녀는 가짜 만병통치약을 구입하기 위해 이 약의 제조 판매자인 윌리 밍크(Willy Mink)에게 몸을 판다. 이러한 바베트의 모습은 죽음을 모면하기 위해, 또는 조금이나마 죽음을 멀리하고자 하는 현대인들의 몸부림을 적나라하게 보여주고 있는 것으로서, 현대인들은 자신에게 가장 소중한 것을 팔아서라도 죽음의 공포에서 벗어나고 싶어 한다.

하지만 소설 속의 주인공들이 필사적으로 죽음으로부터 도피하고자 함에도 불구하고 드릴로는 죽음이 늘 가까이에 전혀 예기치 못한 곳에 있음을 보여준다. 나이오딘 디(Nyodin D)라는 유독가스가 유출되면서 잭이 자신이 이 유독가스에 오염되었음을 예감하는 것이 그것이다. 인간이 이룩해 놓은 수많은 과학 기술의 힘에 의해 오히려 현대인들은 보다 더 가까이에서 도처에 깔려있는 죽음의 그림자를 인식할 수밖에 없다. "테크놀로지가 가져다주는 최고의 위협은 불멸에 대한 약속이라"(75)고 밝힌 마이클 모세스(Michael Moses)의 주장처럼, 불멸을 향해 그칠 줄 모르는 현대의 과학 기술 발전이 오히려 우리의 생명을 위협하는 결과를 초래한 것이다.

유독가스에 노출된 잭은 자신이 죽어가고 있다고 생각한다. 그래서 자신이 선한 일을 함으로써 어쩌면 구원을 받을 수 있을지도 모른다는 생각을 하고 있는 듯하다(*White Noise* 313-4). 죽음이 기정사실이 되어 가고 있는 상황에서 그가 기대할 수 있는 것은 죽음 이후의 삶에 대한 기대이기 때문이다.

윌리를 데리고 간 병원에서 만나는 마리 수녀(Sister Marie)와의 대화 장면 역시 이러한 맥락에서 해석될 수 있는데, 잭은 벽에 걸려있는 "케네디와 교황이 천국에서 만나는 그림"(*White Noise* 317)을 보면서 일종의 안도감을 느낀다. "온갖 신들과 평범한 사람들이 저 높은 곳에서 멋진 모습으로 빛을 발하며 만나는 서사시처럼, 우리 모두 만나지 말라는 법이라도 있단 말인가?"(*White Noise* 317)라는 잭의 대사에서 추측할 수 있듯이, 그는 이제 이 세상에서의 삶이 아닌 천국에서의 부활을 꿈꾸고 싶어 한다. 그럼으로써 현재 자신이 "죽어가고 있다"(*White Noise* 310)는 사실에서 다음 세계에서의 삶으로의 희망을 가질 수 있기 때문이다.

그러나 이러한 그의 한 가닥 희망은 수녀의 대답을 통해 무너지고 만다.

> "요샌 교회에서 천국에 대해 뭐라고 말합니까? 저 그림에서처럼 여전히 하늘에 있는 옛 천국인가요?"… "우리가 바보인줄 아세요?"…
> "구원이라고요? 구원 받는 게 뭔데요? 여기 와서 천사에 대해 말하다니 이런 멍청한 사람을 봤나. 내게 천사를 보여줘 봐요. 나도 한 번 보고 싶네요." (*White Noise* 317)

죽음을 인식하면서 기독교적 부활에서 희망을 찾으려는 잭의 모습은 자신의 욕심이나 소망을 충족하기 위한 수단으로 종교를 찾는 현대인들의 모습을 암시하기도 한다. 즉 현대 사회에서의 종교는 현대인들 각각의 소원을 들어주는 기능으로 변모하면서, 현대인들의 욕구를 충족시켜주는 또 하나의 자본 상품이 되고 있음을 상징하는 것이라 할 수 있다. 자신들이 "진정으로 천국과 지옥 같은 옛것과 옛 믿음을 … 믿는 체하지 않으면 세상은 무너지고 말 것"(*White Noise* 318)이라는 마리 수녀의 말에서 잭과 더불어 우리는 깊은 실망감을 느낀다. 현대 사회의 종교가 '종교다움'으로 포장된 또 하나의 상품이라면 우리는 어디에서 진실 된 종교의 의미를 찾을 수 있을까?

결국 종교에서조차 해답을 찾지 못한 채 점점 더 자신의 죽음이 다가옴을 느끼던 잭은 또다시 슈퍼마켓에서 쇼핑을 하는 것으로 『화이트 노이즈』는 끝이 난다.


## 3. 죽음의 승리, 『언더 월드』

『화이트 노이즈』가 현대 사회에 만연해 있는 죽음에 대한 공포를 느끼면서 이로부터 도피하고자 몸부림치는 현대인들의 모습을 보여주고 있다면, 『언더월드』에서는 현대인들의 이러한 몸부림에도 불구하고 결국 인간은 죽음의 지배를 받을 수밖에 없음을 여러 가지 예시들로 입증해 보여주고 있다. 『언더월드』는 제목에서 느낄 수 있는 것처럼 드릴로 소설 중 가장 어두운 소설이라고 할 수 있는데, 이 속에서 우리는 수많은 죽음과 죽음의 그림자들을 느낄 수 있다.

『화이트 노이즈』에서 우리는 직접적인 죽음을 목격하지는 않는다. 잭의 죽음이 예상되기는 하지만 드릴로는 이것을 직접적으로 묘사하거나 보여주지 않는다. 게다가 잭이 죽이려 했던 윌리 역시 생명에는 지장이 없다. 이로 인해 우리는 『화이트 노이즈』를 집필하는 동안에는 드릴로가 현대 사회를 그리 절망적으로 보지 않았음을 추측해 볼 수 있다.

그러나 드릴로의 이러한 희망은 『화이트 노이즈』이후 『언더월드』를 집필하면서 차츰 희미해진 듯하다. 『화이트 노이즈』에서 글래드니 가족을 통해 보여주었던 죽음에 대한 막연한 공포는 『언더월드』에 이르러 구체적으로 확인되고 그 실체를 드러냄으로써, 드릴로는 인류의 미래에 대해 강한 어둠을 예견한다. 이러한 예견은 소설 표지에 묘사되어 있는 회색빛 무역센터의 쌍둥이 빌딩의 모습과도 상당히 연관되어 보이는데, 현대 자본주의 사회를 대표한다고 볼 수 있는 이곳에 암울한 미래가 생길지도 모른다는 두려움이 그대로 느껴진다.

『언더월드』의 첫 이야기는 역사적인 야구 이야기로 시작되는데, 이것은 모든 관중과 전 국민들이 열광한 하나의 축제였다. 이러한 축제 분위기와는 정반대로 드릴로는 이 속에서 그림자처럼 깔려있는 죽음의 모습을 암시하고 있는데, 그 중 하나로 경기장 여기저기에 떨어져 돌아다니는 쓰레기 종이의 그림을 들 수 있다. 이것은 『라이프』 잡지에서 찢겨져 나온 한 부분으로서 피터 브뤼겔(Peter Brugel)의 '죽음의 승리'라는 그림이다.

> 그는 두개골로 가득 찬 수송차를 살펴본다. 그는 통로에 서서 개들에게 쫓기고 있는 벌거벗은 남자를 바라본다. 그는 죽은 여인의 팔에 안겨 있는 아기를 갉아 먹고 있는 말라빠진 개를 쳐다본다……. 그렇다, 주검이 살아있는 것을 덮친다. (*Underworld* 50)

이처럼 모든 사람들이 열광하고 들떠 있는 가운데서 드릴로는 끔찍한 죽음을 목격한다. 이로써 그는 현대인들이 마치 축제를 즐기듯 분주하게 살고 있는 현대인의 삶 가운데 '주검이 살아있는 것을 덮치는' 이야기를 들려주려 한다.

이러한 죽음의 그림자는 소설이 진행되면서 차츰 그 모습을 드러내는데 점점 더 그 정도와 깊이가 심화된다. 그 중에서도 구소련 시대의 가상 영화인 『운터벨트』를 통해 이러한 죽음의 공포는 현실처럼 펼쳐진다. 이 영화에서 등장하는 죄수들로 추정되는 인물들의 모습은 끔찍하다 못해 "오히려 우스꽝스럽다"(*Underworld* 429). 드릴로가 묘사하고 있

Pieter Bruegel the Elder, The Triumph of Death
c.1562 – c.1563, Museo del Prado, Madrid, Spain

는 "비스듬히 기울어진 머리와 아주 좁은 턱, 그리고 지렁이처럼 앞으로 톡 튀어나온 입을 갖고 있는"(*Underworld* 429) 한 인간의 모습은 우리에게 핵에 의한 기형을 연상시키는데, 이러한 추측을 뒷받침하는 여러 가지 증거들이 소설 전반에 걸쳐 등장한다. 우즈베키스탄의 한 병원의 모습과 '기형박물관'의 모습이 그 예라 하겠다.

드릴로는 소설 전반에 걸쳐 "모든 것이 서로 연결되어 있다"(*Underworld* 289)라는 말을 되풀이 하는데, 이것은 이러한 죽음이 일부 사람들이나 일부 지역에 한정되는 것이 아니라, 끝없는 핵의 단위로 꼬리를 물고 파괴를 일으키는 핵폭탄처럼 현대인들의 운명 역시 서로 연결되어 있음을 의미한다. 제목에서 암시하듯이, 지하세계에 묻혀있는 쓰레기와 핵폐기물, 또는 사회의 어두운 곳에서 살고 있는 사람들의 삶이 결국에는 거기, 그 사람들에게만 한정된 것이 아니라, 지구 전체와 모든 사람들에게 연결되어 있음을 피력한다.

『화이트 노이즈』에서의 보다 막연한 죽음에 대한 공포가 개인이나 가족의 개념에서 해석될 수 있다고 본다면, 『언더월드』에서의 죽음은 보다 전 지구적인 것으로 확대되면서 인류의 미래에 대한 불안 역시 보다 확연하게 드러나는 것을 느낄 수 있다. 드릴로는 『화이트 노이즈』에 서처럼 『언더월드』에서도 다시 한 번 종교에서 그 희망을 찾으려고 시도해 본다.

이것은 죽은 에스메랄다(Esmeralda)의 모습이 거리의 광고판에 나타나는 기적을 통해 암시된다. 그녀는 누군가에게 강간을 당한 후 내버려짐으로써 죽임을 당한 거리의 소녀다. 기차가 지나가면서 비추는 불빛으로 인해 길거리에 있는 대형 광고판에 죽은 에스메랄다의 모습이 나타나는 기적이 일어나고 군중들과 보도진들이 몰려든다. 군중들은 이것을 하나의 기적으로 받아들이고 하나의 어떤 징후라고 여긴다. 이것을 지켜보고 있던 에드가 수녀(Sister Edgar) 역시 그 이미지를 에스메랄다라고 확신한다. 소녀를 가까이에서 제대로 본 적이 없음에도 불구하고 그녀는 그 얼굴이 그 소녀라고 확신하고 또 그러길 간절히 바란다.

기적에 대한 에드가 수녀의 확신은 그녀에게 죽음 이후의 천국에 대한 확신을 가져다주지만, 드릴로는 이러한 희망에 또다시 찬물을 끼얹는다. 자신의 믿음에 대한 강한 확신을 가진 채 평화롭게 눈을 감은 에드가 수녀가 다시 눈을 뜬 곳은 "천국이 아니라, 사이버 공간이다"(*Underworld* 825). 그리고 이곳은 결벽증이었던 그녀가 꿈꾸었을 천국과는 정반대로 바이러스들이 우글거리는 공간이다. 그녀는 이곳에서 쉴 수도 숨어 있을 수도 없다. "그녀는 전 세계에 걸쳐져있는 전산망에 완전히 노출된 채 개방되어 있기"(*Underworld* 825) 때문이다.

그녀의 눈으로부터 보석들이 굴러 나왔다. 그녀가 하느님을 본 것이다.

　　아니다, 잠깐만. 미안. 그녀가 본 것은 소련이 터뜨린 폭탄이다. 역사상 최대 규모의 폭발 말이다. 그것은 1961년 북극해 위에서 폭발했었고, 장치하는 것을 돕기 위해 컴퓨터에 보존되어 있었던 것이다. (*Underworld* 826)

안타깝게도 에드가 수녀가 인터넷 세계에서 발견하는 것은 그녀가 학수고대하던 하느님의 모습이 아니라 폭탄이 폭발하는 모습을 담은 인터넷의 한 사이트가 내보내는 영상이다.

　천국이 아니라 인터넷의 사이버 세계에 들어온 수녀는 차츰 그곳이 자신이 기대했던 천국이 아니라는 사실에 익숙해진다. 그리고 완전히 새로운 환경에 불안해하던 그녀는 조금씩 이곳에 익숙해지는 듯하다. 두려움에 떨고 있던 그녀는 "클릭과 타자치기"(*Underworld* 826)를 통해 인터넷의 이곳저곳을 자유로이 다니기 시작한다. 그리고 다른 사람들과 끊임없이 연결되는 사이버 세계에서 또 다른 인물을 만나게 된다.

　그 속에서 그녀는 마침내, "사이버 공간은 세계 안에 존재하는 어떤 것일까? 아니면 그 반대인가? 어느 것이 어느 것을 포함하는 것일까? 그런데 어떻게 그것을 확신하지?"(*Underworld* 826)라고 반문한다.

이로써 그녀는 사이버 세계가 어쩌면 우리가 살고 있는 세계 전체를 아우르는 더 넓은 세계일지도 모른다는 의혹을 갖게 된다. 세계는 더 이상 이전처럼 테두리가 정해져 있고 눈으로 볼 수 있던 세계가 아니다. 우리가 알 수도 없고 볼 수도 없는 사이버 세계조차도 현대사회에서의 '세계'의 의미가 되고 있다. 따라서 수녀가 이러한 의혹을 갖는다는 것 자체가 현대 사회에서의 종교가 갖는 애매모호함을 상징하는 것이라 할 수 있다. 이로써 현대 사회의 종교는 끊임없이 발전되어 가는 과학과 더불어 스스로를 재해석되어야만 하는 과제를 안고 있는 셈이다.

에드가 수녀의 이러한 모습은 『화이트 노이즈』에서의 마리 수녀가 보여준 종교적 믿음에 대한 의구심보다 한층 더 깊어진 모습으로 이해된다. 마리 수녀가 단순히 이전의 전통적인 종교적 믿음에 대해 의구심을 던지고 있는 것이라면, 에드가 수녀는 여기에서 한 발 더 나아가 현대 사회의 테크놀로지에 완전히 흡수되어 버리는 모습을 보여준다. 드릴로는 에드가 수녀로 하여금 사이버 세계와 현실 세계, 그리고 죽음 후 도달할 것이라고 믿었던 천국의 세계 사이에서 혼란을 겪도록 함으로써, 현대 과학 문명 속에서 그 중심을 잃고 있는 종교의 한 모습을 보여준다.

다시 이 소설의 책 표지 이야기로 돌아가 본다면, 책 표지에 묘사되어 있는 무역센터 빌딩과 그 빌딩을 지켜주기라도 하려는 듯 서 있는 교회 건물의 뾰족 지붕과 십자가의 영상은 우리에게 놀라움을 안겨준다. 마치 4년 후 발생하게 될 9/11 테러를 예견이라도 하듯, 그리고 그러한 죽음으로부터 이곳을 지키기라도 하려는 듯 교회의 십자가는 위상을 보여주면서 그 한 가운데를 지키고 있다. 그리고 무역센터 옆을 비둘기 한마리가 날고 있다. 마치 십자가와 힘을 합쳐 평화를 지키고자 하는 듯하다. 그러나 우리는 이 표지 사진에서 전혀 안도감을 느끼거나 평화를 느끼지 못한다. 십자가와 비둘기의 모습이 그저 불안할 뿐이다.

십자가보다도 비둘기보다도 더 높아져 버린 세계무역센터 빌딩의 높이, 이것은 마치 인간이 쌓아올린 테크놀로지의 위력과 자본주의의 모습을 상징하는 듯하다. 그러나 이러한 자본주의의 위력이 9/11의 비극 속에서 무너져 내린다.

『언더월드』 표지 사진

## 4. 죽음을 넘어서, 『추락하는 인간』

『언더월드』에서의 드릴로의 우려는 현실화 된다. 2001년 9월 11일 미국의 심장부이자 세계 자본주의의 핵심부라 할 수 있는 뉴욕 세계무역센터의 쌍둥이 빌딩이 자살 폭탄 테러로 무너져 내리는 사건이 발생한 것이다. 3,000명에 육박하는 사망자를 낸 이 사건은 단순히 미국에 한정된 사건이 아니라 전 세계를 상대로 한 전쟁이었다고 할 수 있다. 이것은 현대 자본주의와 물질 및 기술주의에 대한 도전일 수도 있다.

이런 의미에서 9/11 테러를 소재로 다루고 있는 드릴로의 2007년 소설인 『추락하는 인간』[2]은 이 사건에 대한 새로운 해석의 가능성을 열어준다. 이 소설은 무너져 내린 쌍둥이 빌딩에서 살아남은 한 남자인 키쓰 뉴데커(Keith Neudecker)와 그의 아내 리앤(Lianne), 그리고 키쓰와 같은 운명을 겪고 살아남은 플로렌스 기븐스(Florence Givens), 무너진 건물에서 결국 빠져나오지 못한 키쓰의 친구 럼지(Rumsey), 그리고 이 테러를 일으킨 무하마드 중 하나로 등장하는 하마드(Hammad)를 중심으로, 이 사건 전후 겪게 되는 그들의 심리적인 혼란을 묘사하고 있다.

이 소설에 등장하는 "모든 인물들은 이 사건에 대해 9/11이라는 표현을 사용하지 않는다. '비행기 이후 15일'(69), '비행기 이후 36일'(170), '9월의 그날 이후 3년'(182) 등 모든 것은 이후로 계산된다"(정혜욱 220). 이제 세계 역사는 9/11 테러의 이전과 이후로 구분됨을 암시한다. 그 만큼 이 사건은 세계를 경악케 만들었고 이후의 세계는 분명 이전과는 또 다른 세계가 되었다.

도저히 무너지지 않을 듯 위풍당당하게 서 있던 110층짜리의 두 건물이 아무런 저항이나 반격조차 해보지 못한 채 힘없이 무너져 내리는 것을 지켜보면서 세계는 공포를 넘어 쇼크 상태에 빠진다. 그리고 불꽃과 연기와 그로 인해 시시각각 엄습해왔을 공포를 차마 견디지 못한 채

---

[2] 이 소설의 원제목은 *Falling Man*이다. 이것은 '떨어지는 사람', 또는 '떨어지는 남자' 등, 다양하게 해석될 수 있겠다. 그러나 본고에서는 이 소설을 에덴동산으로부터 추방된 인간 및 도덕적으로 타락해가는 현대인의 모습 등과 더불어 해석하고 있으므로, 제목을 '추락하는 인간'으로 해석하겠다. 그러나 논문의 내용에서의 'falling'의 의미는 문맥의 의미에 맞추어 '떨어지는', '추락하는', '뛰어내리는' 등의 다양한 어휘로 번역하여 사용하고자 한다.

건물 밖으로 몸을 내던지는 수많은 사람들의 모습에서 그보다 더한 공포를 느낀다.

이처럼 '이전과 이후의 구분'은 또한 '살아남은 자'와 '그렇지 못한 자'와의 구분을 만들었는데, 이것은 이 소설의 제목에 비추어, '추락한 자'와 '그렇지 못한 자'로 구분될 수도 있다. 그렇다면 이러한 구분이 가져다주는 의미는 무엇이며 소설 속에서 '추락하는'(falling) 것의 의미는 과연 무엇일까?

『추락하는 인간』에서의 '추락'의 첫 번째 의미는 죽음의 또 다른 형태로서, 쌍둥이 빌딩으로부터 끝없이 떨어지는 길을 선택할 수밖에 없었던 이들의 자살 아닌 자살이라 할 수 있다. 그러나 이것은 오히려 죽음과의 필사적인 싸움의 형태일지도 모른다. 실제로 이 사건에서는 약 200 여 명(건물 내 인구의 약 8%)의 사람들이 그 건물에서 뛰어내렸는데, 어쩌면 그들은 살지도 모른다는 희망을 가진 채 몸을 내던졌을 것이다. 어쩌면 그들은 자신이 쌓아 올린 자본주의의 건물이 얼마나 높은지 깨닫지 못했는지도 모른다. 그래서 가방을 손에 들고 정장을 차려입은 채 창밖으로 희망을 찾아 몸을 내던졌는지도 모른다. 그래서 조안 포크너(Joanne Faulkner)는 분명 이들이 단순한 "점퍼"(jumper)와는 다르다는 것을 강조하고 있다(70-71).

우리는 그들이 뛰어 내리는 모습을 통해서 "자신의 죽음의 방법을 선택할 수밖에 없었던 그들이 느꼈을 공포"(Faulkner 68)를 그대로 느낄 수 있다. 『추락하는 인간』에서의 죽음은 실제로 일어난 사건이며, 가까운 친척이나 가족이나 친구의 죽음으로 경험될 수 있었던 직접적인 죽음이다. 이로써 드릴로는 『언더월드』에서 죽음이 승리해버린 세상 이후의 세계, 즉 9/11로 이어지는 이후의 세계를 『추락하는 인간』을 통해 보여주고자 하는 것이다.

하지만, 드릴로는 『추락하는 인간』에 이르러 『언더월드』에서의 죽음과는 분명 다른 의미의 죽음을 암시하고 있다. 『추락하는 인간』에서의 죽음은 소설 전반에 걸쳐 크게 세 번의 의미 변화 과정을 갖는다. 소설의 처음에 보여 지는 9/11이 발생한 당시의 혼란스런 모습과 거기에

ⓒ FALLING MAN · Richard Drew

서 구사일생으로 살아남은 키쓰의 이야기를 통한 죽음에 대한 직접적인 공포가 그 첫 번째다. 그리고 소설의 중반부에 등장하는 이 사건에 대한 퍼포먼스를 행하고 있는 남자의 이야기가 그 두 번째로서, 그가 모방으로 보여주는 '추락하는 인간'을 통해 느끼게 되는 죽음이다. 그리고 소설의 마지막에서 다시 소설의 첫 부분과 비슷한 장면으로 돌아감으로써, 이미 앞에서 목격했던 장면을 다시 봄으로써 인지하게 되는 동일한 사건과 죽음으로부터의 새로운 의미해석이 그 세 번째다.

드릴로는 소설의 시작과 끝을 '떨어지는' 것으로 이어주고 있다.

> 그것은 더 이상 하나의 도로가 아니라 하나의 세계였다. 떨어지는 재로 채워진, 그리고 거의 밤과도 같은 시간이자 공간이었다. (*Falling Man* 3)

> 그리고 나서 그는 하늘로부터 셔츠 하나가 떨어져 내려오는 것을 보았다. 그는 "이 세상의 것이 아닌 양, 팔을 흔들거리고 걸으면서 그것이 떨어지는 것을 보았다." (*Falling Man* 246)

드릴로는 소설의 시작과 중간과 끝을 모두 '추락'에 대한 이야기로 이어가고 있지만, 소설이 진행되면서 그 의미는 죽음의 의미와 더불어 변화를 겪는다. 시작에서 드러나는 '추락'은 말 그대로 우리가 너무도 잘 알고 있는 9/11의 공포를 가져다준다. 그것은 말 그대로 죽음 그 자체고, 공포와 파괴 그 자체다. 그리고 그 죽음은 단순한 사고가 아닌 미국의 핵심부에서 일어난 테러로 인한 죽음이다. 세계 무역센터 빌딩은 미국의 중심부일 뿐 아니라 세계 자본주의의 중심을 의미한다. 따라서 그들은 자신들이 쌓아올린 자본주의로부터, 그리고 자신들이 이룩해 놓은 테크놀로지로부터 버림받은 자들이다.

> 우리의 비행기를 미사일로 이용함으로써, 알-카이다는 우리가 우리자신을 공격하는 데 우리가 만든 테크놀로지를 역이용하였다. 즉 우리가 만든 테크놀로지로 우리 자신의 집을 공격한 셈이다. (Kauffman 357)

9/11 테러가 발생하기 전까지 세계는 세계 무역센터가 무너질 수 있을 것이라고는 상상조차 하지 못하였다. 이 건물은 단순히 110층짜리 높은 빌딩에 그치는 것이 아니다.

미국인들 뿐 아니라, 린다 코프만(Linda Kauffman)의 표현처럼 세계는 "그 쌍둥이 빌딩을 우리가 숭배하고 소유하고, 그리고 지배하기 위해 이용할 수 있는 테크놀로지의 성지라고 여겼던 것이다"(357). 게다가 현대인들은 "건물의 극적인 솟아오름과 인터넷의 속도야말로 우리로 하여금 사이버-자본주의의 유토피아적 영광 속에서 미래에도 영원히 살 수 있음을 설법하고 있다("Ruins" 34)고 여겼기 때문이다. 결국 이 빌딩은 현대인들의 '성지'이자, 인간들이 건립한 '에덴'과도 같은 곳이었다. 따라서 이곳의 붕괴는 현대의 자본주의와 테크놀로지가 이룩한 성지의 붕괴를 의미한다. 이런 맥락에서 보면 그곳의 희생자들은 우리가 키워놓은 테크놀로지에 의해 죽임을 당한 셈이다.

소설 초반에 등장하는 죽음의 공포는 소설 중반에 이르면서 이를 패러디한 다른 사건으로 죽음에 대한 새로운 해석을 불러일으킨다. 즉, 우리에게 잘 알려진 리차드 드루(Rechard Drew)의 '추락하는 인간'의 사진에서의 인물을 그대로 모방하여 퍼포먼스를 시행했던 데이비드 제니액(David Janiak)[3]에 대한 이야기가 그것이다.

드릴로는 소설 중반부까지 데이비드라는 이름은 거론하지 않은 채 그의 행적만을 묘사하는데, '한 남자'로 칭해지는 이 인물은 사진 속의 인물과 동일한 차림으로 각기 다른 높은 건물들로부터 뛰어내리기를 시도한다.

> 한 남자가 거기, 그 길 위로 거꾸로 매달려 있었다. 그는 정장 차림이었고, 한쪽 다리를 굽힌 채, 팔을 양 옆으로 붙이고 있었다. (*Falling Man* 33)

이러한 패러디는 드릴로가 이전의 소설에서도 자주 비판하였던 미디어에 의한 사건의 반복 재생과도 일맥상통하는데, 이로써 현대인들은 더 이상 죽음을 실재로서 받아들이지 않고 마치 영화의 한 장면과도 같은 시뮬라크라로 여긴다. 이런 이유로 떨어지는 퍼포먼스를 하기 위해 서 있는 남자를 가리켜 아이들은 그에게 뛰어내릴 것을 재촉한다.

---

[3] 그의 행위에 대한 이야기는 소설 초반부부터 등장하지만, 그의 이름과 그에 대한 정보는 소설의 후반부(*Falling Man* 219)에 이르러 하나의 소제목으로 분류된 장에서 본격적으로 거론된다. 이를 통해 드릴로는 그가 어떤 인물인가보다 그의 행위 그 자체에 초점을 맞추고 있다.

그들은 모두 기다렸다. 그러나 그는 뛰어내리지 않았다. 그는 한참을 그리고 또 한참을 자세를 잡은 채 서 있었다. 이번에는 그 여자가 더 크게 소리를 질렀다.

"거기 있으면 안돼요"라고 그녀가 말했다.

아이들이 소리를 질렀다, 분명하게 그들은 소리를 질렀다. "뛰어내려!"라고. (*Falling Man* 164)

그렇다면 드릴로가 소설의 중반에서 데이비드를 등장시키는 이유는 무엇일까? 데이비드와 키쓰는 공통점을 가지고 있다. 즉, 둘 다 '추락한 사람'이라는 점이다. 물론 키쓰의 경우에서는 직접적으로 떨어진 것은 아니지만, '추락한 사람'과 동일한 운명에 있다가 그곳에서 살아남은 사람이다. 이런 점에서 둘은 공통점을 가지고 있다.

그러나 둘 사이의 가장 큰 차이점은 한 사람은 죽음을 가져왔던 그 상황으로부터 끊임없이 도피하고자 하는 인물이고, 다른 인물은 그 죽음을 반복함으로써 그 죽음의 의미를 변형시키고 있다는 점이다. 이것은 드릴로 소설에서 자주 거론되는 미디어에 의한 죽음의 반복으로서, 데이비드의 원래 의도가 무엇이었든 간에 여기서도 마찬가지로, 반복되는 죽음의 행위는 그 본래의 의미와 충격을 왜곡시키는 결과를 초래한다.

소설 속에서 데이비드는 어떤 대사도 하지 않는다. 다만 행위로 보여줄 뿐이다. 유일하게 그가 보여주는 것은 '떨어지는 남자'의 사진과 동일한 복장과 자세로 떨어진다는 것이고, 점점 맨해튼의 중심에서 멀어지는 장소에서 동일한 행위를 취한다는 것이다. 이로써 그는 실제의 죽음으로부터 공간적으로도 점점 더 멀어지는 효과를 누리고 있다. 이러한 효과를 통해 드릴로는 오히려 죽음이 하나의 시뮬라크라가 아니라 실재임을 역설하고 있는 셈이다.

드릴로는 이것을 퍼포먼스를 행하던 데이비드의 실제 죽음을 통해 다시 한 번 암시하면서, 소설은 다시 사건의 처음 장면으로 되돌아간다. 즉, 키쓰가 자신의 동료 럼지를 그 건물에 두고 올 수 밖에 없었던 급박한 상황이 다시 전개되면서 우리는 다시 한 번 그 사건 당시로 돌아간다. 그리고 모든 것이 떨어져 내리는 가운데 키쓰는 그 건물의 어디선가에서 근무를 하던 사람들이 하나 둘씩 건물에서 뛰어 내리는 것을 목격한다.

> 많은 것들이 떨어져 내리기 시작했다. 하나, 또 하나. 처음에는 따로따로 천정에 나있는 틈으로 떨어져 내렸다. 그는 럼지를 의자에서 꺼내보려고 애썼다. 그때 그는 그것을 보았다. 처음에 그것은 나타나서는 사라져버렸다. 그러고 나서 그는 그것을 보았다. 그리고는 럼지를 팔 아래에 껴안은 채 아무것도 없는 밖을 내다보며 멍하니 서 있어야만 했다.
> 그는 그것을 보지 않을 수가 없었다. 약 20피트 떨어진 거리에서, 순식간에 무언가가 곁으로 지나가면서 창문을 스쳐 지나가는 것을 그는 보았다. 흰색 셔츠에 손을 위로 한 채, 그가 그것을 보기도 전에 그것은 아래로 떨어져 버렸다. (*Falling Man* 242)

드릴로는 소설의 처음에 시작했던 이야기를 반복함으로써 이전과는 또 다른 메시지를 주고자한다. 소설의 초반부에서 그가 역사적인 9/11 사건 그대로를 보여주고자 하였다면, 마지막에 다시 이 사건으로 돌아오면서 우리는 동일한 사건을 통해 또 다른 의미를 깨닫는다. 그리고 이러한 효과는 니체의 영원회귀의 개념을 떠올리게 한다. "차이와 차이의 운동이 만들어내는 끊임없는 생산, 혹은 생성을 포착하려는 사유가 바로 영원회귀"(진은영 70)의 개념이라고 이해한다면, 이 소설의 끝은 다시 동일한 사건에 대한 이야기로 되돌아오지만, 이것은 분명 완전히 동일한 것으로의 회귀가 아닌 것이다. 둘은 동일한 사건이고 동일한 시각에서 비추어지지만 둘 사이에서 우리는 차이를 감지한다.

소설의 처음에서 보여주는 9/11사건과 죽음은 우리가 알고 있는 그대로의 것, 즉 이슬람 세력에 의한 자살 테러 공격과 이로 인해 수많은 무고한 민간인들이 희생된 사건, 그 자체다. 그러나 후반부에서 보여주는 9/11은 더 이상 사건 그 자체를 보여주는 것이 아니라, 그것을 통해 그 너머를 보여 주고 있다. 이것은 드릴로가 우리에게 다른 이야기를 보여주고 있는 것이 아니라, 독자 스스로가 소설을 읽어오면서 그 사유에서 이미 변화를 겪었기 때문에 생겨나는 결과이기도 하다. 동일한 사건이고 동일한 시각에서 전개되는 이야기지만 우리는 그 시작과 끝에서 달라져있는 죽음의 의미를 간파한다.

앞에서도 언급한 바와 같이, 세계무역센터 건물의 붕괴는 현대인들의 자본주의와 테크놀로지에 대한 신앙에 가까운 믿음의 붕괴를 의미한다. 이로써 현대인들은 자신들이 유토피아라고 여겼던 그곳으로부터 추방당한 셈이다. 이것은 마치 아담과 이브가 에덴동산으로부터 추방당한 것을 연상시키는데, 이로써 소설 후반부에서의 '떨어진다'(falling)는 의미는 에덴으로부터의 '추방'(falling)의 의미로 해석해 볼 수 있다.

태초에 추방당하기 이전의 아담과 이브가 살았던 곳이 하느님이 인간을 위해 창조한 낙원인 에덴동산이었다면, 9/11로 인해 추방당하기 이전의 인간이 머물렀던 곳 역시, 인간에 의해 만들어진 인간들의 낙원이었다고 볼 수 있다. 이곳은 인간의 생활을 편리하고 윤택하게 만들고 있다는 점에서 낙원이라 할 수 있다. 그러나 다른 한 편으로 그 속은 자본주의와 소비주의 및 테크놀로지 중심의 기계문명과 물신주의로 가득 차 있기도 하다.

영원할 줄 알았던 인간의 낙원은 영원하지 못했다. 태초에 하느님의 금기를 어긴 죄로 에덴으로부터 추방당한 아담과 이브처럼, 인간 역시 자신들이 만들어 놓은 테크놀로지의 덫에 걸린 채 자신들의 에덴으로부터 '추방당한다'. 하지만, 이러한 '추락'과 '추방'이 분명 부정적인 것만은 아니라고 니체 사상가인 조안 포크너(Joanne Faulkner)는 말하고 있다.

> 순결(innocence)의 개념은 아담과 이브의 역사만큼이나 오래되었다. 아니 그것보다 더 오래된 것인지도 모른다. 그러나 순수에 대해 가장 전형적으로 명확하게 표현한 것을 에덴동산에서 살던 창조물들 가운데서 찾아볼 수 있는데, 이 시기는 축복과 고요와 휴식의 시기였다. 즉 그 이후 돌이킬 수 없이 인간이 인간임 (humanity)을 특징짓게 될 추방(fall)이 있기 이전의 시기다. 사실 그것이 우리에게 우리의 인간성을 부여하였다……. 따라서 에덴에서의 순결은 우리가 인간임 이전의 상태로 돌아가는 것을 의미한다……. 이러한 '추방'(fall)은 모순적이게도 바로 우리 추방당한 인간(fallen man)을 위해 하늘에서 지상에 걸쳐 일어난 사건이라 하겠다. (Faulkner 72)

그의 주장대로라면, 에덴에서 살던 아담과 이브, 즉 선과 악을 판단할 수 있는 선악과를 따 먹기 이전의 인간은 선악에 대한 판단을 갖지 못하고 '순결하게' 신의 의지대로 움직이며 살던 존재다. 니체에게 '순결한 인간'(the innocent)은 인간의 자유의지를 갖지 못하고 신의 판단과 허락에 의해서만 행동하는 로봇과도 같은 존재다. 이런 의미에서 인간의 "추방은 신성함과 신성모독, 그리고 인간의 삶의 의미에서 본다면 권력에 의해 창조되고 그것에 구속되어 있던 존재로부터 벗어나 자유의지와 자신에 대한 책임감을 갖는 존재로 변화한 것을 의미한다"(Faulkner 72). 즉, 인간은 에덴으로부터의 추방을 통해 자신의 행동에 대한 판단을 할 수 있고 스스로 선택할 수 있고 또한 이에 대한 책임을 지는 진정한 의미의 인간이 된 것이다.

이브는 태초에 에덴으로부터 추방을 당하면서 하느님으로부터 벌을 받게 되는데, 그것이 바로 아이를 낳는 산고를 겪는 것이며, 영원한 삶을 박탈당하고 죽음을 경험하는 것이었다. 이것을 또 다른 의미로 해석하자면, 지금의 인류가 생겨날 수 있었던 것이 바로 이브의 원죄에서 비롯되며, 인간이 되었다는 것의 증거가 바로 죽음이라는 해석으로 이어진다. 결국, 인간의 에덴으로부터의 추방이 인류를 가능하게 해 주었고 오늘의 인류를 있게 해 준 것이다. 게다가 죽음 역시 인간이 신과는 다르다는 증거로 이해 될 수 있다. 즉, 우리가 죽는다는 사실이 바로 우리가 인간임에 대한 증거인 것이다.

이와 같은 해석으로 『추락하는 인간』을 다시 읽어보자. 우선 세계는 9/11 이전과 이후로 나뉜다는 말을 추락 이전과 이후로 해석해 볼 수 있다. 추락 이전의 세상에 해당하는 세계 무역센터는 현대사회를 대면하는 추락 이전의 현대의 낙원이다. 그러나 이 속에서 살고 있는 현대인들은 선악에 대한 판단이 모호해져버린 채 기계문명에 갇혀 살면서 자신의 자유의지를 상실한 채 로봇처럼 살고 있다. 이런 이유로 소설 속에서 키쓰는 자신이 '인간을 닮은 로봇(humanoid robot)'이 되어가고 있는 것이 아닌가하는 의구심을 갖는다(Falling Man 226).

이러한 추락 이전의 세계는 드릴로의 이전 소설들, 크게는 앞에서 논의했던 『화이트 노이즈』와 『언더월드』에서 보여주었던 세계들이다. 드릴로는 그런 세상에 대한 우려를 테크놀로지의 궁극적인 결과물이라 할 수 있는 핵을 통해 압축시키고 있다. 따라서 그가 보고 있는 현대세계는 겉으로는 화려하지만 안으로는 잿빛 세상으로서, 결국 죽음만이 할 수밖에 없는 그런 세상이기도 하다. 이런 이유로 드릴로는 "어떻게 하느님이 이런 일이 일어나도록 허락했단 말인가? 그 일이 터지고 있을 때 하느님은 도대체 어디에 계셨단 말인가?"(*Falling Man* 60)라고 소설 초반에 질문을 던지고 있으며, 이에 대한 대답으로 소설 후반에 이르러 "나는 이곳에 있지 않다"(*Falling Man* 236)라고 대답하고 있다. 즉 무역센터 빌딩으로 상징되는 현대의 자본주의 세계 속에 신은 존재하지 않는다. 어쩌면 과학과 물질이 모든 것을 지배하는 인간들의 낙원에서 더 이상 신은 불필요한 존재인지도 모른다.

아이러니하게도 세계 무역센터 빌딩으로부터의 추락은 다시 한 번 인간다운 인간으로 태어남을 상징한다. 『추락하는 인간』은 무역센터의 붕괴와 자본주의의 붕괴로 현대인들의 끝없는 추락을 상징하면서도 아이러닉하게도 인간으로 다시 태어남을 상징하기도 한다.

인간이 쌓아 올린 그 많은 것들 가운데서 건질 수 있는 것이라고는 자신이 입고 있는 옷 한 벌과 가방 하나 뿐인 채, '불멸'을 향해 자신들이 일으켜 세웠던 그 테크놀로지의 공격 아래서 인간은 죽음을 향해 뛰어내릴 수밖에 없다. 그리고 그 죽음은 다시 인간으로의 회귀를 상징한다.

> 세계 무역센터의 북쪽 건물로부터 뛰어내리는 것이 사진에 포착된 남자, 머리를 아래로 한 채 양팔은 양쪽 옆에 붙이고, 한 쪽 다리는 구부린 채, 그 건물 외곽의 흐릿한 배경을 뒤로 한 채 자유 낙하하는 채로 영원히 정지되어 있는 한 남자. (*Falling Man* 221)

리앤은 이 남자의 사진을 보면서 그가 자유 낙하를 하고 있는 것처럼 착각을 한다. 그녀는 사진 속의 남자가 끔찍한 죽음을 맞이하고 있다는 비극적인 사실을 알고 있음에도 불구하고 그의 모습이 오히려 자유롭고 편안해 보임을 부정할 수 없다. 꼿꼿한 자세로 흐트러짐 없이 아래로 아래로 떨어지고 있는 그는 자신의 등 뒤에서 무너져 내리고 있는 그 회색빛 건물로부터 탈출하려는 인간의 자유의지를 상징한다. 그 거대한 건물에 비해 인간의 모습은 너무도 보잘 것 없이 작고 애처로워 보인다. 마침내 그의 모습에서 리앤은 하느님의 나라에서 추방당하는 천사의 모습을 떠올린다.

> 거꾸로 곤두박질하면서 자유낙하를 한다고 그녀는 생각했다. 그리고 이 사진이 그녀의 정신과 마음속에 구멍을 냈다. 하느님이시여, 그는 추락하는 천사(falling angel)로군요. 그가 주는 아름다움이 무섭기만 합니다. (*Falling Man* 222)

자신들의 낙원에서 추방당하는 인간의 모습에서 리앤은 끔찍한 아름다움을 느낀다. 소설 속의 떨어지는 사람들은 이제 더 이상 소설 초반부에서 읽었던 비극의 주인공들이 아니다. 태초에 하느님으로부터 쫓겨난 아담과 이브처럼, 이들 역시 '인간적인, 너무도 인간적인' 상태로 되돌아가고 있는 현대인의 모습으로 해석되는 것이다. 그리고 그 인간적임의 첫 번째 조건이 바로 영생 불사할 수 없는 인간, 즉 한계를 지닌 인간일 것이다. 이런 이유로 어쩔 수 없는 죽음을 겸허하게 받아들이는 듯한 사진 속의 그 남자의 모습이 오히려 아름답기까지 한 것이다.

니체는 『짜라투스트라는 이렇게 말하였다』에서 기독교적인 죽음에 대한 해석에 강한 비판을 드러내면서 죽음에 대하여 이렇게 말하고 있다.

> 모든 사람들이 죽음을 심각하게 받아들인다. 그러나 죽음은 아직도 축제가 되지 못하고 있다. 인간은 가장 아름다운 축제를

벌이는 법을 아직도 배우지 못했다.

　나는 삶을 완성시키는 죽음, 산 자에게 가시가 되고 굳은 맹세가 될 죽음을 그대들에게 보여주고자 한다.

　삶을 완성시키는 자는 희망을 가진 자와 맹세하는 자들에 둘러싸여 승리에 찬 죽음을 맞는다.

　이와 같이 인간은 죽는 법을 배워야 한다. 이렇게 죽어가는 자가 산 자들의 맹세를 이끌어내지 못하는 곳에서 축제란 있을 수 없다……

　나는 그대들에게 나의 죽음을, 내가 원하기 때문에 나를 찾아오는 자유로운 죽음을 권한다……

　참으로 나는 밧줄을 꼬는 자들처럼 되고 싶지는 않다. 그들은 실을 길게 잡아당기면서 자신은 언제나 저만치 뒤로 물러서지 않는가.

　아, 그대들은 이 땅의 것들을 참고 견디라고 설교하는가? 하지만 사실 이 땅의 것들이야말로 그대들을 잘도 참아내고 있지 않은가, 그대 비방이나 일삼는 자들이여! (62-64)

짜라투스트라의 입을 빌린 이러한 니체의 말은 마치 죽음을 찬미하고 있는 듯하지만, 그것이 전부는 아니다. 그는 '적절한 때의 죽음'을 강조한다. 그가 말하는 죽음이 자살을 의미하는 것은 아니다. 오히려 그는 삶을 즐기고 삶에서 웃음을 배운 뒤 죽음이 나를 찾아올 때쯤에는 이것을 받아들일 준비를 하고 즐겁게 죽음을 맞으라고 설교한다. 그는 죽음을 회피하기 위해 실처럼 늘어지는 삶을 비판하는데, 이것은 현대 사회의 죽음으로부터의 도피를 떠올리게 만든다.

　니체가 제안하는 '삶을 완성시키는 죽음'은 테크놀로지의 도움으로 부자연스레 늘어난 죽음이 아니라 자연인으로서의 죽음, 즉 자연으로 돌아가는 죽음을 의미한다. 이러한 죽음은 드릴로가 말하는 "자연 그 자체이며 자아 그 자체이고 생명 그 자체이며 나아가 삶 그 자체이다.

언제나 삶 속에는 죽음이라는 본질을 갖고 살아가므로 삶 자체가 또 죽음이라 할 수 있다"(박선정 228). 따라서 드릴로는 이러한 죽음을 통해 오히려 삶을 이야기하고 있는 것이다.


## 5. 삶으로의 영원회귀

앞에서 논의한 것처럼 죽음이 인간임을 증명하는 하나의 증거이면서 자유의지와 책임감을 가진 존재로 재탄생하는 것을 의미한다면, 그리고 현대의 물질문명과 테크놀로지의 위력에 쌓인 채 살아가는 것으로부터 벗어남을 의미한다면, 현대인들에게는 죽음만이 최선의 선택이 되는 것일까? 여기에서 한 걸음 더 나아가, 앞에서의 논의대로라면 9/11 테러가 죽음을 통해 현대인들을 인간다움으로 회귀시켜준 영웅적인 사건이 되는 것인가?

소설의 처음에서 보았던 사건이 소설의 끝에서 다시 한 번 재생되면서 그 사건은 이미 그 사건 자체를 의미하는 범위를 넘어 섰다고 앞에서 피력하였다. 즉 소설의 후반부에서 드릴로는 이미 9/11 사건 자체를 이야기하고 있지 않다. 그는 더 이상 9/11 사건을 이야기하지 않는다. 이 사건을 빌어 죽음의 근본적인 의미를 되새겨 보자는 것이다. 그리고 그것을 통해 궁극적으로 삶을 이야기 하자는 것이다.

이러한 삶과 죽음에 대한 논의를 위해서는 다시 한 번 니체의 사상이 필요하다. 니체는 죽음을 긍정하듯이 삶도 긍정한다. 그가 말하는 '축제로서의 죽음'을 위해서는 현재의 삶을 즐길 필요가 있다. 현재의 삶이 피안의 삶을 위한 희생물이 되거나 견디고 참아야하는 인고의 세월이 되어서는 안 된다. 니체는 자연스러운 죽음을 찬양하면서도, 오히려 기독교에서 강조하는 피안의 삶이란 거짓이라고 주장하면서 현재의 삶을 즐길 것을 강조한다.

> 고뇌와 무능함. 이것이 그 모든 세계 너머의 세계를 꾸며냈다. 더없이 괴로워하는 자만이 경험할 수 있는 저 짧은 행복의 망상, 그것이 세계 너머의 세계였다. (*Nietzsche* 28)

현재의 삶에 대한 니체의 찬미는 인간의 죽음을 전제로 한 것이다. 적절한 때에 인간을 찾아올 죽음을 평화롭게 맞이하기 위해 우리는 피안이 아닌 현재의 삶을 즐겁게 누릴 필요가 있다.

『추락하는 인간』에서 자살 테러를 자행하는 하마드(Hammad)는 이러한 니체의 주장에 역행하는 인물로 이해된다. 그는 종교적인 피안에서의 삶을 위해 현세를 과감히 포기하고 자살 테러를 자행한다.

> 아프가니스탄의 훈련소에 있으면서 그는 체중이 줄었다. 그곳에서 하마드는 죽음이 삶보다 강하다는 것을 이해하기 시작했다. 그곳은 풍경이 그를 압도해버리고, 폭포가 얼어버린 곳이자, 끝없이 하늘이 펼쳐져 있는 곳이다. 그곳은 모든 것이 이슬람이었다. 강도 냇물도. 돌멩이를 하나 집어 올려 손바닥위에 올려보라. 그것도 이슬람이다. 나라 전체에 모든 이들의 입을 통해 신의 이름이 불리어지는 곳. 그는 자신의 삶에서 이러한 느낌을 받지 않았었다. 그는 폭탄 조끼를 입고는 이제야 마침내 자신이 신의 가까이에 다가갈 준비가 된 한 인간임을 알았다. (*Falling Man* 172)

이들 아랍인들은 자신들의 현세의 삶이 너무도 고통스럽기 때문에 가능한 한 빨리 죽음을 통해 신이 있는 피안의 세계로 건너가길 희망하는 것인지도 모른다. 이런 이유로 그들은 죽음을 기꺼이 받아들인다. 그러나 종교로 무장된 하마드 역시 죽음에 임박해질수록 "현 세계에서 무언가를 이행하기 위해서 스스로를 죽여야만 하는가?"라는 질문을 반복한다(174, 176). 자신의 죽음을 받아들이고 나서조차도 계속해서 "나의 죽음으로 인해 함께 죽어야할 다른 많은 사람들의 죽음이 타당한가"라는 의문을 갖는다(176). 그러나 결국 그는 "이 모든 질문이 무슨 상관인가"(176)라는 결론을 내리고 자살테러를 단행한다. 이로써 그는 자신이 갈망하던 피안의 세계로 떠난다.

하마드와 대조적으로 드릴로는 키쓰와 그의 아내 리앤의 삶과 현실에 대한 노력을 보여준다. 죽음에서 가까스로 살아나온 키쓰는 자신도 모르게 오랜 기간 별거 중이던 아내 리앤과 아들이 살고 있는 집으로 발걸음을 향한다. 그러나 그들은 쉽게 재결합을 하지 못한다. 이미 키쓰는 9/11의 목격자로서 곁에서 동료를 잃은 정신적 손상을 겪은 인물로서, 이 비극적 경험으로부터 쉽게 빠져나오지 못하고 다시 이전에 빠졌던 포크 게임에 빠져들면서, 9/11이라는 같은 위기를 경험한 플로렌스라는 여인과 잠자리를 같이 하기도 한다. 아내 리앤 역시 사건 이후 더 심해진 죽음에 대한 공포를 느끼면서 끊임없이 방황한다.

그러나 분명 이 둘 사이에는 이 사건 이전과는 다른 무언가가 생겨난다.

> "왜 이곳으로 왔어요?"
> "나도 그게 의문이야."
> "저스틴을 위해서죠, 그렇죠?"
> 이것이 그녀가 원한 대답이었다. 왜냐하면 그 대답이 가장 납득할 만하기 때문이었다……
> 그녀는 그 이상의 어떤 대답을 듣기를 원했다.

(Falling Man 21)

이 대화를 통해 우리는 리앤이 키쓰가 추락 직후에 다른 곳으로 가지 않고 자신에게로 온 것에 의미를 두고 있음을 알 수 있다. 키쓰 역시 자신이 "다른 곳으로 가는 것은 생각해보지도 않고"(Falling Man 21) 아내의 집으로 왔다는 사실에 의아해 한다. 그의 말처럼 이것은 단순히 "그 사실 이상의 의미를 갖는다"(Falling Man 21). 이러한 사실은 죽음을 직면했던 그의 경험이 그에게 가장 소중한 것으로 되돌아가도록 종용한 것임을 암시한다.

이를 계기로 둘은 다시 한 가족으로서의 생활을 시작한다. 물론 이 것은 완전한 합일이 아니다. 사건을 겪은 키쓰는 정신적으로 완전히 회복하지 못하고 여전히 방황한다.

결국 그는 아내와 아들을 두고 멀리 라스베이거스로 떠나 다시 포커 게임에 빠진다. 이전과 달라진 것은 그가 간혹 리앤에게 전화를 건다는 것과 이전보다는 그녀를 가까운 사이로 느끼곤 한다는 것뿐이다.

하지만 드릴로는 이 속에서 부부의 재결합이나 파행을 논하고자 하는 게 아니다. 오히려 그는 힘겨운 상황에서도 하마드처럼 완전히 삶을 포기하거나 단념하지 않고, 힘든 경험을 통해 얻은 고통을 그대로 가진 채 살고 있는 그들의 모습과 삶 그 자체에 의미를 부여하고 있다. 고통도 삶의 일부이기 때문이다.

> 그녀는 생각하고 있었다. 키쓰가 살아있다고.
> 키쓰가 그녀의 집 문 앞에 나타난 이후로 지금까지 6일을 살고 있다. 그렇다면 이것이 그녀에게 의미하는 것이 무엇일까? 이것이 그녀와 그녀의 아들에게 무얼 의미하는 것일까? (Falling Man 47)

**96**_ 돈 드릴로: 불안의 네트워크와 치유의 서사

죽음에 대한 공포를 극복하기 위해 리앤은 조깅을 하고 반복해서 건강 검진을 하고 키쓰가 카드게임에 심취하듯이 글쓰기 모임에 심취한다. 하지만 이 모든 것에서 위안을 받지 못하는 그녀는 교회를 찾기 시작한다. 그러나 그러한 그녀의 노력에 대한 하느님의 대답은 또다시 "나는 이곳에 있지 않다"(*Falling Man* 237)일 뿐이다.

그렇다면 드릴로는 왜 하느님의 입을 통해 그녀에게 이와 같은 답을 주고 있는 것일까? 이것은 분명 '신이 존재하느냐, 아니냐'와 같은 신학적인 질문에 대한 답은 아니다. 오히려 이것은 '인간이 어떻게 살고 있는가'에 대한 답일 것이다. 현대인들은 자신들의 이익을 위해 종교를 이용하고 신을 찾는다. 앞에서 다룬 두 소설 속에서와 마찬가지로 리앤 역시 스스로가 죽음의 공포로부터 벗어나기 위해, 또는 피안에 대한 확신을 얻어 보고자 신을 찾는다. 현대 사회에서 신은 또 다른 목적을 위한 수단이 되고 있다. 드릴로는 이러한 목적을 가지고 찾아오는 인간들에게 '나는 이곳에 있지 않다'고 대답하는 것이다. 즉, 물질과 테크놀로지 중심의 사회에서, 그리고 너무도 이기적인 목적으로 변해버린 종교의 의미 속에서 더 이상 신은 존재하지 않음을 암시한다.

드릴로는 이 소설에서도 다시 한 번 현대 사회에서의 인간적인 삶을 강조한다. 여기에서의 인간적이란 의미는 현대 사회에서 더 중요한 자리를 차지한 자본이나 미디어나 기계에 자리를 내주고 이들에 의해 좌지우지되는 삶이 아닌, 인간에 초점을 두고 인간적인 관계에 보다 중요성을 두는 삶을 의미한다. 왜냐하면 우리의 현세의 삶은 우리가 아무리 회피하고자 하여도 결국은 되돌아와야 할 원점이기 때문이다.

영원회귀(eternal return)는 보다 나은 삶이나 피안의 삶에 대해 약속하는 것이 아니다. 그것은 오히려 동일한 삶으로 되돌아오는 것을 의미한다. 여기에서의 '동일하다'는 것의 의미는 우리의 지상에서의 삶이 갖는 속세적인 상태나 형태를 가리키는 말이다. 우리는 이것으로부터 도망칠 수도 없고 구원 받을 수도 없다. (Pearson 75-76)

드릴로는 소설 속에서 죽음을 선택하는 하마드와 힘들게 삶을 살아가는 키쓰와 리앤의 모습을 대조시키면서, 궁극적으로 우리가 최선을 다해야 하는 것은 피안의 삶이 아닌 현세의 삶임을 역설한다. 그리고 죽음의 문턱에서 가까스로 빠져나왔음에도 불구하고 만족스럽지 않은 그들의 삶의 모습을 통해 독자들은 오히려 어떻게 살아야할지를 깨우치게 된다.

『화이트 노이즈』에서 드릴로는 끊임없이 도망쳐야할 공포의 대상으로서 죽음을 그리고 있다. 그리고 이러한 그의 죽음에 대한 견해는『언더월드』를 통해 더욱 심화되면서 인간은 거미줄에 걸려든 채 더 이상 도피할 곳조차 없는 존재로 묘사된다. 그러나 이러한 드릴로의 죽음에 대한 견해는『추락하는 인간』에 이르러 분명 변화하고 있음을 여태까지의 논의를 통해 알 수 있다. 그는 전 세계를 경악시킨 하나의 역사적인 사건을 통해, 죽음이라는 것이 오히려 인간을 다시 인간다운 존재로 변화시킬 수 있음을 역설하고자 한다. 즉, 그는 무너져 내린 쌍둥이 빌딩의 먼지 속에서 오히려 인간의 삶에 대한 희망을 이야기하고자 한다. 이런 의미에서 이 소설은 이전의 소설 중에서 가장 비극적인 사건을 다루고 있으면서도 가장 희망적인 이야기를 하고자 하는 소설이다.

『화이트 노이즈』에서 드릴로는 "음식과 사랑 이외에 우리가 필요로 하는 모든 것이 여기 타블로이드 진열대에 있다"(*White Noise* 326)고 진술함으로써, 현대 사회의 자본주의나 소비주의, 그리고 테크놀로지가 우리에게 필요한 다른 모든 것을 가져다 줄 수 있을지 모르지만, 정작 '사랑'과 '우리를 살게 해주는 양식'을 찾을 수는 없음을 깨달을 수 있다.

잭이 갖고 있는 죽음에 대한 공포를 치유해 줄 수 있는 것은 밍크의 다일라(Dylar)도 아니고 그의 학문도 아니고 궁극적으로는 현대의 종교도 아니다. 『언더월드』의 닉 쉐이(Nick Shay)의 불안감과 허전함을 채워줄 수 있는 것 역시 역사적인 야구공으로 대표되는 '물질'에 있지도 않고, 에드가 수녀가 소망하는 종교적 기적에 있지도 않다. 모든 것이 불확실해지면서 언제나 죽음에 대한 두려움을 안고 사는 현대인들에게 드릴로는 죽음을 통해 삶의 의미를 다시 한 번 되새기게 만든다. 그리고 그 속에서 인간에게 진정으로 소중한 것이 무엇인가를 다시 한 번 생각하게 한다.

『추락하는 인간』에서 리앤이 바라보는
모란티(Giorgio Morandi)의 정물화

# 네트워크
# 사회와
# 개인
# 정체성의
# 변화

## I. 들어가며

1960년대를 지나면서 시작된 포스트모던(postmodern) 사회로의 변화는 그 속에서 살고 있는 개인에게도 다양한 변화를 가져왔다. 그 중에서도 포스트모더니즘의 대표적인 특징 중 하나라고 할 수 있는 '주체의 죽음'은 주체성의 위기를 가져 왔고, 이것은 개인 정체성[1]의 위기에도 직접

---

* 『새한영어영문학』(2003) 제50권 4호. 45-63

[1] 본 논문에서는 '정체성'에 대한 문제를 '개인의 정체성'으로 한정지어 이에 대한

적인 영향을 주었다(Dunn 4). 게다가 포스트모던 사회에 접어들면서 특징적으로 드러난 주체들의 '탈중심화'(decentered) 현상들은 모던 사회에서 '중심을 이루던 이성'(centered ego)을 공격하기 시작했고(Dunn 6), 그 속에서 개인은 자신의 정체성을 잃은 채 떠돌기 시작했다.

로버트 던(Robert G. Dunn)은 이러한 시대상을 '정체성의 불안정화'(destabilization of identity)라는 개념을 통해 잘 설명한다(2-3). 그는 사회 문화적인 영향에 우선하여 존재하는 '본질적인 자아'란 존재하지 않으며 단지 이러한 환경적 변화에 대한 '재현'만이 존재할 뿐이라고 주장하면서, 포스트모던 시대에서 안정적으로 고정된 정체성이란 불가능함을 암시한다.

다비드 곤틀레트(David Gauntlett) 역시 포스트모던 사회의 정체성을 '하나의 복잡한 구성물'(13)로 정의 내리는데, 사회가 복잡해질수록 정체성에 영향을 주는 요소들 또한 더욱 복잡해지고 있음을 암시한다. 심지어 스탠리 아로노비츠(Stanley Aronowitz)는 "본질적인 정체성이란 아예 존재하지 않을지도 모른다"(115)고 주장하기도 한다.

현대인이 겪는 정체성의 변화는 현대 사회의 또 다른 특징이라 할 수 있는 네트워크의 의미와 연관 지어 봄으로써 더 잘 이해된다. 네트워크 사회에 살고 있는 현대인들은 마치 하나의 거대한 동일화된 집단으로 존재하는 듯이 보이며, 이러한 모습은 모던 시대보다 더욱 획일화되고 단합되고 통일된 모습으로 오인되기도 한다. 그러나 획일화되고

---

논지를 전개하려 한다. 드릴로 소설을 개인 정체성과 연관해서 연구한 사례는 다양하게 전개되어 왔다. 하지만 이러한 개념을 네트워크라는 사회적 특성과 연관시켜 연구한 사례는 거의 없다는데 본 논문의 의미를 두고자 한다. 이하에서 '정체성'이라는 용어는 국가나 단체가 아닌 그 속에 존재하는 '개인의 정체성'을 의미한다. 또한 본 논문의 논지 역시 이러한 개인 정체성의 개념이 어떻게 변화되고 있는지를 살펴보는 것으로 전개하겠다.

고정되고 안정적이던 모던시대의 네트워크와는 달리, 현대의 네트워크[2]는 그 구조를 이루고 있는 각각의 점들이 파편처럼 떠돌고 있으므로 더욱 불안하고 역동하는 구조를 갖고 있다. 그리고 현대인들은 이러한 네트워크 속에서 불안정하게 떠돌고 있는 각각의 파편을 형성하고 있다.

포스트모던 사회 변화에 따른 정체성의 의미는 미국의 대표적인 포스트모던 작가로 알려진 돈 드릴로의 소설에서 극명하게 드러난다. 그는 자신의 소설에서 포스트모더니티로 정의되는 현시대적 특성들을 보여주면서 또한 그 속에 살고 있는 개인의 문제를 다루는 것도 잊지 않고 있다. 따라서 본 논문에서는 그의 소설 중에서도 특히, 『화이트 노이즈』, 『리브라』, 그리고 『언더월드』를 중심으로, 현대사회에서 정체성의 변화라는 주제를 포스트모던 사회의 특성들과 더불어 정리해보고 네트워크의 개념으로 이해해 보고자 한다.


## 2. 포스트모던 사회와 정체성의 혼돈

현대인의 정체성에 영향을 미치는 포스트모던 사회적 현상들로 여러 가지를 들 수 있는데, 그 중에서도 본 논문에서는 드릴로가 자신의 소설에서 심도 있게 다루고 있는 포스트모던 사회의 특성들을 크게 네 가지

---

[2] 포스트모던 이전 시대의 고정되고 안정적인 네트워크를 '모던 네트워크'라고 한다면, 현대의 불안정하고 역동하는 네트워크를 '포스트모던 네트워크'라고 구별할 수 있다. 포스트모던 네트워크는 수많은 네트워크가 서로 연결되고 결합되어 있는 구조로서, 그 각각이 서로 접속과 단절을 반복하고 있는 불안정한 구조를 취하고 있다. 현대의 인터넷을 그 대표적인 예로 들 수 있다. 이하 네트워크는 포스트모던 네트워크를 의미한다.

로 정리해 보았다. 그리고 이러한 현상들이 개인의 정체성과 어떤 연계성을 갖고 있는지를 드릴로의 소설을 통해 이해해 보고자 한다.


## (1) 소비주의

현대의 가장 큰 특성 중 하나로 자본주의의 극적인 발달을 꼽을 수 있는데, 이러한 시대상은 또다시 극심한 소비주의를 초래하였다. 소비주의는 현대의 변화된 개인과 사회의 모습을 설명해주는 대표적인 요소 중 하나로서, 드릴로는 자신의 소설 속 인물을 통해 소비사회에서 현대인이 겪는 정체성의 변화를 여실히 보여주고 있다. 소비의 네트워크 속에서 개개인은 그 속에 연결되면서 또 한편으로는 소외당한다.

이러한 대표적인 인물로 『화이트 노이즈』의 잭 글레드니(Jack Gladney)를 들 수 있다. 그는 한 가정의 아버지이자 한 대학의 교수지만 그에게서 교수로서의 정체성은 찾아보기 힘들다. 게다가 자신이 갖고 있어야할 아버지로서의 위치는 오히려 라디오나 텔레비전과 같은 대중매체에 빼앗겨 버렸다. 이런 현실 속에서 가장으로서의 자신의 정체성을 찾기 위해 그가 할 수 있는 몇 안 되는 방법 중 하나는 슈퍼마켓으로 가족을 데려간 후 그들이 필요로 하는 물건을 구입하도록 허락하는 것이다. 이를 통해서 그는 아버지로서의 자신의 정체성을 찾고자 한다.

드릴로 소설에서 자주 등장하는 '슈퍼마켓'은 현대사회의 소비풍토를 단적으로 드러내주는 곳이다. 잭처럼 가정에서도 사회에서도 자신의 정체성을 찾지 못 한 현대인들이 자신을 확인하고 찾을 수 있는 곳 중 하나가 이곳이다. 사람들은 이곳 슈퍼마켓에서 "그들의 가치관과 정체성을 자유롭게 쇼핑한다"(Cantor 41). 잭은 이곳 슈퍼마켓에서 물건을 소비함으로써 아버지로서의 정체성 뿐 아니라 자신의 존재(살아있음)를 확인하고자 한다. 슈퍼마켓에서 물건들을 만지고 구경하면서 잭은 자신이 "가치 있게 그리고 자애심 속에서 빛이 나기 시작하는"(*White Noise* 84) 것을 느낀다. 나아가서 소비를 통해서 그는 "새로운 모습의 자신을 발견한다"(*White Noise* 84).

글레드니 가족은 끊임없이 슈퍼마켓을 찾아가 물건을 구입한다. 특히 잭에게 이러한 행동은 스스로의 정체성에서 채워지지 않는 어떤 부분들, 또는 가족으로부터 채워지지 않는 어떤 부분들을 채우기 위한 하나의 행위라고 볼 수 있는데, 물건을 "살 수 있는 힘"(buying power)은 그에게 "이러한 물건들이 우리 영혼의 편안한 안식처에 가져다주는 무언가를 채운다는 느낌 … 잘 살고 있다는 느낌, 그리고 안전과 만족감"(*White Noise* 20)을 가져다준다.

불안정한 현대인의 정체성은 차츰 이러한 소비주의에 의해서 대신되고, 그 속에서 '나'의 정체성은 차츰 '내가 구입한 물건들'에 의해서 드러나고 있다. 기계화되고 산업화되고 분업화되면서 겪게 되는 개인의 위기의식은 소비를 통해서 그리고 자신이 소비한 상품을 통해서 위로받는다.

소비주의는 점차 그 실용적인 면은 축소되고 그것이 갖고 있는 외적인 면, 즉 그것을 구입함으로써 부가적으로 획득할 수 있는 사회적 지위나 명성, 또는 경제적인 부를 통한 주체의 또 다른 정체성을 확립할 수 있다는 면으로 변화하였다. 이러한 모습은 슈퍼마켓에서 카트에 물건들을 쌓아 올리면 올릴수록 경제적인 면에서 자신의 정체성이 확립되는 것을 느끼는 잭의 모습에서 확인된다. 카트 위에 얼마나 많은 양의 상품이 쌓였느냐는 잣대를 통해서 경제적으로 부유한 사람들과 그렇지 못한 사람들 사이의 새로운 정체성이 결정된다.

이와 유사하게 현대인들은 누가 무엇을 입고 무엇을 타고 다니느냐에 따라 그 사람의 정체성을 파악한다. 이러한 모습은 학생들을 데려다 주는 부모들의 차량과 그들의 외모에 관심을 기울이는 잭과 바베뜨(Babette)의 대화에서 잘 드러난다(White Noise 6).

소비주의가 발달하면서 사회는 점점 더 소비활동에 주력하게 되고, 사람들은 점점 더 무엇을 소비하고 소유하고 있는가에 관심을 기울인다. 집집마다 유행하는 상품들로 가득차면서 개개인은 비슷한 사고와 비슷한 생활양식을 갖게 되고, 나아가서 그것을 보고 사용하는 개개인의 영혼마저도 비슷하게 일괄적으로 포장되어 버린다. 대량으로 찍어내는 상품들처럼 소비 상품이 그것을 소비하는 주체들의 사고마저도 대량으로 바꿔주고 있는 셈이다. 이러한 '일괄 포장된' 영혼 들은 마치 하나의 상품들처럼 인간의 정체성마저도 "기성 상품화된 정체성"(ready-made identities)(Kerridge 186)으로 만들어 버렸다. 그 속에서 인간의 정체성 역시 기계로 찍어내듯이 기성화된다.

현대인들의 기대와는 달리 소비를 통한 '서로 연결되기' 과정은 또 다른 허탈감을 가져올 뿐인데, 이것은 쇼핑을 마치고 집으로 돌아오는 글래드니 가족의 모습에서 잘 드러난다. "그들은 침묵 속에서 집으로 돌아왔다 … 혼자가 되기만을 바라면서"(White Noise 84). 결국 소비를 통해 어떤 만족감도 얻지 못하고 자신만의 세계로 돌아가고 싶은 또 다른 욕구만을 가진 채 집으로 돌아가는 글래드니 가족의 모습을 통해, 우리는 소비를 통하여 진정한 정체성과 상호간의 연계성을 꿈꾸는 현대인들이 결국에는 절망과 고립감을 느낄 뿐임을 재확인한다.

소비로 인해 연계성을 경험하고 자신의 정체성을 확인하려는 현대인의 노력의 무의미함은 『언더월드』에서도 잘 드러난다. 닉 쉐이(Nick Shay)는 역사적인 홈런볼을 구입하려는 극도의 강박감에 사로잡혀있다.

결국 그는 많은 돈을 주고 그 공을 손에 넣는다. 그러나 그 공이 그에게 가져다주는 것은 만족감이나 자신감이 아니라, 또 하나의 허탈감일 뿐이다. 이것은 가진 돈을 다 주고 이 야구공을 처음으로 구입했던 찰스 맹스(Charles Manx)의 경우에서도 동일하게 드러나는데, 그는 그 공을 거머쥔 채 "드디어 이 공이 내 것이 되었어. 그런데 이제 이걸로 뭘 하지?"(*Underworld* 653)라고 반문한다. 이로써 드릴로는 현 시대의 소비주의가 우리에게 가져다 줄 수 있는 것은 결국 이러한 허탈감일 뿐임을 보여준다.

존 프라우(John Frow)가 지적했듯이, "인간의 가치가 이러한 소비, 즉 돈과 상품들과의 연관성으로 측정 될 수는 없음을 알고 있음"(18)에도 불구하고, 현대인들은 아직도 자신의 정체성을 사기 위해 슈퍼마켓에서 쇼핑하고 있다.


## (2) 대중매체

인터넷이 대중적으로 보급되기 전인 1960년대와 70년대까지만 해도 라디오와 텔레비전으로 대표되었던 대중매체는 그 시대의 사회상을 가장 잘 보여주는 세계와의 연결고리 중 하나였다. 모든 것이 불확실해지고 파편화된 현대 사회에서 현대인은 이러한 매체가 개인을 사회와 연결시켜 줄 것이라고 기대한다. 이런 이유로 파편화되고 소외되면 될 수록 현대인들은 더욱 텔레비전과 같은 대중매체 앞으로 다가가 앉는다. 그리고 "사람들은 텔레비전 앞에서 '자신을 발견하고'", "심지어는 자신이 존재하는지 않는지를 확인한다"(Kavadlo 29).

이러한 의존은 안정과 연계성을 가져다주기보다는 오히려 가상과 현실 사이의 혼돈마저 불러 일으켰고, 나아가 현대인들을 가상의 세계로 빠져들게 만들었다. 드릴로는 케네디 살인 사건에 대한 음모를 다루고 있는 『리브라』의 리 오스월드(Lee Oswald)를 통해 대중매체와 정체성 사이의 갈등을 겪고 있는 현대인의 모습을 잘 보여준다. 사회에서 언제나 이방인이었고 소외된 존재라고 여겼던 오스월드는 텔레비전에 비치는 자신의 모습을 통해 오히려 자신이 역사의 한 부분이 되었음을 확인하고 나아가 잃어버렸던 자신의 정체성을 발견한다(*Libra* 435).

자신의 범죄 장면이 텔레비전에 방영된 후 오스월드는 죄책감이나 수치심을 느끼기보다는 오히려 자신의 정체성을 찾았다는 자신감과 자긍심을 느낀다. 이것은 이전의 사회적 이방인으로서 그리고 외롭고 소외된 개인으로서 그가 느껴 왔던 감정과 완전히 대립되는 것으로, 텔레비전에 등장함으로써 그는 자신이 사회적으로 공인되었다고 느낀다. 다시 말해서 자신이 텔레비전에 나왔고 자신의 이름이 역사에 기록됨으로써, 사회와 역사의 거대한 네트워크에 속하게 되었다는 착각에 빠진 것이다.

그러나 오스월드가 찾았다고 생각하는 이러한 자아 정체성은 진정한 의미의 정체성과는 거리가 있다. 그것은 대중매체가 만들어 낸 또 다른 오스월드의 모습일 뿐이며, 소설을 읽는 동안 알게 된 오스월드는 사라지고 대통령을 살해한 저격수만이 존재한다. 그리고 세상은 대중매체에서 소개하는 오스월드의 모습만이 그의 진정한 정체성이라고 인정한다. "세상은 단 두 가지로 정의 내려진다. 즉, 사실인 것과 사실보다 더 사실적인 것"(*Libra* 266)이라고 말하는 위어드 비어드(Weird Beard)의 대사는 '사실적인 정체성' 그리고 '그보다 더 사실로 받아들여지는 정체성' 사이의 혼란을 암시한다. 그 속에서 오스월드 자신마저도 텔레비전에서 보여주는 모습이 더 '사실적인 자기 정체성'이라고 여긴다. 그리고 이러한 오스월드의 모습을 통해 드릴로는 스스로 자신의 정체성을 찾지 못한 채 대중매체에 그 역할을 기대하고 있는 현대인들의 모습을 보여준다.

이처럼 현대인들은 텔레비전 앞에서 자신의 정체성을 찾고 위안을 얻으려 하지만 그것은 인간의 허황된 기대일 뿐, 오히려 대중매체는 인간의 사고와 영혼을 세뇌시키고 지배할 뿐이다. 이런 가운데 우리는 "우리의 뇌가 차츰 희미해져 가는 것을 경험한다"(*White Noise* 66). 우리의 뇌는 더 이상 스스로의 판단에 의해 움직이기 보다는 수많은 대중매체에 의해 주입된 정보들에 의해서 수동적으로 판단하고 결정을 내린다. 이런 모습은 『화이트 노이즈』에서 잭의 대화가 종종 '파나소닉', '도요타'와 같은 상업적인 광고 용어나 대중매체에서 나오는 말에 의해 방해받는 모습을 통해 잘 드러난다. 이것은 현대인들의 생활이 전화벨 소리나 텔레비전 라디오에서 흘러나오는 소리들로 끊임없이 방해를 받고 있는 것과 일맥상통한다. 나아가 이러한 방해는 "대중매체에 의해 식민지화되고 다국어로 된 담론들과 전자 네트워크에 의해서 탈중심화된 새로운 형태의 주체성이 출현했음을 의미한다"(Wilcox 99).

드릴로가 보여주듯이 현대인들은 사유를 하는 주체로서의 자리를 대중매체에 내주고 있다. 가정과 사회 곳곳에서 중심을 차지하고 있는 대중매체는 이제 인간의 생각과 내면마저도 지배하면서 그것이 조종하는 새로운 정체성을 만들고 있다. 특히 과학 기술과 교통 및 운송의 발달과 소비주의의 발달 등에 힘입어, 이처럼 "컴퓨터화된 사회 안에서, 이것에 의해 영향을 받지 않는 생활이란 존재하지 않게 되었으며"(Spielmacher 82), 나아가 대중매체와 더불어 사는 현대인들은 차츰 "텔레비전 속의 인물처럼 행동하기 시작했고 어떤 면에서는 텔레비전 그 자체가 되기 시작하였다"(Spielmacher 82). 인간으로서의 정체성을 잃기 시작한 현대인들은 마치 좀비처럼 대중매체의 조종을 받기 시작했고, "텔레비전은 뇌의 언어 영역에 영향을 미치는 약물과도 같은 역할을 하고 있다"(Spielmacher 94).

『리브라』의 오스월드가 실험하고 싶어 하는 원거리 최면술 역시 이러한 대중매체의 힘을 통해 가능하다. 그는 "전화나 텔레비전을 통한 최면술"(Libra 314)이야말로 현대가 갖고 있는 가장 위력적이고 정확한 정치적 무기임을 인지하고 있다. 이로써 "우리는 세상의 모든 곳과 닮거나 또는 우리가 원하는 모든 곳과 닮게 된다. 옷도 닮았고 말하는 것도 닮았고 생각하는 것도 닮았다"(Libra 382).

대중매체가 만들어내는 최면술과 같은 이러한 유사성 속에서 개개인들은 제각기 수많은 허브와 연결고리의 역할을 하면서 모여 있다. 이것은 외관상으로는 하나의 거대한 덩어리를 이루는 듯이 보이지만, 서로 진정한 의미에서 상대를 이해하고 끌어안은 것은 아니다. 군중 속에서 '나'는 '그'의 진정한 모습을 알지 못한 채 겉으로만 연결되어 있을 뿐이다. 모두 제각기 자신의 이해와 이익과 필요에 의해서 연결된 듯이 보일 뿐, 그 속의 개개인은 모래성을 이루고 있는 각각의 모래알과도 같다.

## (3) 테크놀로지의 발달

과학 기술의 발달은 인간 사회의 많은 부분에서 변화를 가져왔다. 우선 생산 기계의 발달로 기계가 인간의 영역을 대신하였으며 이로 인해 인간은 노동으로 부터의 해방이나 자유로움을 느끼면서도 다른 한편으로는 자신의 위치를 빼앗겨버렸다는 허탈감과 위기의식을 느끼기도 한다. 그런 가운데 인간에게 도움을 주기 위해 인간이 개발한 테크놀로지는 점점 더 인간의 자리를 위협하고 인간과 대립하게 되었다.

기계화 및 자동화를 비롯한 기술문명의 발전이 인간에게 미친 영향이 모두 부정적인 것만은 아니다. 그러나 이런 편리함과 유익함 속에서 현대인은 차츰 인간의 목소리를 듣거나 인간의 손길을 느끼는 것이 낯설고 어색함을 느끼면서 점점 더 테크놀로지의 산물에 적응해가고 있다. 드릴로는 기계가 인간을 대신하는 이러한 시대상을 "인간의 얼굴을 한 테크놀로지"(*White Noise* 211)라고 표현함으로써 이에 대한 부정적인 견해를 숨기지 않는다.

테크놀로지가 인간의 일상영역을 차지하고 있는 모습은 우선적으로 『화이트 노이즈』에서 끊임없이 인간의 생활을 방해하고 간섭하고 있는 전자기계들의 소음을 통해 드러난다. "청바지들이 건조기 안에서 돌아가고"(*White Noise* 18), "복도 끝에서 누군가가 텔레비전을 켠다"(*White Noise* 28).

『화이트 노이즈』가 보여주는 현대 사회에서는 쉴 새 없이 세탁기가 돌아가고 전화벨 소리가 끊임없이 울려대며 라디오와 텔레비전이 텅 빈 방안에서조차 켜 진 채 소리를 내고 있다. 이로써 이전에는 인간의 영역이었던 많은 곳들이 오히려 기계의 고유영역처럼 변해 버렸고, 기계가 주인이 되어 버린 세계 속에서 인간은 오히려 주인이 아닌 기계의 부속품으로 전락하고 있다.

테크놀로지가 현대인의 정체성에 영향을 미치는 또 다른 일례로서 드릴로는 현대사회를 점령해가고 있는 감시카메라를 거론한다. 사회의 문을 열고 들어가면서 우리는 "몰래 숨겨져 있는 카메라들이 우리를 찍고 있다"(*Libra* 356)는 막연한 불안을 느낀다. 다양한 목적과 이유들로 설치되어 있는 감시 카메라들에 의해서, 그리고 우리들이 사용하고 있는 신용카드나 이동전화 또는 인터넷의 네트워크를 통해서 현대인들은 이제 자기만의 공간을 잃어버린 셈이다.

이러한 감시망 속에서 현대인은 "기술화된 주체"로 변모하고, 그 속에서 주체는 "그가 속한 사회 시스템에 의해서 끊임없이 감시받으면서 그 영향권 안에서 살고 있다"(Spielmacher iv). 인간으로서의 주체성을 상실한 현대인은 기계의 발달 앞에서 가장 근본적인 인간으로서의 정체성마저 의심할 수밖에 없다.

테크놀로지가 발달하면 할수록 인간은 더욱 나약한 존재로 추락하고 "시스템이 복잡해지면질수록 사람에 대한 신뢰도 더 약해진다"(Libra 77). 특히 1980년대 이후로 컴퓨터 산업이 발달하면서 "이러한 컴퓨터들은 하나의 시스템을 구축하여 인간의 생활을 더 잘 조절하기 위해 서로 네트워크되어 있다"(Spielmacher 4). 컴퓨터의 발달과 더불어 인간이 만들어낸 기계가 사회의 많은 부분들을 차지하게 되고, 서로 철저하게 네트워크된 이들 기계는 아이러니하게 도 인간을 더욱 고립시키고 파편화시키고 있다. 이에 대한 일상적인 예로서 은행의 자동출납기나 전화의 자동응답기를 들 수 있는데, 녹음된 기계 목소리가 인간을 대신하면서 현대인은 인간이 아닌 기계를 상대로 대화하고 있다. '인간의 얼굴을 한 테크놀로지'가 차츰 친구나 동료의 자리마저도 대신하고 있다.

그러나 이러한 현실 속에서 인간은 기계를 두려움의 대상으로 인식하거나 경계하기보다는 오히려 이러한 기계를 통해 자신의 존재를 인정받음으로써 스스로의 정체성마저도 확인하려 하고 있다. 자신이 만든 테크놀로지에 주인의 자리를 내놓은 것이라 하겠다.

이런 모습은 『화이트 노이즈』의 잭을 통해 잘 묘사되고 있는데, 그는 자신이 사회의 일원으로 살아있음을 확인하기 위해 은행으로 간다. 그 기계로부터 여전히 자신의 정체성이 존재함을 확인함으로써 "시스템의 지지와 안정을 느낀다"(White Noise 46). 만일 기계가 자신의 이름을 기억하지 않는다면 그것은 자신의 존재가 그 세계에서 사라졌음을 의미한다. 현대사회에서의 기계는 수많은 다른 기계들과의 네트워크를 의미하며, 그 속의 현존은 네트워크가 자신의 존재를 인정해 준다는 것을 의미하기 때문이다.

테크놀로지의 발달과 네트워크의 절정으로 인터넷의 발달을 꼽을 수 있다. 자신의 정체성을 상실하고 파편화된 상태로 떠돌아다니는 현대인의 모습은 개인 컴퓨터의 보급과 더불어 극치에 도달하고 있는데, 이제 인류는 인간을 상대로 이야기하고 고민하고 웃고 즐기는 것이 아니라 자신의 컴퓨터 앞에서 기계를 상대로 이 모든 것을 공유하고자한다. 그러나 그 속에서 인간은 점점 더 고립되고 소외된 채 자신만의 세계에 갇히게 된다. 컴퓨터 속의 정보들이 떠돌아다니듯이 현대인들은 암호화된 자신의 정체성으로 포장하거나 숨긴 채 끊임없이 떠돌아다니는데, 이러한 세계에서의 현대인의 정체성은 어느 네트워크에 접속하는가에 따라 달라지면서 쉴 새 없이 연결과 단절을 반복한다.

이러한 모습은 『언더월드』에서 주인공 쉐이의 아들 제프(Jeff)의 모습을 통해 잘 드러난다(Underworld 808). 그는 많은 시간을 할 일없이 컴퓨터 앞에서 보내고 있는데, 현대 젊은이의 모습을 대변한다고 볼 수 있다.

인터넷은 모든 사람들이 공간이나 시간의 제약 없이 공존할 수 있도록 테크놀로지가 만들어낸 기적이다. 그래서 현대인은 이것이 진정한 연계성을 갖고 있다고 믿으면서, 복잡한 현대 문명 속에서 길을 잃은 현대인들을 하나로 연결해 줄 것이라 기대한다. 그러나 제프의 경우와 같이 이곳은 또 다른 은둔 장소일 뿐 그 속에서 진정한 정체성은 찾을 수 없다. 이곳에서 현대인들은 참된 네트워크를 기대하지만 정작 많은 사람들은 자신의 존재를 감춘 채 "눈에 띄지 않는"(Underworld 808) 존재로서 떠돌아다닐 뿐이다.

이러한 모습은 『언더월드』의 에드가 수녀(Sister Edgar)를 통해서도 재확인된다. 그녀는 수녀로서 평안한 죽음을 맞이함으로써 자신이 기도 해온 천국에 도달 해 있을 것이라 기대하고 눈을 뜬다. 그러나 그녀가 부활한 곳은 다름 아닌 인터넷의 사이버 세계다. 이곳은 현대인들이 갈 망하는 진정한 의미의 연계성이 아니라 바이러스로 대변되는 더한 공포 와 무의미하고 산발적인 연결만이 존재한다.

> 그러나 그녀는 천국이 아니라 사이버 세계에 있다. 그리고 그 속에서 그 녀는 시스템에 포획된 느낌을 받는다. 그녀가 그렇게 안절부절 못한 것도 바로 이런 이유에서다 .... 그녀는 웹과 네트 가 가져오는 극심한 불안을 느낀다. 물론 거기에는 끊임없는 바 이러스의 위협이 존재한다. (*Underworld* 825)

정체성을 상실한 현대인들이 자신의 정체성을 찾게 해주고 나아가 자신을 세상과 연결시켜줄 것이라고 기대했던 인터넷은 우리에게 또 다 른 시뮬라크라만을 제공한다. "거기에는 오직 연결만이 존재"할 뿐이다 (*Underworld* 825). 게다가 그 연결의 주체가 기계인 만큼 그 연결의 대 상인 개개인 또한 하나의 기계 부속품에 지나지 않는다.

이처럼 점점 더 기계화되고 구조화되고 있는 사회 속에서 현대인은, '나는 누구인가'라는 질문에서 나아가 '인간이란 무엇인가'라는 인간 자 체의 정체성에 대한 근원적인 질문을 던지게 된다. 자연을 정복하고 만 물의 제왕으로서의 위엄을 누려왔던 인간은 아이러니하게도 자신이 만 들어 낸 기계에 의해서 무너지고 있다.

## (4) 서류와 데이터

테크놀로지의 발달로 인해, 종이 위에 문자로 정보를 기록하던 이전 시대에 비해 현대는 엄청난 양의 데이터(data)[3]를 한꺼번에 저장할 수 있게 되었다. 이로 인해 현대 사회는 늘어나는 수많은 데이터를 공유할 수 있게 되었고 차츰 그 정보의 주체보다도 데이터 자체가 더 중요한 자리를 차지하게 되었다. 이러한 특성은 현대인들의 정체성을 변화시키는 또 다른 요소로 작용하는데, 드릴로는 현대사회에서 쌓여가는 서류[4]와 데이터가 개인의 정체성을 대신하고 있음을 보여준다. 그는 『화이트 노이즈』에서 "우리는 우리들에 대한 데이터의 총합"(202)이라고 현대인들을 정의내림으로써 서류와 데이터가 인간의 정체성을 대신하고 있음을 암시한다.

마크 스티븐 스필마처(Mark Stephen Spielmacher)가 자신의 박사논문에서 밝히고 있듯이,[5] 테크놀로지의 발달에 힘입어 컴퓨터를 비롯한

---

[3] 영어의 'data'는 어떤 대상에 대한 정보들을 모아 놓은 것으로서, 본 논문에서는 'information'과의 혼용을 막고 특히 논문의 내용이 컴퓨터 안의 다양한 정보를 의미하는 경우가 많으므로 원어 그대로인 '데이터'를 그대로 사용하겠다.

[4] 여기서의 '서류'라는 용어는 영어의 'dossiers'를 옮긴 것으로, 다양한 정보들을 문서로 옮겨 놓은 것으로서, 'document'와 구별하기 위해 '서류'라는 용어로 번역하였다. 본고에서의 '서류'는 많은 정보들이 기록된 종이가 쌓여져 있는 모습을 연상시킨다.

[5] 포스트모던 주체의 정체성은 '자아'―개인을 정의내리는 개인사와 개인의 행보에 대한 본질적이면서 고유한 총합―라는 개념과 그 자아에 대해 기록되고 코드화된 것 사이의 논란 속 에 갇혀있다 …. 이 논쟁에서의 핵심은 개인에 대한 서류와 사실에 대한 데이터베이스, 그리고 모든 연관된 서류화된 자료의 개념이며, 어떤 면으로는 그 주체를 '기록하고 있다'. 그 개인의 삶과 정체성은 종종 개인의 파일과 서류와 동일시된다(Sp1elmacher 12).

전산망을 통한 커뮤니케이션이 발달함으로써, 개인에 대한 엄청난 데이터가 이러한 전산망을 타고 끊임없이 연결되고 있다. 컴퓨터의 발전으로 더 많은 개인 정보들을 담을 수 있게 되었고, 개인의 정보는 더 많은 연결고리들로 수많은 허브들에 접속되어 있다. 이로써 현대사회에서는 이러한 정보의 분실이나 파괴가 곧 그 주체의 소멸을 의미하게 되었다.

이런 힘을 가진 서류와 데이터는 현대인들의 존재자체를 통제할 수 있게 되었고, 거기에 어떤 기록으로 남느냐에 따라 각 개인의 정체성이 결정되기도 한다. 이런 이유로 때로는 서류의 조작이나 기계의 오작동으로 한 인물이 다른 인물로 오인되기도 하고, 존재하는 인물이 지구상에 존재하지 않는 인물이 되기도 한다. 현대사회에서는 나를 증명해 보일 서류와 데이터베이스가 필요하다.

이러한 시대상은 『리브라』에서 오스월드에게 신분증을 요구하는 한 경관의 모습을 통해 잘 드러난다(409). 경관에게는 오스월드의 집 주소나 이웃사람들의 증언 따위는 중요하지 않다. 단지 그를 공식적으로 증명해 줄 수 있는 신분증이 필요할 뿐이다. 신분증이 만들어지고 개인에 대한 데이터가 파일로 정리되면서 사회는 훨씬 통제하기 편리해졌지만, 반대로 그 안에 살고 있는 실제의 나는 나로서의 중요성을 잃게 되었다. '내'가 여기에 실제로 존재함에도 불구하고 현대를 사는 우리는 "진실보다 더 진실한"(*Libra* 382) 나를 보여줄 수 있는 '서류'를 필요로 한다.

이런 이유로 실재의 '나' 보다도 '나'에 대한 데이터를 수집하고 저장하고 있는 기관에서 '나'에 대한 더 많은 정보를 가지게 되는데, 드릴로는 『화이트 노이즈』에서 독성가스에 노출된 이후 감염 여부를 확인하기 위해 잭이 시뮤박(SIMINAC)이라는 국가 기관의 한 요원을 찾아가는 장면을 보여준다(*White Noise* 139-40).

　시뮤박 요원은 자기 앞에 실제로 서 있는 잭을 쳐다보기보다는, 컴퓨터상에 나타나는 잭에 대한 기록을 쳐다보는 것에 더 많은 시간을 보낸다. 잭이 '누군가 자신을 관찰하고 있는 듯한 느낌을 받는' 것은 누군가가 나에 대한 정보들을 나보다 더 많이 알고 있는데서 오는 불안감이다. 모르는 누군가가 나에 대한 더 많은 정보를 갖고 있다는 것은 어딘가에서 나를 지켜보고 있는 누군가가 존재 할지도 모른다는 막연한 불안감으로 해석되기 때문이다. 이것은 현대를 사는 사람들에게서 일종의 편집증(paranoia)으로 드러나는데, 드릴로는 이러한 현대인들의 모습을 『리브라』의 오스월드를 통해 다시 한 번 보여준다.

　오스월드의 자아 분열적인 성향은 자신의 내적인 원인이나 성장과정에서 생성된 것이기도 하지만, 사회의 기록들에 의해서 만들어진 것이기도 하다. 소설 속의 오스월드는 자신이 연계되어 있는 네트워크의 환경에 따라 자신의 정체성도 끊임없이 변화하는 대표적인 인물로 그려진다. 따라서 그에 대한 공식적인 기록 역시 전혀 일관성 없이 다양하게 드러난다.

　이것은 오스월드라는 인물과 케네디 암살 사건을 조사하는 전직 FBI 요원인 니콜라스 브랜치(Nicholas Branch)의 수사과정에서 잘 암시되고 있다. 브랭크는 이 사건과 오스월드라는 인물에 대한 수많은 정보들 속에서 끝내 오스월드에 대한 어떠한 명확한 해답도 찾아내지 못한다. 이로써 드릴로는 현대에서 중요한 자리를 차지하고 있는 서류 및 데이터가 실제로는 진정한 의미를 파악하는 데 아무 소용없는 단지 떠돌아다니는 기표들에 불과함을 암시하고 있다. 그럼에도 불구하고 큐레이터는 지속적으로 브랭크에게 케네디 암살사건과 관련된 수많은 데이터를 보내온다(*Libra* 298-99). 그러나 이러한 서류와 데이터로부터 얻을 수 있는 것은 극심한 혼란뿐이다(*Libra* 300).

이런 사실을 알면서도 정작 현대인들은 또다시 서류와 데이터를 검색하지 않을 수 없다. 이것에 의존하지 않고 개인을 알 수 있는 방법을 잃어 버렸기 때문이다. 이런 이유로 현대인들은 더욱 이러한 서류와 데이터에 의존한다. 이와 더불어 개인의 데이터는 평생 우리를 따라다니는 꼬리표로서 심지어 실재하는 그를 대신하기도 한다. "일단 당신의 이름이 파일들 속에 들어 있다면, 그들은 결코 당신을 혼자 내버려두지 않는다. 그것들은 마치 암처럼 당신에게 달라붙어 있다. 영원히"(*Libra* 45). 현대인들은 이러한 서류와 데이터의 감시망을 벗어날 수가 없는데, 그 이유는 우리가 살고 있는 사회가 네트워크를 떠나서는 존재가 불가능하며, 게다가 현대사회에서는 "서류를 갖고 있는 사람만이 실체이기"(*Libra* 3, 7) 때문이다.

『언더월드』에서 드릴로는 서류에 의존하는 대표적인 인물인 에드가 후버 (Edgar Hoover)를 통해 이러한 현대인들의 일면을 보여준다. 각 인물들에 대한 데이터와 서류들은 후버에게 아주 중요한 의미를 갖고 있다. 그는 그것들을 분석하고 정리함으로써 특정인에 대한 필요한 정보들을 수집하고 이용하여 "그 인물을 자신들이 이용하기에 적당한 인물로 새롭게 만들어 낸다"(*Underworld* 559). 이러한 사실은 개인에 대한 정보가 그것을 이용하는 사람의 편의에 따라 새로이 해석되고 이용될 수 있음을 시사한다. 그리고 이것이 바로 오늘날 서류와 데이터가 갖고 있는 문제점이기도 하다.

다양한 문제점과 모순을 갖고 있음에도 불구하고 현대사회에서는 서류와 데이터에 의존할 수밖에 없는데, 이런 이유로 드릴로는 『언더월드』에서 현대사회 에서는 "파일이 모든 것이며, 삶은 아무것도 아니다"(Underworld 559)라고 한탄한다.

서류는 점차 검증의 한계를 뛰어넘어 그 자체로서 "진실보다 더한 진실"(Underworld 559)로 받아들여진다. 서류가 갖는 힘 앞에서 인간의 진실은 아무런 힘도 발휘하지 못한다. 현대인들은 자신의 실재마저도 이러한 서류와 데이터에게 넘겨주고 오히려 그것의 부속품처럼 움츠러든다. 자신마저도 스스로가 누구인지를 이러한 데이터에 의존하여 판단하면서 점차 무엇이 진실인지를 확신하지 못한다.

## 3. 네트워크 세계와 정체성

지금까지 살펴본 것처럼 다양하게 변화하는 현대사회의 모습은 그 속에 살고 있는 현대인들의 삶과 내면세계를 변화시키기에 충분하였다. 현대인들은 정작 자신이 누구인지를 잃어버린 채 끊임없이 가변하는 사회의 한 구성요소이기를 외부에서 찾으려 한다. 이런 이유로 현대인의 정체성은 외부 사회 어디에 어떻게 연결되느냐에 따라 산발적으로 변모한다. 따라서 이 장에서는 앞에서 살펴본 각각의 사회적 특성들과 정체성의 변화를 네트워크의 개념과 연관해서 정리해 보고, 그 속에서 드릴로가 말하고자 하는 진정한 정체성의 개념을 찾아보고자 한다.

앞에서 살펴본 것처럼, 『화이트 노이즈』에서의 잭의 정체성은 어느 세계에 연결되어 있느냐에 따라 다양하게 변화하였다. 그러나 분열적이고 불안정한 잭의 정체성은 아내의 정부이자 가짜 약 판매업자인 윌리 밍크(Willy Mink)를 살해하려는 순간 처음으로 참된 자아의 모습을 발견하는데(*White Noise* 313-14), 그 속에서 독자들 역시 그의 진정한 모습을 발견한다.

밍크에 대한 살인을 완전범죄로 끝내려고 했던 잭의 계획은 밍크가 쏜 총에 자신이 맞으면서 완전히 빗나가고 만다. 그러나 바로 이 순간 그는 그동안 망각하고 있었던 현실세계로 돌아온다. 마치 비디오 게임 속의 한 남자를 살해하려 했던 인물이 현실 속으로 돌아오듯이 잭 역시 진정한 자신으로 돌아온 것이다.

자신이 쏜 총에 맞아 피를 흘리고 있는 한 남자의 모습은 가상이나 이미지가 아니라 현실이며, 그 속의 자신의 모습도 현실 속에 존재함을 느낀다. 그리고 죽어가는 밍크를 돕고 있는 자신의 모습에서 당당함을 느낀다. 잭은 처음으로 현실을 제대로 직시하고 자신의 솔직한 감정에 충실하며 자신의 감정대로 행동한다. 교수로서의 자신의 위치나 가장으로서의 자신의 지위, 또는 죽음에 대한 공포에서 벗어난 진정한 의미에서의 자신을 찾은 듯하다.

『리브라』에서도 드릴로는 케네디 암살사건이라는 역사적인 사건 속의 오스월드를 시뮬라크라와 현실의 괴리 속에서 자신의 정체성을 잃어버린 채 방황하는 인물로 재창조하였다. 오스월드는 그만의 작은 방이 전부인 세계 안에 갇혀 살았다. 이 방은 자신만이 살아있고 인지하는 세계다. 이 속에 갇혀 있는 한 그 누구도 그가 누구인지 의식하지 못한다. 그러나 그는 이러한 세계에서 빠져나와 사회의 일부가 되기를 원했다. 네트워크시대인 현대사회에서 자기만의 방에 갇혀 있다는 것은 이 세계에 존재하지 않는 것을 의미하기 때문이다. 이런 이유로 그는 그 방을 뛰쳐나와 케네디를 암살함으로써 미디어의 포커스가 되는 '역사' 속으로 뛰어든다.

그러나 이러한 네트워크 속에서 주체는 마치 정신분열증을 앓는 것처럼 제각기 분열된 채, 전체 "시스템 속에서 제로일 뿐"(*Libra* 40, 357)임을 확인한다. 오스월드의 다중심리는 현대 네트워크가 주는 불안감을 잘 보여준다. 그는 스스로를 드러내려는 욕망과 스스로를 숨기려는 욕구를 동시에 갖고 있다. 그의 이러한 본능은 자신의 이름을 바꾸는 과정에서 드러난다.

사회 네트워크에서 스스로를 숨김으로써 자신을 보호하고자하는 오스월드의 본능은 각각 파편처럼 분열된 채 살아가면서도 또 한편으로는 사회라는 네트워크 속에 연결된 채 살아가는 현대인들의 모순된 삶을 의미한다. 현대인들은 "제 각각 홀로 고립되어있으면서, 필사적으로 보여지기를 갈망하면서도, 또 한편으로는 눈에 띄지 않기를 열망한다"(Kavadlo 81). 결국 이러한 네트워크 속에서 "자아는 영향력을 가진 네트워크에 완전히 복종하고 있으며, 이러한 네트워크 속에서 분열증적 자아들은 하나의 노드(node)로서 또는 '변화하는 중심'으로서 존재 할 뿐이다"(Wilcox 100).

그렇다면, 드릴로는 현대인들에게서 기대할 수 있는 진정한 정체성이란 어떤 것이라고 암시하는 것일까? 이 질문에 대해 브루스 바우어(Bruce Bawer)는 "드릴로에게 인간이 된다는 것은 진심으로 원시적인 동물로 되돌아가는 것을 의미 한다"고 대답한다.[6] 여기에서 바우어가 말하고자하는 '원시적 동물'의 의미는 '자연'(nature)이라 할 수 있다. 그 해답이 기계와 대조되는 의미에서의, 즉 인간이 만들어 낸 것과 대조되는 개념으로서의 자연이라면, 궁극적으로 바우어는 인간이 추구해야할 정체성이 가장 근본이 되는 '자연의 일부인 인간으로서의 정체성'임을 시사하는 것이라 하겠다.

---

6) http://galenet.galegroup.com/servlet/LitR?. . .

스필마처 역시, 기계에 의해서 그리고 컴퓨터에 의해서 완벽하게 재현된 시뮬라크라의 세계 속에서 주체는 자아를 잃어가고 정체성의 혼란을 겪고 있다고 기술하면서, 이러한 시뮬라크라에 대항할 수 있는 힘으로서 '근원'(original), '특이성'(singularity), 그리고 '자연'이라는 개념을 제시하고 있다(7). 이러한 세 가지 개념은 모두 인위적인 것 또는 복사(copy)라는 개념에 반대되는 개념이라고 볼 수 있는데, 결국 원래부터 갖고 있는 자연적인 것이 진정한 의미의 인간으로서의 주체성이며 인간은 여기에서 자신의 정체성을 찾아야함을 시사한다.

드릴로는 자신의 소설을 통해 현대사회의 불안정한 네트워크 속에서 자연의 개념을 네트워크의 개념에 적용하면서, 태초부터 인간이 갖고 있었던 네트워크 관계, 즉 인간과 인간의 관계, 그리고 인간과 자연과의 네트워크를 추구하길 기대한다. 인간이 태초부터 갖고 있었던 인간과 자연 상호간의 네트워크는 인간 개개인을 진정으로 결속시켜주는 역할을 해왔지만, 이미 확인한 바와 같이, 인위적이고 인공적이라 할 수 있는 기계와 소비 및 서류를 통한 네트워크는 오히려 이러한 결속을 붕괴시킬 뿐이다.

## 4. 나오면서

드릴로는 『언더월드』에서 인터넷의 사이버 세계에서 불안에 떨고 있는 에드가 수녀의 모습을 뒤로 한 채, 독자들로 하여금 "잠시나마 창밖으로 눈길을 돌려보십시오. 이웃집 마당에서 놀고 있는 아이들의 소리 ... 에 잠시 정신을 빼앗겨 보십시오"(Underworld 8)라고 권하고 있다. 이 소리는 기계음에서 들려오는 소음과는 분명 다른 것이다.[7] 이로써 드릴로는 기계가 만들어 내는 소음 또는 인터넷에서 보여주는 이미지들, 그리고 현대인들을 유혹하는 소비상품과 미디어에서 잠시나마 눈을 뗄 것을 권유한다. 비록 '화이트 노이즈'에 둘러싸여 사이버 세계를 항해하며 살더라도, 오스월드처럼 자기만의 방안에서 사는 것이 아니라 때로 창밖의 아이들의 웃음소리에 눈을 돌리고 귀를 기울일 줄 아는 개개인으로 존재하면서 자신의 진정한 정체성에 귀 기울일 줄 아는 현대인으로 남길 기대한다. 인위적이고 기계적이고 허상적인 것만이 아닌, 진정한 정체성을 가진 각각의 노드들로 이루어진 네트워크를 형성하는 것이 드릴로가 우리에게 주는 과제일 것이다.

---

7) 드릴로는 소설 속에서 우리 생활을 방해하는 다양한 기계음에 대해 'noise'라는 용어를 사용한 것과는 달리, 『언더월드』에서 아이들과 자연에서 흘러나오는 소리를 'sound'라는 용어 로 표현함으로써 이 둘이 갖는 의미를 명백히 구별하고 있는 듯하다.

www.michaelcho.com

The turquoise images on the left and right are for the french flaps of the book.

# 가족
# 개념의
# 변화와
# 네트워크

## 1. 들어가며

포스트모던 사회에 있어서 개인이 차지하는 위치와 그 정체성의 변화는
나아가 이들이 이루고 있는 사회 전체에 있어서도 많은 변화를 초래하
였다. 개인과 사회는 서로 인과관계나 종속적인 관계로 해석되기 보다
는 상호적으로 연계선상에서 서로에게 영향을 주면서 동시에 영향을 받
는다. 즉 포스트모던 사회에서의 개인의 정체성과 의미가 변화하면서

그 결과로 사회가 변화를 겪은 것이기도 하지만, 이와는 반대로 사회의 변화와 더불어 개인의 정체성에 변화가 생긴 것이기도 하다. 결국 개인과 사회, 그리고 국가와 세계 전체, 더 나아가서 우주 전체는 서로 끊임없는 네트워크로 연결되어 있으면서 서로 끝없는 영향을 주고받는 관계를 유지하고 있다고 하겠다.

가부장적이고 종속적인 규율이 사회전체를 지배하면서 이데올로기에 의해 세계 전체가 움직이던 모던 시대와는 달리, 포스트모던 시대에 접어들면서 사회와 국가와 세계는 어떤 절대적인 축이 사라져 버린 채 모든 것이 불확정적인 분위기 속에서 떠돌고 있다. 모던 시대를 거쳐 포스트모던 시대에 발전을 거듭해 온 자본주의와 기술 문명들은 이전의 시대와는 비교할 수도 없을 만큼 엄청난 발전을 거듭하면서 이전과는 다른 다양한 시대적인 특징들을 갖게 되었다.

그 대표적인 예로서 가부장제의 붕괴에 따른 가족 가치관의 변화, 자본주의의 발달에 따른 후기 자본주의와 소비주의의 발달, 기계문명과 정보문명의 발달이 가져온 대중매체의 발달, 그리고 이와 더불어 현시대의 또 다른 특성이 되어버린 현실과의 괴리를 느끼게 만드는 다양한 현상들, 즉 보드리야르가 말하는 시뮬라크라와 하이퍼리얼리티 현상들에 이르기까지 다양한 변화들을 들 수 있다. 그러나 이들 역시 크고 작은 여러 개의 네트워크 속에서 또다시 서로 끊임없는 연결고리들로 연결되어 있음으로써 결국 포스트모던 사회를 또 하나의 거대한 네트워크로 연결지어주고 있다.

이처럼 다양한 변화들 중에서도 특히 사회를 이루는 기본 단위라 할 수 있는 가족에 있어서의 변화를 짚어 볼 필요가 있다. 개인의 가치관과 정체성에 있어서의 다양한 변화들은 결국 이러한 개인들의 최소 합이라 할 수 있는 가족의 개념에 있어서 커다란 변화를 일으켰다. 그 변화들에는 여러 가치가 있을 수 있는데, 특히 1960년대를 지나오면서 두드러지게 나타난 특징적인 사회 현상으로 꼽을 수 있는 가부장제의 붕괴 및 여성운동의 영향, 그리고 그 결과 생겨나는 여성들의 사회적 진출 및 여성의 가정 내에서의 위치 변화 등을 들 수 있다. 전통적인 가정의 개념에 있어서의 위계질서적인 개념이 무너지면서 겪게 되는 이러한 변화들은, 인간의 역사 속에서 불변의 개념으로 여겨왔던 성차에 대한 이해에서의 변화라 할 수 있는 동성연애와 같은 현상에서 보이듯이, 전통적인 가족 개념에서의 파괴에 가속도를 붙여주고 있다.

가족 개념에서의 다양한 변화들은 사회전반에 걸친 다양한 변화들과도 직접 간접적으로 서로 영향을 주고받고 있다. 그 대표적인 예로서 후기 자본주의와 소비주의의 발달을 들 수 있다. 이는 생산과 소비라는 포스트모던 사회의 대표적인 특징들로 이어지면서 사회 전반에 있어서 다양한 변화들을 불러일으켰다. 과학의 발달과 더불어 기술이 발달하면서 생산에 초점을 맞추던 모던 사회의 특징은 포스트모던 사회로 접어들면서 이전시대와는 달리, 생산 보다는 소비에 더 집착을 하는 양상들을 낳았다.

이러한 자본과 소비위주의 사회적인 현상들과 더불어 과학 발전의 결과로 생겨난 다양한 매체 기술들의 발전으로 더욱 가능하게 되었는데, 이로 인해 현실 보다는 이미지를 더 선호하게 되고 따라서 이미지가 현실을 대신하게 되는 사회 현상들을 가져왔다. 이미지가 현실의 특권을 차지하면서 그 속에 살고 있는 개인들은 현실과 이미지 사이의 혼동을 겪게 되고 이미지는 현실보다 더 현실적인 하이퍼리얼리티에 이르게 된다.

이러한 사회적인 변화 속에서 개인과 사회는 다양한 혼란을 겪고 있으며 이러한 모든 현상들은 다시 네트워크의 발전과 더불어 더욱 가속화되고 급기야는 인터넷의 발달과 더불어 모두가 하나의 스크린 속에 모여 살게 되었다. 인터넷은 이전의 어떤 기술보다도 개인과 사회와 세계를 가장 빠른 속도로 그리고 엄청나게 많은 양으로 하나의 세계 속으로 묶고 있다. 그리고 그 속에서 우리는 모두 파편으로 떠돌고 있지만 결국 그 속의 네트워크 속에 포함된 채 끝없는 항해를 하고 있다.

따라서 본 논문에서는 이러한 포스트모던 사회 전반에 걸친 변화들 가운데 하나인 가족 개념에서의 변화에 대해서 살펴보고 이것이 전체 네트워크와 어떤 연계성을 가지고 있는지에 대해 살펴보고자 한다.

## 2. 본론

'가족'(family)이라는 단어를 사전에서 찾아보면 "부모와 자식처럼, 서로서로 연관되어 있는 사람들의 그룹"(Sinclair 559)이라고 정의되어 있다. 전통적인 의미에서의 '부모와 자식' 이라는 개념 속에는 혈연으로 인한 결합이라는 의미가 내포되어 있다. 그러나 포스트모던 사회에 들어오면서 이러한 혈연으로 인한 가족 개념은 붕괴되고 만다. 게이나 레즈비언과 같은 성관계에 있어서의 혼란은 결혼에 대한 가치관 자체에 변화를 주면서 가족의 기본적인 개념 자체를 변화시켰으며, 이와 더불어 자본주의의 기본적인 개념인 경제의 힘에 의해 자녀에 대한 기본적인 개념 또한 변화되어 버렸다. 즉, 한 남자와 한 여자가 사랑과 합의에 따라 결혼을 하고 서로의 자녀를 낳아 후세를 양육한다는 기본적인 가족의 개념이나 의무는 현시대에 이르러서는 다소 진부한 과거의 이야기가 되어 버렸다.

즉 사랑은 이성간에만 허용된다는 절대적 가치이자 법으로 여겨지던 기본 축이 사라지고 동성 간의 애정관계가 이루어지고 있으며 심지어 이를 허용하는 법률까지 만들어지면서 남녀 간의 결혼이라는 뚜렷한 경계마저 희미해져 가고 있다. 또한 자녀에 대한 의미 역시 반드시 아이를 낳아야 한다는 개념이 붕괴되기 시작하였는데, 딩크(DINK: Double Income No Kids)족과 같은 부모와 자녀간의 새로운 가치관이 확산되고 자녀에 대한 책임감 대신 자유롭고 넉넉한 경제력을 유지하겠다는 생각들이 늘고 있는 것이 그 예라 하겠다. 즉, 포스트모던 사회에서 사회를 구축해 주는 중심이나 핵이 사라져 버렸듯이, 가족을 이어주는 중심축이라 할 수 있었던 혈연이라는 연결고리가 포스트모던 사회에서는 무의미한 것이 되어 버렸다.

『화이트 노이즈』 미국 펭귄판 25주년 기념판 표지 커버의 일부

이처럼 변화된 가족 구성의 대표적인 모습은 『화이트 노이즈』에서의 잭 글레드니의 가족 구성에서 찾아 볼 수 있다. 글레드니 가족의 혈연관계는 다소 복잡하게 구성되어 있다. 우선 바베뜨는 잭의 4번째 부인이며, 잭 역시 바베뜨의 첫 남자는 아니다. 하인리히는 14세로 잭과 쟈넷 세이보리(Janet Savory)라는 여성과의 결혼에서 태어난 아이로서, 그에게는 생모와 살고 있는 누이가 한명 있다. 드니스는 11세로 바베뜨와 밥 파르디와의 결혼에서 낳은 아이다. 와일드는 2세이며 오스트레일리아

오지에서 만난 무명의 탐험가와 바베뜨 사이의 아이로, 친 아버지와 살고 있는 형이 한 명 있다. 이외에도 잭은 세 번째 부인인 트위디 브라우너(Tweedy Browner)와의 사이에 비(Bee)라는 딸이 하나 더 있다. 이러한 잭 부부의 모습은 어떤 특정한 계층이나 인물의 가정을 대변하는 것이 아니라 미국의 평범한 한 가정의 모습을 보여주는 것이라 할 수 있으며, 현시대에서는 일반적이고 평범한 한 가정의 모습을 대변하고 있다.

가족 개념에서의 변화의 근원으로 모던 사회의 기본 특성이라 할 수 있었던 가부장제의 붕괴를 들 수 있다. 우선 가부장제라 함은 "가족이라는 단위 속에서 여성들과 아이들을 지배하면서 남성에게 제도적으로 절대적인 권위를 부여하는 것"(Castells, *Identity* 192)을 의미한다. 이전의 사회에서는 이러한 가부장제가 가정뿐 아니라 모든 사회와 정치, 그리고 인간관계에 이르기까지의 모든 것에 깊숙이 영향을 미치고 있었다. 그러나 문학에서의 '주체의 죽음'이라고 하는 하나의 시대적인 대변혁은 가정과 사회에 있어서는 이전 사회에서의 중심이자 봉건제도 하에서의 군주와도 같은 역할을 해 오던 아버지의 역할에서도 변화를 가져왔다.

인간의 역사와 더불어 시작되었다고 해도 과언이 아닐 만큼 오랜 역사를 지켜왔던 가부장제와 아버지의 지위는 포스트모던 사회에 접어들면서 일어난 개인의 자의식, 특히 여성의 자의식의 발견과 더불어 차츰 붕괴되기 시작했다. 이와 더불어 과학과 기술의 발전과 더불어 시작된 여성의 일자리 취득으로 여성들 역시 돈을 벌기 시작하면서 이전까지 가정 안에서만 머물러 있던 여성들은 가정을 나와 사회로 진출하기 시작했다.

이러한 여성들의 사회진출과 여성들의 사회적인 지위 확보에 큰 역할을 해낸 것이 바로 1960년대 말 이후 본격적으로 전개되어 온 페미니즘운동이다. 이들은 자신들이 남성들과 동일하다고 주장하면서 그들과 동일한 권리를 요구하면서 자신들의 신체와 자신들의 삶을 스스로 지키고 결정할 권리를 가지고 있음을 주장하였다(Castells, *Identity* 193-4). 그리고 이러한 운동은 여성들의 자의식 및 여성들의 정체성을 새롭게 깨닫도록 하는 데 중요한 역할을 해냈음에 틀림이 없다. 그러나 여성들의 이러한 각성은 오래전부터 있어왔다.

그렇다면 유달리 현시대에 이르러 이러한 여성운동이 더욱 중요하고 더욱 거세어진 이유는 무엇일까? 이에 대한 답으로 카스텔은 4가지의 가설을 내놓고 있다. 첫째, 경제와 노동 시장에서의 변화 및 여성에 대한 교육 확대, 둘째, 생리학, 약물학, 의학 등의 발전으로 임신조절이 가능하게 된 것, 셋째, 1960년대의 사회적인 운동으로서 여성운동 전개에 의한 가부장제의 손상, 넷째, 네트워크의 발전 등에 힘입어 지구촌 문화의 확대로 여성운동의 확산 가속도화가 그것이다(Castells, *Identity* 194-5). 결국 이러저러한 모든 요소들이 서로 다시 영향을 미치면서 여성운동에 힘을 실어 주었고 이로써 가부장제는 더욱 설 자리를 잃어가고 있다.

이처럼 다양한 사회적인 변화들 속에서 현시대의 가족은 사회만큼이나 다양한 모습들을 보여주고 있다. 우선은 결혼의 모습에서부터 달라졌다. 즉 남녀가 사랑이나 합의에 의해 결혼을 하는 것이 아니라 단순히 육체적인 관계나 애정관계 또는 합의에 따라 동거를 하는 비율이 증가하고 있다. 이들은 함께 살기는 하지만 결혼을 하지는 않는다. 따라서 자녀 양육에도 관심이 없다. 하지만 자의나 타의에 의해 자녀가 생기기도 하고 이에 따라 혼자 부모(single-parent)의 자녀 양육이 또 다른 가정의 형태가 되고 있다. 이러한 가족의 형태는 정상적으로 아버지와 어머니가 함께 아이를 양육하는 것이 아니라 부모 중 하나 만이 아이를 양육하고 있는 형태다. 즉 처음부터 부모가 결혼을 하지 않은 상태에서 아이를 낳아 둘 중 한 쪽 만이 그 책임을 다하고 있는 형태이거나, 부모가 이혼을 한 경우, 또는 결혼을 하지 않은 한 쪽 부모가 아이를 입양한 경우 등에서 찾아 볼 수 있다.

현시대에 들어오면서 이러한 가족의 형태는 점차 증가하고 있다. 이와 더불어 결혼은 하지 않은 채 동거만을 지속하는 형태가 지속되는 것처럼 결혼을 하지 않는 남녀의 관계가 증가하고 있는 것도 한 특징이 되고 있다. 이러한 가족의 형태는 언제든지 그 형태의 파기가 가능하며 법적으로나 정신적으로 어떤 권위나 책임과 같은 것은 존재하지 않는다. 따라서 이러한 변화된 가족 형태 속에서 가부장적인 지위를 요구한다는 것은 거의 불가능하다.

이와 같은 가족의 외형적인 변화와 더불어 아이들의 출생자체도 결혼이라는 테두리를 벗어난 채 태어나는 경우가 증가함으로써, 이 역시 새로운 사회 현상이 되고 있다. 요즘 국내에서도 중요한 국가적 문제로 대두되고 있는 저 출산율은 전 세계적인 한 추세로서, 젊은이들은 결혼이나 동거는 하지만 자녀는 낳지 않거나 첫아이 출산을 미루는데 합의하고 있거나, 아니면 아이의 수를 하나로 제한하고 있다. 그 결과 전 세계적으로 자녀 출산율은 1970년대 이후로 점차 감소하고 있는데, 특히 정치 경제적으로 발전된 국가일수록 그 출산율은 더욱 저조하게 나타난다.[1]

---

[1] 세계적인 출산율은 1970년대 4.4명에서 1980년대 3.5명으로 1990년대에는 3.3명으로 감소하고 있다. 이 중 선진국에서의 출산율은 1070년대에서 1990년대에 이르면서 2.2명에서 2.0명, 그리고 1.9명으로 감소하였고, 보다 후진국에서는

세계 전반에 걸친 이러한 가족에서의 변화들은 현시대를 사는 우리로 하여금 가족이라는 개념에 대해 다시 한 번 생각하게 만들어 주는데, 결국 가족이란 더 이상 혈연이나 위계질서로 뭉쳐져 있는 강한 결속단위라기 보다는 하나의 작은 사회집단과도 같은 개념으로 변모했음을 보여준다. 우선 가족의 개개인을 뚜렷하게 정의 내려 줄 수 있거나 또는 개개인을 다른 가족 구성원의 하위범주로 포함시킬 수 있는 이해관계가 부적절한 경우가 많으므로, 『화이트 노이즈』에서의 글레드니 가족처럼 모두가 각각 모래알처럼 흩어져 있으면서도 가족이라는 전체 범주 안에 얽혀 있는 것과 같다고 하겠다.

그러나 이 속에는 이전의 가족에서처럼 뚜렷한 상하관계나 뚜렷한 소속관계는 찾아보기 힘들다. 글레드니 가족에게서 잭이 갖는 위치는 이전 시대에서의 가장이 갖는 모습과는 완전히 다르다. 그렇다고 여성운동의 결과로 그 권위가 어머니에게로 넘어간 것도 아니다. 그 권위는 부모 모두에게서 찾아 볼 수 없다. 모두가 동일한 모래알들일 뿐이다.

이러한 분위기는 이 소설 전반에 걸친 가족 간의 대화 속에서 잘 드러난다. 부모와 자식의 대화들 속에서 어느 누구도 아버지나 어머니의 권위를 인정하고 있는 듯한 모습은 보이지 않는다. 이러한 대표적인 장면으로 하인리히(Heinrich)와 잭이 일기예보에 대해 대화를 나누는 장면을 들 수 있다.

    "오늘 밤에 비가 올 거래요."
    "지금 비가 오고 있어,"라고 나는 말했다.

---

5.4명에서 4.1명, 그리고 3.6명으로 감소하였다. 전체적인 감소율은 후진국에서의 비율이 더 높게 나타나지만 전반적인 출산율 자체는 선진국에서 낮게 나타난다. (Castells, *The Power of Identity* 214 참조)

"라디오에선 오늘 밤에 비가 올 거라고 말했어요." . . .

"창밖을 한 번 보렴,"이라고 내가 말했다. "비가 내리고 있니, 아니니?"

"나는 단지 라디오에서 얘기하는 것을 아빠에게 말할 뿐이에요." (*White Noise* 22)

드릴로는 아들과 아버지의 대화를 통해 현대 가족에게 있어서 가장에게 부여되는 힘은 더 이상 무의미할 뿐이며 오히려 현시대에 있어서 이러한 가장의 자리를 미디어가 차지하고 있음을 보여준다. 미디어에서 나오는 말은 믿을 수 있어도 아버지의 말은 믿을 수 없는 세상이 되었다.

"라디오에 나왔다는 이유만으로 우리의 감각에 대한 믿음을 의심해야 된다는 것은 아니야."

"우리의 감각이라고요? 우리의 감각은 옳을 때보다 그를 때가 더 많아요. 이것은 실험실에서 검증되었지요. 어떤 것도 겉보기와는 다르다는 원리들에 대해 모르세요? 우리의 정신 바깥에는 과거도 현재도 미래도 존재하지 않아요. 소위 말하는 운동의 법칙이란 거대한 시기지요. 소리조차도 정신을 속일 수 있어요. 소리를 못 들었다고 해서 거기에 소리가 없다고 말할 순 없지요. 개는 그것을 들을 수 있어요. 다른 동물들도요. 그리고 거기에는 개들도 듣지 못하는 어떤 소리들이 존재할 거라고 확신해요. 그것들은 단지 공기 중에만, 파동으로만 존재하죠. 그것들은 결코 멈추지 않을 거에요. 높고 높은 음조. 어딘가로 부터 흘러나오고 있죠."

"지금 비가 오고 있니, 아니니?"라고 내가 다시 물었다.

"꼭 대답을 해야만 하는 것 같지는 않은데요." (*White Noise* 22-3)

이것은 열 네 살짜리인 아들 하인리히와 잭과의 대화는 아버지와 아들과의 대화라기보다는 친구간의 언쟁정도로 보인다. 그리고 "우리의 감각이란 옳을 때보다는 틀릴 때가 더 많다"는 하인리히의 주장 속에서는 이전에는 확실했던 것으로 믿었던 많은 것들에 대한 확신이 사라져버린 불확실성의 현시대상을 보여주기도 한다. 그런데 불행히도 이러한 불확실성을 극복하기 위해서는 절대권력을 상징하기도 했던 아버지의 힘으로는 충분하지가 않다. 현시대는 전자매체에서 흘러나오는 정보에 얼마나 빨리 접하고 그것을 얼마나 빨리 받아들이느냐라는 전자기술과의 상호관계에 그 역점을 두고 있지, 가정에서의 가장과의 대화나 그의 의견에 귀 기울이는 시대가 아니다. 가정에서의 권위조차도 전자 매체로 전환되는 순간이다.

가정에서의 아버지 권위의 변화에는 분명 여성의 힘이 큰 역할을 하였다. 이전까지만 해도 남성의 경제력 속에서 보호를 받아야 한다는 불가피한 현실로 인해 가정을 지키고 있던 여성들은 산업화를 거치면서 증가한 일자리에서 자리를 차지하면서 차츰 자신의 목소리를 키워나갔다. 이와 더불어 발전한 과학과 의학의 힘으로 여성들은 이전까지는 신의 능력으로 인정하고 복종했던 임신과 출산이라는 문제를 보다 자력으로 조절할 수 있기에 이른다. 이러한 현상은 "피임이 우선이고, 임신은 나중"이 되면서 아이를 낳아 키우는 데 대한 시기와 빈도를 조절할 수 있도록 도와주었다(Castells, *Identity* 193). 이것은 여성이 임신과 출산이라는 여성 고유의 노동으로부터 자유로워짐을 의미했고 이로써 여성의 사회진출 또한 한결 용이해졌다.

이러한 여성의 사회 진출과 가정에서의 지위 상승이 가부장제의 붕괴를 가져오는 주요 원인이 되기는 했으나, 이로써 여성이 가정에서의 아버지의 지위를 대신했음을 의미하지는 않는다. 이제껏 목소리를 낮추고 몸을 숙여야만 했던 여성이 남성과 대등한 위치에 올랐을 뿐, 남성도 여성도 둘 다 이전의 가부장적인 지위를 차지하지는 못했다. 왜냐하면 현시대에서는 아버지의 자리도 어머니의 자리도 따로 정해져 있지 않기 때문이다. 모두가 그저 가정의 한 구성원으로서 각자 모두 원탁에 앉아있는 셈일 뿐이다. 따라서 여성운동과 여성의 사회 진출 및 가정에서의 지위 확보와 같은 현상들이 여성의 우월성을 보여 주었다기보다는 여성이 포스트모던 사회의 한 파편으로서 동일한 위치를 차지하게 되었음을 의미한다고 보는 것이 더 옳을 것이다.

그러나 이러한 여성의 지위 변화와 자의식 변화가 가족의 개념에 있어서의 변화를 초래했음에는 틀림이 없다. 여성이 사회에 진출하고 직업을 얻게 된 것은 여성들이 경제권을 가지게 되었음을 의미한다. 그리고 후기 자본주의 사회에서 경제란 힘과 자유를 의미한다. 여성은 더 이상 자신을 보호해주던 가정이라는 테두리 속에 갇혀 있는 것을 거부한 채 자유를 누리게 되었고, 경제력을 키움으로써 이전에 남성의 전유물로 여겼던 힘을 갖게 되었다. 이로써 자녀에 대한 권리에도 변화가 생겨났다. 자녀 양육의 의무와 권리가 전부 남성에게만 주어져 있었던 과거와는 달리, 이제 여성들도 자녀에 대한 권리를 주장할 수 있게 된 것이다.

이와 더불어 전 세계적으로, 특히 선진국을 중심으로 하여 이혼율이 급격히 상승하기 시작하면서[2] 가족의 개념은 또 다른 의미로 변화하기

---

[2] 1970년대 이후 세계적으로 이혼율이 급격히 증가되기 시작하였는데, 캐나다의 경우, 18.6%에서 32.8%로 그리고 38.3%로 지속적인 증가를 보여 왔다. 1980년대와 1990년대 사이 오히려 일시적인 감소추세를 보여준 미국의 경우에서는 결혼한 부부 100명당 거의 50% 이상의 이혼율을 보여주었는데, 1980년대에는 58.9%로, 1990년대에는 54.8%의 이혼율을 보여주고 있다(Castells, *The Power of Identity* 198-99).

시작했다. 이혼과 재혼의 반복 속에서 아이들은 복잡하게 구성된 가족 속에서 성장하게 되고 이들에게 있어서 가족은 이전의 혈연으로 이루어지고 그 중심이 존재하던 시절의 가족과는 아주 다른 개념으로 존재하고 있다. 이것은 잭 글레드니 부부가 둘 사이에서 태어난 아이들과, 그리고 "이전의 결혼 생활에서 태어난 아이들과"(White Noise 4) 함께 살고 있는 모습을 통해 잘 드러난다.

결혼관에서의 이러한 시대적인 변화는 단순히 여성의 지위 변화에만 그 동기가 존재하는 것은 아니다. 시대가 변하고 개인의 정체성이 변하면서 동반된 사회전반의 관례에 대한 가치관과 생각들의 변화가 이러한 모든 변화를 불러일으켰다.

> 나의 첫 번째와 네 번째 결혼은 다나 브리드러브와의 결혼이었는데, 그녀가 스테피의 생모이다. 우리의 첫 번째 결혼 생활이 좋았기 때문에 서로가 자유로워졌을 때 우리는 다시 한 번 결혼을 하게 되었다. (White Noise 213).

결혼이 갖는 의미를 한 남자와 한 여자만의 문제로만 여긴 것이 아니라 그들이 속해 있는 가족 전체와 나아가서 그들의 부족 전체의 결합으로까지 확대 해석하던 과거의 결혼관은 사라져버리고, 이제 그들 사이에서 생겨날 자녀마저도 결혼에 대한 가치관 속에 포함되지 않게 되었다. 결혼은 그저 결혼일 뿐, 즉 두 사람의 결합으로 그칠 뿐 더 이상의 어떤 의미도 존재하지 않는다. 그리고 현대 사회는 이처럼 조각 조각난 가정들이 수없이 서로 엮어져 있는 커다란 조직체이다. 변화된 가족의 개념 속에서 자녀들은 또 다른 파편들이다. 한 곳에 정박하지 못하고 떠돌아다니는 『언더월드』(Underworld, 1997)에서의 쓰레기 운반 선박처럼, 이들 자녀들은 정박할 곳을 찾지 못하고 떠돌고 있다.

이러한 변화된 결혼관과 가족관 속에서 가장 눈에 띄는 것으로 동성애를 둘 수 있다. 이것은 여성과 남성을 상하적인 개념이 아니라 동일선상에서 해석하는 것처럼 남성과 여성이라는 성차도 그저 동일선상에 존재하는 것으로 이해한다는 것이다. 즉 성차조차도 더 이상 큰 의미가 없다. 따라서 애정이나 결혼이라는 문제가 반드시 남녀라는 서로 다른 성차에서만 이루어져야 한다는 법은 없다는 것이다. 이러한 특징은 포스트모던 사회에 들어서면서 생기게 된 이항대립의 붕괴가 낳은 또 하나의 결정적인 현상으로 볼 수 있는데, 인류 역사에 있어서 가장 근본적인 이항대립 중 하나가 바로 남자와 여자라는 이항 대립일 것이기 때문이다. 적과 동지, 혹과 백, 높은 것과 낮은 것처럼 서로 대립되는 개념으로 이해되던 모던 시대의 모든 개념들이 그 경계선을 무너뜨려버린 것이 포스트모더니즘의 시작이라고 한다면, 이러한 경계선의 근본에 존재하는 남녀의 경계를 무너뜨리자는 동성애자들의 주장은 이러한 시대적 변화의 극치라고 할 수 있을 것이다.

　게이와 레즈비언들의 권리 주장이 가부장제에 미친 영향은 엄청난 것이었다. 동성애의 등장은 가부장제의 적이 단지 여성만이 아니라는 것을 의미하면서 동시에, 가족의 기본적인 기준이 남성과 여성의 결합이어야 한다는 오래된 법칙이 깨어졌음을 의미했다. 이것은 포스트모던 가정의 대표적인 한 특징이 될 수 있는 데, 즉 포스트모던 사회 속에서의 가족이라는 개념에서 정확하고 분명한 것은 아무것도 없게 된 셈이다. 이처럼 불분명한 가족의 개념 속에서 아버지의 개념이나 가장의 개념을 찾기란 이제 불가능해져 버린 것이다.

　『언더월드』에서는 이러한 동성애의 모습이 잘 드러나고 있는데, 그 대표적인 인물로서 FBI 요원인 에드가 후버를 보여주고 있다. 에드가 후버는 자신의 부하와 동성애의 관계에 있다. 이러한 이유에선지 그는 결벽증을 앓고 있는데 무의식적으로 에이즈와 같은 질병을 두려워해서 인지도 모른다.

『언더월드』에서 동성애자로 그려지고 있는 또 다른 인물로 문맨 157(Moonman 157)로 알려져 있는 그레피티 화가 이스마엘(Ismael)을 들 수 있다. 그는 지하철에 그림을 그리기 시작한 십대 때부터 "다른 남성들과 성관계를 갖기 시작"(*Underworld* 245)한 걸로 묘사되고 있다. 에드가 수녀는 이러한 이스마엘이 에이즈를 앓고 있음에 틀림이 없다고 확신하는데(*Underworld* 243), 이러한 성차에 대한 가치관 변화는 어쩔 수 없이 에이즈와 같은 불치의 병에 대한 두려움을 함께 가지고 가야한다는 것을 암시하는 것이라 하겠다. 그리고 이러한 질병에 대한 공포는 단순히 특정 대상에 대한 공포가 아니라 모든 병원균에 대한 공포 및 나아가서는 눈에 보이지 않는 불확정적인 모든 대상들에 대한 공포로 확대되면서 현시대를 살고 있는 우리들에게 편집증이라는 증세를 가져 다주었다. 결국 이러한 편집증은 가장 자연적이라고 여겨왔던 경계마저도 붕괴해버린 현대인들이 함께 안고 가야할 당연한 결과인지도 모른다고 드릴로는 경고하는 듯하다.

결국 포스트모던 시대에서의 가족의 개념은 모던 사회에서 이해되던 가족의 개념과는 여러 가지 면에서 차이를 보여준다. 이러한 변화를 네트워크라는 개념으로 이해하자면, 이전의 가족 개념은 혈육으로 대표되는 연결고리에 의해 하나의 네트워크로 연결되어 있었다는 점에서는 포스트모던 시대와 별다른 차이가 없어 보인다. 그러나 포스트모던 시대에서의 가족 구성의 네트워크는 하나의 중심점을 갖는 것이 아니라 다양한 연결고리들에 의해 복잡한 관계를 통해 연결되어 있다는 점에서 이전 시대와는 상당한 차이를 보여준다. 따라서 현대의 가족이 보여주는 네트워크의 양상은 포스트모던 사회에서 파편화된 개인들이 이루고 있는 네트워크의 양상이 확대된 형태라고 볼 수 있다.

『언더월드』에서 남편과 시어머니라는 가족의 테두리를 벗어나 자신만의 예술의 세계를 찾아 나서는 클라라 삭스(Clara Saks)의 모습을 통해 알 수 있듯이, 현대인들은 이러한 네트워크의 구조 안에서 가족이라는 또 다른 작은 의미의 네트워크를 이루고 있으면서도 이전보다 더한 고립과 소외를 느끼고 있음을 알 수 있다. 그리고 이것이 포스트모던 사회의 가족 네트워크가 갖고 있는 특징이라 할 수 있다.


## 3. 나오면서

포스트모던 사회에 이르러 가족의 개념은 이전 시대에서는 당연한 것으로 여겨왔던 많은 것들이 무너지면서 심한 혼란을 겪고 있다. 가족을 이루는 기본 단위인 부부의 결합에서부터 시작하여 자녀들에 이르기까지, 그리고 날로 증가하고 있는 동거나 이혼에 이르기까지, 현 시대의 가족의 개념을 혼란시키는 요인들로는 수없이 많은 것들이 존재한다. 그러나 이들을 가족이 아니라고 단정 지을 수는 없는 것 또한 포스트모던 시대의 특징이다. 우리가 이미 갖고 있던 어떤 기준이나 판단만으로 타인이나 사회를 측정할 수 없는 것이 또한 이 시대의 특징이기 때문이다. 결국 새로운 개인적 정체성으로 이루어진 사회의 가장 작은 단위라 할 수 있는 가족의 개념은 각기 따로 독립된 존재로서 단지 가족이라는 하나의 연결고리에 의존한 채 서로 떠돌고 있는 포스트모던의 또 다른 기본 네트워크의 형태를 보여주고 있는 것이라 하겠다.

파편처럼 떠돌고 있는 개인들이 이루고 있는 가족이 수없이 많은 네트워크 중 또 하나의 네트워크를 형성하고 있듯이, 이러한 가족은 다시 사회라는 좀 더 큰 네트워크를 구성하고 있다. 개인과 가족에서의 다양한 변화들은 다시 사회 네트워크에도 다양한 변화를 불러일으켰는데, 이것은 한 방향으로만 영향을 주고 있다기보다는 서로 다각적인 방향으로 영향을 주고받고 있다. 즉 개인이 가족에게, 그리고 가족이 다시 그 사회의 변화에 영향을 주는 한 방향으로 일어나는 것이 아니라, 서로서로가 끊임없는 영향을 주고받는 것이다.

지금까지 포스트모던 사회에 이르러 형성된 이러한 다양한 형태의 가족 개념을 포스트모던 네트워크라는 개념으로 이해해 보았으며, 이전의 시대까지 가장 근본적이고 확정적인 것으로 여겨왔던 가족이라는 개념마저도 현시대에 이르러 파편화된 네트워크라는 개념으로 이해될 뿐임을 확인하였다. 결국 이러한 가족 개념에서의 변화는 사회 속에서 이전에는 볼 수 없었거나 극히 미약했던 다양한 문제들을 표면으로 불러일으킴으로써 또 다른 변화들과 영향을 불러일으키고 있는 것이라 하겠다.

ⓒ Matthieu Bourel

# 『언더월드』
# 와
# 포스트
# 모던
# 생태학

자본주의, 소비주의, 그리고 죽음에 대한 공포

## I. 들어가며

1960년을 전후로 이전과는 여러모로 다른 사회 현상들이 생겨나면
서, 찰스 젱크스(Charles Jencks)는 모더니즘의 시대는 끝이 났다고 주

---

* 『인문학논총』(경성대학교 인문학연구소 11권 2호, 2006. 125-142쪽.

장하였다(Jencks 14). 모던시대와 비교해서 달라진 사회 현상들에는 여러 가지가 있을 수 있다. 그 중에서도 특히 롤랑 바르뜨(Roland Barthes)의 「저자의 죽음」(The Death of the Author)은 포스트모더니즘이라고 불리는 현시대[2]에서의 저자의 소멸과 더불어, 나아가 주체의 소멸이라는 특징을 잘 나타내 주고 있다(Barthes 142-48). 이러한 주체의 소멸은 문학 범주 내의 글쓰기와 문학 비평에서 적용되는 것에 그치지 않고, 사회에서의 권력 또는 권위의 소멸과 연관되어 모던 시대의 전형적인 상하구조나 이항대립과 같은 개념들을 전복시켰다.

문학을 포함한 학문 전반에서의 변화와 더불어 사회 전반에 걸친 이러한 변화를 불러온 배경에는 여러 가지 요인들이 있을 수 있다. 그 중에서도 자본주의가 불러온 테크놀로지의 발달, 그에 따른 생산과 소비 중심의 문화, 정보산업의 발달, 그리고 이 모든 것의 최고 결정체라 할 수 있는 인터넷의 발달 등을 꼽을 수 있을 것이다.

프레드릭 제임슨(Fredric Jameson)은, 모던 시대와 눈에 띄게 달라진 이러한 사회 전반에 걸친 변화를 일컬어 포스트모던 시대라고 부르면서, 일반적으로 1950년대 말에서 1960년대 초를 그 출발 시점으로 보고 있다(Jameson 1).

제임슨의 사회변화에 대한 견해와는 다른 관점으로, 산업혁명과 더불어 급속도로 진행되어 온 테크놀로지의 발달에 대해 어니스트 만델(Ernest Mandel)은 크게 세 가지 단계의 기술혁명으로 요약하고 있다.

---

[2] 본 논문에서 '현시대'는 영어의 contemporary('동시대'로 번역되기도 함)에 해당하는 용어로서, '현대' 또는 '근대'로 번역되는 modern과 구별하여 사용하고 있다. 본문에서는 문맥의 흐름상 '현대'라는 용어로써 '지금 우리가 살고 있는 시대'라는 의미에서의 '현시대'를 대신해서 쓰고 있으며, 본고에서의 '현대' 역시 '현시대'의 의미로 사용되었음을 이해해 주기 바란다.

즉, 1848년 이후의 증기 기관차의 생산, 1890년대 이후의 전기와 연소에 의한 기계장치들의 생산, 그리고 20세기에 들어와 40년대 이후의 전자공학과 원자력의 발달이 그것이다(Mandel 118).

이와 같은 세 가지 혁명 과정 중 세 번째에 해당하는 전자기술과 핵의 발달이 포스트모더니즘이라 일컬어지는 현시대적 현상들과 직접적으로 연관된다고 볼 수 있으며, 이러한 산업기술에서의 놀라운 발달은 산업 전반에 걸친 생산량을 눈에 띄게 증가시켰고 전자 기술의 발달은 세계를 '지구촌'이라는 공/시간적인 네트워크로 묶어놓았다. 더욱이 소련을 중심으로 한 공산주의와 미국을 중심으로 한 민주주의가 서로 대립하던 냉전시대의 종말은 이러한 사회적 변화에 획을 그었는데, 즉, 이데올로기가 지배하던 시대는 막을 내리고 세계는 생산과 소비를 중심으로 한 자본주의와 소비주의가 지배하는 시대로 접어들게 되었음을 의미했다. 이제 세계는 어제의 적과 동지라는 이데올로기적 이항대립에서 벗어나 누가 얼마나 많은 자원과 자본을 축적하느냐에 온 힘을 기울인다.

자본주의와 기술에서의 급속한 발달은 결국 과잉 생산을 가져왔고 이것은 다시 거대한 소비문화를 불러왔다. 대중매체의 발달 및 전자매체의 발달과 더불어 광고 산업의 발달과 수송기관의 발달은 이러한 소비주의의 몸집을 키우는 데 결정적인 역할을 해냈다. 그러나 자본주의와 소비주의에서의 거대한 성장은 편리하고 풍요로운 생활이라는 긍정적인 면과 대조적으로 여러 가지 부정적인 문제들을 초래하였다. 즉, 정체성의 변화, 쓰레기 문제, 그리고 핵폭탄의 개발로 인한 환경파괴 및 죽음에 대한 공포가 그 일례라 하겠다.

포스트모던 사회가 갖고 있는 이러한 문제들을 심도 있게 다루고 있는 현시대 미국 작가 중에서 돈 드릴로를 꼽을 수 있다. 1971년의 첫 소설인 『아메리카나』(*Americana*)를 시작으로 해서 1985년 작 『화이트 노이즈』를 거쳐 1997년 작 『언더월드』에 이르기까지, 그는 이러한 포스트모던 사회가 갖고 있는 문제를 잘 드러내 보여주고 있다고 인정받고 있다. 본 논문에서는 그의 여러 소설 중에서도 최근작인 『언더월드』를 통해 그 중에서도 특히 환경적인 문제를 포스트모던 생태학적 관점으로 다루려 한다.[1]

포스트모던 생태학의 관점을 기초로 하여, 첫 번째로는 소비주의의 발달과 더불어 형성되는 지하세계의 의미 및 모습을 고찰해 보고, 두 번째로는 항상 현시대인들을 따라다니고 있는 '죽음에 대한 공포'라는 주제를 테크놀로지가 가져온 두 가지 결정체라 할 수 있는 핵폭탄과 인터넷과 더불어 고찰해 볼 것이다. 또한 이러한 현상들로 인해 발생되는 쓰레기 문제와 관련지어 『언더월드』에 나타난 현대의 세계를 살펴보고자 한다.

---

[1] 우리가 일반적으로 말하는 생태학을 모던적인 개념으로 보고, 이에 대해 포스트 모던 이론이 접목된 변화된 생태학을 포스트모던 생태학이라고 분류하고 있으며, 이러한 변화된 생태학의 관점으로 소설에 나타난 동시대를 분석해 보려는 것이다. 이러한 개념적 차이는 화이트의 개념 정의에서 잘 드러나는데, 즉, 그는 모던 시대를 '권력의 시대(power of age)'로 정의내리고 이를 자연(nature)에 반대되는 의미로서의 문화 (culture)와 남성의 시대로 보고 있으며, 이와 대립적으로 포스트모던을 '의사소통(communication)'의 시대로 정의내리면서 문화 보다는 자연에 그리고 남성 보다는 여성에 초점을 맞추면서 이들 간의 대립이 아닌 상호간의 공존을 강조하는 것을 포스트모던 생태학으로 이해한다(White, 11). 다시 말하자면, 포스트모던 생태학은 자연을 하나의 적이나 공포의 대상으로 보는 이항대립적인 이해가 아니라, 자연을 함께 공존해야 할 대상으로 보면서 자본주의가 가져온 환경파괴와 생태학적 위기에 대해 재고하려는 학문이라 하겠다.

## 2. 자본주의와 소비주의

현시대인들은 소비를 통해 자신들의 개성이나 사회적 지위를 보여줄 수 있고, 또한 자신이 갖고 있던 욕망이나 꿈을 실현하기도 한다(Ferraro 21). 생산기술의 발달과 더불어 운송수단 및 광고매체의 발달, 그리고 인터넷의 발달 등으로 인해 이제 세계는 하나의 거대한 소비시장으로 변해가고 있는 듯하다. 이처럼 소비주의가 지배하는 지구의 모습을 다니엘 화이트(Daniel White)는 떠돌아다니는 하나의 거대한 상점(mall)에 비유하고 있다: "지구는 하나의 '우주선'이라기보다는 떠돌고 있는 하나의 거대한 상점이 될 것이다"(White 29).

정확히 10년 전만해도 우리나라에는 대형 쇼핑몰이라는 개념을 이해할 수 있는 공간이 존재하지 않았다. 그저 좀 크다는 느낌의 슈퍼마켓이라는 것이 존재했을 뿐이다. 그러나 그때 이미 소비문화에 점령당하고 있었던 미국과 서구 유럽의 쇼핑몰이 우리나라에 상륙하는 데는 그리 오랜 시간이 걸리지 않았고, 이제 우리나라에도 이러한 소비중심의 문화가 깊이 자리하게 되었다. 쉽게 우리는 마트라는 곳엘 가고 그곳에서 쇼핑을 즐기고 물건들을 구입한다.

'한밤중에 쇼핑을 가는'(Ferraro 36) 것 역시 전혀 낯설지가 않다. 이제 우리는 소비하기 위해서 노동을 판매하는 시대에 살고 있다. 라디오에서, 텔레비전에서, 길거리의 광고판에서, 신문이나 메일을 통해 들어오는 광고 전단지에서, 그리고 수시로 나타나는 인터넷 광고에서 우리는 끊임없이 소비에 대한 유혹을 받고 있다. 때로는 필요에 의해, 때로는 불필요한 것임에도 불구하고 광고에 현혹되어, 또 때로는 단지 소비욕구를 충족시키기 위해서나 경제력을 과시하기 위해서 우리는 소비를 한다.

'소비를 위한 소비'라고도 일컬을 수 있는 현대사회의 소비문화는 『언더월드』에서 잘 드러나고 있는데, 그 대표적인 예로서 이 소설의 파편화된 이야기들을 연결해 주는 역할을 하고 있는 야구공에 대한 집착을 들 수 있다. 드릴로는 이 소설의 시작을 뉴욕 폴로 그라운드에서의 역사적인 결승전 야구경기로 시작하는데, 이 경기는 9회 초까지 지고 있던 자이언츠가 9회 말

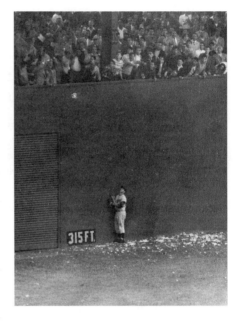

바비 톰슨(Bobby Thomson)의 홈런으로 역전승하는 것으로 끝이 난다. 그리고 이날 행해진 소련의 첫 번째 핵실험의 폭발음과 야구경기의 타구 소리가 "전 세계를 가득채운 폭발음"(the shot around the world)이라는 제목으로 이튿날 뉴욕 타임지에서 나란히 기사화된다.

이 야구 경기를 보기 위해 학교 수업을 빼먹고 몰래 숨어들어간 흑인 소년 코터 마틴(Cotter Martin)이 관중석으로 넘어 온 홈런 볼을 손에 넣기 위해 몸싸움하는 모습, 바로 이 홈런볼일 것이라는 믿음으로 수년간 이 공을 추적해 온 말빈 룬디(Marvin Lundy)의 모습, 그리고 마침내 3만 불이라는 거금을 지불한 후 이 공을 손에 거머쥐는 닉 쉐이(Nick Shay)의 모습에서 우리는 어떤 상품에 대한 편집증과도 같은 강한 집착을 엿볼 수 있다.

하지만 그들이 추구하고 돈을 지불한 이 공에는 아무런 정체성도 존재하지 않는다. 우선 이 공은 승자의 입장에서 보면 승리를 의미하는 공이지만 패자의 입장에서 보면 패배를 의미한다. 게다가 야구에 전혀 관심이 없는 사람의 입장에서 보면 그것은 아무런 의미를 갖고 있지 않는 단지 하나의 중고 공에 지나지 않는다. 더군다나 이 공에 대한 말빈의 편집증적인 집착에도 불구하고, 우리는 그가 이 공의 중간 소유자인 쳐키(Chuckie)를 만나지 못하는 것을 목격한다. 쳐키가 타고 올 선박을 기다리던 말빈이 만나는 것은 오직 알 수 없는 쓰레기만을 가득 실은 '정체불명의 선박'일 뿐, 쳐키는 그 배에 타고 있지 않다.

따라서 그 공이 어떻게 말빈의 손에 들어가게 되었는지는 미지수이다. 그것이 진짜 톰슨의 홈런볼일 수도 있고 아닐 수도 있다. 사실 처음부터 그 공이 그 홈런볼일 것이라는 데 대한 아무런 증거도 존재하지 않는다. 왜냐면 그 공을 처음으로 손에 넣은 코터는 좌석 표나 입장권을 갖고 있지 않으므로 그 경기장에 있었다는 아무런 증거도 갖고 있지 않은 셈이다. 그리고 설령 그 공이 진짜 역사적인 그 야구공이라 하더라도 그것이 최후의 공 임자가 된 닉에게 있어 그 공은 아무런 의미도 갖고 있지 않다. 더욱이 닉은 승자인 자이언츠의 팬이 아니라 패자인 다저스의 팬이었던 것이다. 따라서 그에게 있어서 그 공은 패배를 의미할 뿐이다. 어렵게 그 공을 손에 넣었지만, 그 공으로 그가 할 수 있는 것은 아무것도 없다. 그저 책장 위의 낡은 책들 사이에서 한 자리를 차지할 뿐이다.

> "글쎄, 나는 그 물건을 거기에 부여되어있는 영화과 극적임을 위해서 사지는 않았어. 톰슨이 홈런을 쳤다는 것과 상관된 것이 아니야. 그것은 그 공을 던진 브랑카와 상관이 있지. 그것은 패배에 대한 이야기야 … 그것은 불운의 미스터리, 상실의 미스터

리에 대한 것이야. 나도 모르겠어. 나는 계속해서 나도 모르겠
어, 나도 모르겠어를 반복할 뿐이야. 그러나 그것은 내가 내 평
생 동안 절대적으로 소유해야만 했던 유일한 물건이지."

(Underworld 97)

'절대적으로 소유해야만 했던'이라는 그의 표현 속에서 우리는 현대인들
의 소비에 대한 강한 집착을 느낄 수 있다. 그것이 왜 필요한지, 그리고
그것이 무엇인지에 대해서는 관심도 없고 중요하지도 않다. 그저 그것
을 소유해야 할 것만 같은 욕구 때문에 그것을 소비할 뿐이다. 이것이
바로 이전의 소비문화와 달라진 포스트모던 사회의 한 모습이라 하겠
다. 이러한 물음은 자신이 갖고 있는 돈을 모두 털어 이 공을 구입했던
찰스(Charles)의 대사에서도 그대로 드러난다. "이제 이 공은 나의 것이
다, 그런데 이걸로 무얼 할 수 있지?"(Underworld 653)

　필수품만이 상품이 되던 시대는 끝이 났다. 자본주의와 소비주의 사
회에서 상품이 될 수 없는 것은 없다. 우선 이 소설 속에서의 야구공이
그러하다. 이것을 갖고 있다고 해서 이윤이 되는 것은 아무것도 없다.
그럼에도 불구하고 이것은 닉에게 3만 불이라는 엄청난 금액으로 판매
되었다. 현실에서 역사 유물이 고액에 판매되는 것, 또는 연예인이나 유
명인의 옷이나 소지품 또는 유품이 거액에 경매되는 것 등이 이와 유사
한 모습이다. 톰슨의 "홈런 볼이 승리와 패배의 상징이 될 수도 있지만,
그것은 또한 하나의 값비싼 쓰레기에 지나지 않는"(Kavaldo 4)것처럼,
그것들 역시 그저 쓰레기일 뿐이다.

　필수품만이 아니라 모든 것이 상품화될 수 있고 따라서 소비될 수
있는 포스트모던 사회에서의 대량생산과 대량소비의 문제는 또 다른 문
제들을 가져온다. 드릴로는 그러한 문제들 중에서도 특히 대량소비의
결과로 생겨나는 막대한 양의 쓰레기 문제를 심각하게 다루고 있는데,

이는 소설의 제목 『언더월드』가 보여주고 있는 의미 중 하나라 할 수 있다.

소설 『언더월드』의 의미 속에는, 이처럼 포스트모던 사회의 자본주의가 가져온 대량생산과 대량소비의 결과로 빚어진 엄청난 쓰레기가 매립되거나 버려져 있는 '지하세계'의 의미가 포함되어 있다. 엄청난 소비주의는 결국 엄청난 양의 쓰레기라는 결과를 가져왔다. 여기에서의 쓰레기는 상품의 생산과정에서 생겨나는 쓰레기와 소비 후 버려지는 쓰레기 모두를 포함하며, 더 나아가서는 인간쓰레기의 의미로까지 확대될 수 있다.

무분별한 정복과 개발에 따르는 환경파괴가 가져온 생태학적 위기는 현대 사회에 접어들면서 대량소비에 따른 쓰레기라는 문제로 더욱 가중되게 되었다. 자연은 쓰레기로 몸살을 앓고 있으며 인간은 자신의 무분별한 행동이 가져온 결과에 다시 자해를 하는 꼴이 되고 말았다. 고통을 겪고 있는 이러한 지구의 모습을 화이트는 "한때는 아름다운 생명이 사는 행성이었으나 지금은 단지 또 하나의 강간당한 희생물일 뿐"(White 235)이라고 비유하고 있다.

태초의 자연은 인간에게 반드시 필요한 것을 주는 존재였으며, 인간은 그 자연에서 곡식을 재배하고 짐승을 사냥하고 필요한 땔감을 구하기 위해 자연의 힘을 빌렸다. 그러나 산업혁명이 서구 경제 체제에 회오리바람을 불러일으키면서 인간은 자연을 향한 거친 사냥을 시작하였다. 더 좋은 집과 더 멋진 옷을 만들고 더 편리한 길을 만들기 위해 인간은 자연이 갖고 있는 더 많은 것들이 필요하기 시작했다.

새로운 과학의 힘을 기반으로 한 인간은 태초의 원시신앙 속에서 일종의 두려움과 숭배의 대상이기도 했던 자연에 대한 도전이 시작되었다. 마녀사냥을 시작한 중세의 기사들처럼 인간은 자연을 문명이라는 이름으로 파괴하기 시작했다. 더 많은 자동차들이 편리하게 달리기 위해서는 더 많은 도로가 필요했고, 더 많은 기차를 위해서는 더 많은 철로가 요구되어 졌으며, 더욱 아늑한 삶을 위해서는 더 많은 빌딩들이 필요했다. 결국 인간은 문명을 위해 자연을 파괴하기 시작했다. 바야흐로 지구를 '괴롭히기' 시작한 것이다.

포스트모던 생태학은 동양이나 아메리칸 인디언들의 전통적인 자연과의 조화와 일맥상통한다고 볼 수 있는데, 이들은 자연을 숭배하면서도 함께 생존하고 존중해야 할 대상으로 삼았고, 그것을 파괴하면 어떤 재앙이 뒤따를지도 모른다고 믿고 있었기 때문이다. 그러나 인간은 그들의 경고에도 불구하고 오히려 그들을 미개인으로 취급하면서, 보다 '의식적'이고 보다 '이성적인' 인간(또는 남성)의 이름으로 자연을 정복해 왔다. 그리고 이제야 인간은 그 재앙을 인식하기 시작했는데, 이것은 드릴로의 '언더월드'로 서서히 드러나고 있다.

드릴로가 보여주고 있는 언더월드의 첫 번째 모습은 쓰레기로 그려진다. 무분별한 개발과 이윤추구를 위한 자본주의와 소비문화가 초래한 쓰레기 문제는 이미 현시대사회의 심각한 문제로 자리 잡고 있다. 새로운 환경 문제가 되고 있는 이러한 쓰레기의 모습은, 『언더월드』에서 어느 항구에도 정박을 하지 못한 채 떠돌아다니는 쓰레기 운반선의 모습에서, 그리고 도시 곳곳에서 나 뒹굴고 있는 쓰레기들의 모습에서 시작된다.

이러한 모습은 화려한 조명 아래에서 진열대를 채우고 있는 대형 쇼핑몰의 상품들과 대조를 이루고 있으나, 이러한 새로운 상품들마저도 사실은 이미 예정된 쓰레기일 뿐이다. 화려한 조명의 쇼핑몰을 지상세계로 본다면, 그 화려함을 벗은 이후 내버려지는 쓰레기들로 이루어진 세계는 지하세계 또는 음지세계로서 인간의 문명과는 대조되는 버려진 세계라 할 수 있다. 따라서 이러한 언더월드는 소비가 가져온 쓰레기뿐만 아니라 환경파괴의 결과로 인간이 살 수 없는 곳으로 버려진 곳들, 나아가 현시대 자본주의 사회에서 살아남지 못한 인간쓰레기들이 모여사는 빈민가까지를 모두 포괄한다. 이제 인간은 자신들이 내다버린 이 쓰레기로부터의 위협을 실감한다. 이런 이유로 드릴로는 "우리가 만들어 낸 것이 결국 우리에게로 돌아와서 우리를 소비하게 될지"(*Underworld* 791)도 모른다는 공포를 느꼈는지도 모른다.

세계는 소비주의가 가져온 엄청난 양의 쓰레기를 처리할 방법에 골머리를 썩고 있다. 이러한 배경은『언더월드』의 주인공격인 닉 쉐이의 직업이 쓰레기 처리 업체 간부라는 데서부터 시작하여, 또 다른 핵심인물인 클라라 삭스(Klara Sacks)의 직업이 쓰레기를 예술작품으로 바꾸는·예술가라는 데서 찾아 볼 수 있다. 이제 쓰레기는 단지 땅에 묻어버리거나 미지의 땅에다 내다버리는 것만으로 처리될 수 없는 심각한 문제가 되었음을 실감하게 한다.

이러한 심각성은 소설 곳곳에서 나뒹굴고 있는 쓰레기들과 그 쓰레기들을 뒤지고 있는 쥐들의 모습에서 시작되어, "기자(Giza)의 대형 피라미드(Great Pyramid)보다 2.5배나 더 높게 쌓여져 있는"(Marchand M17) 쓰레기 매립지의 모습에서 충격을 준다. 이러한 충격은, 1972년에 있었던 뉴욕의 쓰레기 파업이라는 역사적 사실을 배경으로 쓰레기를 가득 실은 선박들이 끝없이 떠돌고 있는 장면(*Underworld* 278)에서 고조되다가, 마침내 핵폐기물로 인간쓰레기들이 된 사람들이 수용되어 있는 '기형 박물관'(Museum of Misshappens)(*Underworld* 799)에서 그 절정에 달한다. 이 기형 박물관의 모습은 가상의 영화 <운더벨트> (*Underbelt*) 장면들에서 다시 한 번 확인되고, 우리는 드릴로가『언더월드』라는 제목에서 암시하고자 하는 것이 무엇인가를 다시 한 번 확인할 수 있다.

사람들은 이 쓰레기라는 것이 결국은 내가 쓰고 버린 것들임을 잊고 있다. 내가 맛있게 먹은 모든 음식들이 결국은 대장을 통해 대변이 되어 배설되듯이 내가 소비한 모든 것은 결국 쓰레기가 된다. 그것이 이 엄청나게 화려해 보이는 소비주의의 마지막 모습이다. 그러나 사람들은 화려한 쇼 윈도우에 장식되어 있거나 쇼핑몰에서 소비를 유혹하고 있는 '멋지게 포장된' 상품들이 종국에는 쓰레기가 될 것임을 망각해버린 것이다. 게다가 그 상품들이 쓰레기가 되는 데 걸리는 시간은 테크놀로지의 발달과 비례하여 더욱 빨라지고 있다

이러한 대표적인 쓰레기 상품으로 드릴로는 '콘도몰로지'(condomology)를 보여준다. 이곳은 콘돔으로 가득 찬 일종의 '콘돔 아울렛'(condom outlet)이다. 이곳에는 "손가락에 끼우는 콘돔과 온몸을 모두 감싸는 콘돔 그리고 민트향이 첨가된 혀를 감싸는 콘돔들이 전시되어 있다"(*Underworld* 110). 이곳에서 사람들은 온갖 문구의 화려한 색과 기능으로 포장된 콘돔들을 구경하고는 그것들을 구입한다. 결국 이곳은 현대 사회의 또 하나의 화려한 쇼핑몰이다.

이러한 '콘도몰로지'를 통해 우리는, 이제껏 숨겨야 되는 것으로, 수치스러운 것으로, 또는 반대로 신성한 것으로 여겨왔던 성(sex) 조차도 상품이 되어 진열대에 내세워지는 것을 확인할 수 있다. 이것은 현시대 사회에서는 무엇이든지 상품화가 될 수 있다는 주장을 확인시켜준다. 그리고, 이러한 성의 상품화는 '사이버 섹스'라는 용어에서 그 최고점에 도달한다. 성의 상품화는 단지 현실에서만이 아니라 인터넷과 같은 가상의 세계에서조차 상품으로 변모하는데, 이것은 '컴퓨터상의 안전한 섹

스'(computer-safe-sex)(*Underworld* 785)라는 이름으로 상품화되어 엄청난 속도로 그 시장을 확장시켜나가고 있다.

쓰레기와 개인과의 관계는 확대해서 인간의 문명 전체와도 연관지어 볼 수 있는데, 우선 고고학이나 인류학의 예를 보면 쉽게 알 수 있다. 즉 과거 속에 버려져 있는 유물이라는 이름의 쓰레기를 통해 우리는 인류의 발자취를 추적해 본다. 비겐드(Wiegand)는 쓰레기와 문명과의 관계에 대해서, "문명은 그것이 창조한 것에 의해서가 아니라 그것이 내버린 것에 의해 만들어지고 파괴된다"(Wiegand)고 주장한다. 드릴로는 이러한 주장을 한 걸음 더 발전시켜, "쓰레기가 먼저이고, 그것을 처리하기 위해 우리는 시스템이라는 것을 만들었다"고 말하면서, 결국, 문명이란 "쓰레기더미 위에서 건설되었다."(*Underworld* 287-8)라고 주장한다.

소설 속에서처럼 쓰레기는 크게 두 가지 방법으로 처리된다고 볼 수 있다. 이것은 닉과 클라라의 직업에서 쉽게 알 수 있듯이, 쓰레기를 매립이나 연소 등의 방법으로 처리하는 것과 쓰레기를 재활용하는 것이다.

쓰레기를 처리하는 첫 번째 방법은, 닉의 직업에서처럼 쓰레기를 태워서 없애거나 또는 땅 속 깊이 묻어버리는 것이다. 아주 원시시대 때부터 있어왔던 방법이지만, 원시시대와 명확하게 달라진 것은 쓰레기의 양에 있을 것이다. 현시대 문명의 이름으로 인간이 내버리는 쓰레기는 감당하기 어려울 만큼 많아져서, 소설 속에서 항구를 떠도는 쓰레기 선박처럼 쓰레기는 소각과 매립으로 더 이상 감당해 낼 수 없는 처지에 이르렀다

쓰레기를 다루는 두 번째 방법은 쓰레기를 재활용하는 것이다. 쓰레기를 재활용하는 모습은 소설 전체에 걸쳐 집안의 쓰레기를 재활용 규

칙에 맞춰 분리하고 있는 닉 부부의 모습을 통해서, 그리고 전쟁에서 사용하고 내버려진 군용 전투기들을 예술 작품으로 변모시킴으로써 쓰레기를 재활용하는 클라라의 모습을 통해 반복적으로 보여 진다. 이처럼 쓰레기를 재활용하는 것만이 우리가 일상생활 속에서 가장 쉽게 쓰레기 문제를 해결할 수 있는 전부이다. 쓰레기를 재활용 수거함에 분리하여 집어넣음으로써 우리는 마치 쓰레기 문제를 다 해결한 양 안도한다. 이러한 모습은 『언더월드』의 닉 부부의 모습에서 잘 보인다.

> 가정에서 우리는 시리얼 박스의 납지를 뜯어내었다. 우리 집에는 신문지와 깡통들과 항아리 병 들을 분리하는 통을 넣어두는 재활용 창고가 있었다. 우리는 사용한 깡통과 병들을 헹구어 낸 후 각각의 재활용 통에 집어넣었다. (*Underworld* 102-3)

드릴로는 이러한 쓰레기의 재활용을 문맨 157(Moonman 157)이라는 별명을 가진 이스마엘(Ismael)을 통해 다시 한 번 보여준다. 이스마엘은 '벽'(Wall)이라고 불리는 빈민가의 벽에다 거기서 죽어간 어린 아이들의 그림을 그리는데, 여기에서의 빈민가는 자본주의 사회로부터 버려진 인간쓰레기들의 집합소로 비유될 수 있다. 따라서 "벽이라는 이름은 일반적인 소외감에서 그렇게 불리는"(*Underworld* 239) 것이기도 하다. 결국 이스마엘은 이처럼 버려진 사회의 어두운 곳을 예술화함으로써 대중의 이목을 끌고 이로써 사회로부터 버려진 언더월드를 재활용하고 있다고 하겠다.

소설 속에서의 '벽'의 모습은 소비자본주의 사회의 절정을 보여주는 이웃의 뉴욕시와는 완벽한 대조를 이루고 있다. 이 '벽' 안에는 에이즈에 감염되었거나 치유할 수 없는 질병을 알고 있는 사람들 가난한 장애인들 또는 에이즈와 같은 부모의 질병을 선천적으로 갖고 태어난 아이들이 살고 있으며, 이들의 모습은 소름이 끼칠 정도로 끔직하다. 그들의 모습은 쓰레기 매립지에 버려진 채 썩어가는 일반 쓰레기와 전혀 다를 바 없다. 이런 의미에서 '벽'은 "쓰레기의 특정한 일부, 즉 인간의 삶을 포함하는 그러한 쓰레기의 일부이다"(Howard).

이곳의 사람들은 사회로부터 철저히 격리된 채 이 벽 안에서 서서히 죽어가고 있다. '벽' 안에 살고 있는 이들의 모습은 현시대 문명이 가져온 비극일 수도 있다 그리고 이것은 생태학의 위기가 가져온 재앙일 수도 있다. 환경 파괴와 공기 오염과 같은 생태학에 대한 위협은 알 수 없는 질병이나 기형과 같은 문제를 낳았고, 나아가, 지나친 소비풍조로 인해 성이나 인체마저도 테크놀로지의 대상이 되고 상품화됨으로써 인간조차도 쓰레기로 내버려지고 있는 것이다.

쓰레기를 재활용하는 방법 중 하나는 이것을 또다시 상품화하는 것이다. 소설 속에서 예를 들자면, '벽'이라는 이름의 이 빈민가를 관광 상품화하는 것이다. 이러한 예는 역사적으로 쉽게 찾아 볼 수 있는데, 그 대표적인 예가 히로시마 원자핵 피해 지역이나 버려진 옛 유적지의 관광 상품화이다. 우리가 "여행하는 곳은 박물관이나 일몰과 같은 것이 아니라, 고문과 전쟁의 고색창연한 기억을 품고 있고 폭탄으로 날아가 버린 폐허이다"(*Underworld* 248).

그러나 이러한 노력은 단지 쓰레기를 재활용해 보려는 노력의 일환이라기보다는 오히려 모든 것을 상품화할 수 있다는 현시대 자본주의 논리의 일환으로 여겨진다. 즉 쓰레기든 아니면 고대의 유적을 배경으로 한 역사이든 간에, 일단 하나의 상품으로 변모되고 나면 그것이 무엇이든지간에 그것은 소비자의 선택을 당한다. 그리고 우리는 상품으로 둔갑한 폐허를 소비(관광)하지만, "사실 거기에는 아무것도 볼 것이 없다"(*Underworld* 343).

한 걸음 더 나아가, 드릴로는 한 고고학자의 입을 빌어 과거의 버려진 유적지들 또한 사실은 "쓰레기로 인해 그 정착지를 떠난 것인데, 자신들이 버린 쓰레기로 둘러싸여 더 이상 숨을 쉬거나 살 수 있는 공간조차 없어졌기 때문"(*Underworld* 257)이라고 말한다. 그리고 어쩌면 이것이 우리 인류의 미래인지도 모른다. 이에 대해 조안느 가스(Joanne Gass)는 "미국의 에덴은 진정한 황무지가 되고 있으며, ... 그리고 미국의 미래는 그 쓰레기를 어떻게 다루느냐에 달려있다"(Gass 126)고 주장하고 있는데, 이것은 단지 미국의 미래에만 달려있는 문제가 아니라 지구에 있는 모든 국가들의 문제라고 할 수 있다. 이런 의미에서 이제 지구는 '떠돌아다니는 거대한 상점'을 넘어서 '떠돌아다니는 거대한 쓰레기 더미'로 변모하고 있는지도 모른다.

쓰레기는 그 자체만으로도 양적으로 질적으로 생태계에 많은 위협이되고 있다. 게다가 이 쓰레기를 소각하는 과정에서의 대기오염은, 상품을 만들기 위해 공장에서 내뿜는 유독가스나 자동차 매연과 더불어, 인간과 자연이 숨 쉬어야 할 공기를 더럽히는 원인이 되고 있다. 이러한 쓰레기에 대한 대책 중 하나가 쓰레기의 재활용이다. 이것을 처리하는 방법을 찾아야 한다는 일념과, 이것 역시 상품화 될 수 있다는 또 다른 자본주의 논리에 힘입어, 인간은 쓰레기 재활용에 머리를 맞대고 있다. 그러나 모든 쓰레기가 재활용 될 수는 없다. 게다가 재활용되어 사용된 쓰레기는 또다시 쓰레기로 남게 된다. 결국 이러한 순환은 끝없이 계속될 뿐이다. 또한 쓰레기가 버려지는 그곳은 언제나 자본주의가 가져온 어두운 '언더월드'로서 또다시 버려진다.

## 3. 죽음에 대한 공포: 핵폭탄과 인터넷

산업혁명 이후 계속해서 발달을 거듭해온 테크놀로지는 두 가지 부류에서 그 절정에 도달했는데, 그 하나가 원자핵의 발견이고 다른 하나가 인터넷의 발달이다. 원자핵의 발견에 대해 윌콕스(Wilcox)는, "원자는 자본주의가 가져온 완벽한 생산품"(Wilcox 123)이라고 말하고 있다. 『언더월드』의 프롤로그에서, 4:1로 지고 있던 자이언츠(Giants)가 9회 말에 이르러 역전승하는 것처럼, 소련의 핵폭탄실험 성공이라는 사건은, 2차대전의 승리와 자본주의의 세력 확대 등에 힘을 입어 완전한 승리자인 줄 알았던 미국에 대한 패배자(*White Noise* 29)인줄로만 여겼던 소련의 역전승을 의미한다.

이 사건은, 역사에서는 영원한 승자도 영원한 패자도 없다는 진리를 말해줌과 동시에 현대 사회에 들어와서 핵이 갖는 중요성을 보여준다고 하겠다. 그만큼 핵은 그동안 미국이 이루어 놓은 모든 자본주의의 성공을 하루아침에 위협하고도 남을 엄청난 위력을 갖고 있었던 것이다. 야구경기에 있어서의 자이언츠의 승리와 대조를 이루는 소련의 핵개발이 피터 브뤼겔(Peter Bruegel)의 그림 '죽음의 승리"(The Triumph of Death)와 더불어 갖는 의미에 대해, 필립 넬(Philip Nel)은 "두개의 차원에서의 현실, 즉 지역적인 승리와 국가 차원에서의 패배, 나아가서 흥분에 들뜬 관중들과 원폭의 피해로 인한 대량 살상이라는 모습"(Nel 733)을 보여주고 있다고 설명한다. 이러한 의미에서 『언더월드』는 '핵의 시대', 즉 "정부가 땅 위에서 무기들을 폭파시키면, 국민들은 대피소로 숨어들어가야" 하는 그러한 시대에 대한 이야기를 담고 있다고 하겠다.

핵이 가져올 비극성은 경기장의 쓰레기 더미 속에서 에드가 후버가 우연히 거머쥐게 되는 피터 브뤼겔의 '죽음의 승리'라는 그림에서 잘 드러난다. 원래 이 그림은 전쟁으로 인해 황폐해져 주검만이 나뒹구는 세상의 모습을 담고 있지만, 소련의 핵개발이라는 역사적인 사실과 더불어, 핵실험이 성공하기까지 원인조차 알지 못하는 사이에 희생당한 인간들의 모습과, 이후 핵폭탄으로 인해 황폐해질 세상의 모습을 함께 연상시킨다. 이들의 죽음이 핵실험에서의 승리를 가져온 것이다. 즉 '죽음의 승리'다.

> 그는 두개골로 가득 찬 수송차를 본다. 그는 통로에 서서 개들에게 쫓기고 있는 벌거벗은 남자를 바라본다. 그는 죽은 여인의 팔에 안겨있는 아기를 갉아먹고 있는 말라빠진 개를 쳐다본다…. 그렇다, 죽은 이들이 살아있는 것을 습격한다. (Underworld 50)

문명의 파괴가 만들어 낸 이러한 충격적인 모습들은 '기형 박물관'(Museum of Misshapens)과 핵으로 기형이 된 인간들을 모아놓은 카자흐스탄의 한 병원의 모습에 이르러 절정에 다다른다.

> 그는 우리를 기형 박물관이라고 부르는 곳으로 데려간다 …. 태아들로 가득 찬 전시 항아리들이 길게 줄지어 있는 방 … 그들 중 몇몇의 태아들은 하인츠 항아리 안에 보존되어있다. 거기에는 머리가 둘 있는 것도 있다. 머리는 하나이지만 크기가 몸의 두 배인 것도 있다. 정상적인 머리를 가졌지만 잘못된 곳에 자리를 잡은 것도 있는데, 오른 쪽 어깨 위에 붙어있는 것이다. (Underworld 799)

충격적이라기보다는 오히려 우스꽝스러움을 자아내는 영화 속의 장면들은 카자흐스탄의 박물관과 병원에 이르면서 충격으로 와 닿는다.

세계열강들이 앞 다투어 자국의 이익을 위해 실험을 벌여 오고 있는 핵실험들로 인해 죄 없는 많은 자연들과 사람들이 그 희생을 겪고 있는 실상이 이 박물관과 병원의 모습을 통해 묘사되고 있다. 이들은 자신들이 어떤 일을 겪고 있는지조차 모른 채, 그 고통을 겪고 있으며 이것은 인간을 비롯한 지구 전체의 생명들이 겪고 있는 고통이기도 하다. 드릴로는 인간의 테크놀로지가 발전하면 할수록 이러한 박물관과 병원의 수는 더욱 증가해 나갈 것임을 암시하면서, 결국 이러한 문명은 인간을 비롯한 지구 전체를 기형으로 만들어 갈 것임을 시사한다.

이러한 기형아들은 모두 핵실험의 피해자들이다. 이와 같은 방사능의 위험은 국제적으로 핵폐기물 사업을 하고 있는 빅토르(Viktor)의 안내로 방문하게 되는 한 병원에서 더욱 실감할 수 있다. 눈이 있어야 할 자리가 그저 피부로 덮여있는 소년, 검사를 받기 위해 속옷 차림으로 기다리고 있는 대머리의 아이들 생김새는 정상적이지만 마치 초승달처럼 얼굴의 반쪽만을 갖고 있는 여인(*Underworld* 800)이 치료를 위해서 또는 연구를 위해서 이곳 병원에서 살고 있다. 오랫동안 이곳에서는 방사능이라는 말은 금기시되어왔는데, 어쨌거나 이곳 주민들은 그러한 것이 존재하는지 조차 모르기 때문에 방시능이라는 말을 하지 않는다.

하지만 "이곳에는 알려지지 않은 질병들이 있다"(*Underworld* 800-1). "보이지 않은 채 조용히 그리고 아주 치명적인 상태로, 방사능은 보이기도 하고 보이지 않기도 하면서"(Nel 731), 이미 오랫동안 우리의 삶을 위협해 오고 있었다. 카자흐스탄의 피해 마을 사람들이 '그것이 존재하는지를 모르기 때문에 그것을 말하지 않는' 것처럼, 현시대를 사는 우리도 이것의 존재와 그 위험성을 정확히 모르기 때문에 그것을 말하지는 않지만, 언제나 막연한 어떤 것으로 인한 죽음에 대한 공포를 느끼며 살고 있는지도 모른다. 이런 이유로 드릴로는 리차드 윌리엄스(Richard

Williams)와의 인터뷰에서, 『언더월드』는 "폭탄 아래에서 함께 살아온 지난 40년간에 대한 감춰진 역사"(Williams)라고 말하고 있는지도 모른다.

드릴로는 핵이 가져다주는 위협에 대한 우려의 표현을 여기에서 멈추지 않는다. 그는 잃어버렸다가 최근에 동독에서 발견된 것으로 가정된, 구소련의 영화감독 세르게이 아이젠스타인(Sergei Eisenstein)의 가상의 영화 <운더벨트>를 보여준다.

> 당신은 한 미치광이 과학자에 대한 영화 한 편을 보고 있는 듯하다. 그는 원자 광선총을 허리에 끼고는 흑백이 잘 구별된 여러 겹의 실험복을 걸친 채, 그 구조물을 지나다니고 있다. 어떤 지하 공간에 있는 칙칙한 방들을 사람들이 지나다닌다. 그들은 희생자들이거나 죄수들로, 아마도 실험 대상들인 듯하다. 한 죄수의 얼굴을 힐끗 보니, 그는 아주 심하게 기형이 되어 있는데, 그 모습은 충격적이라기보다는 오히려 우스꽝스럽다. 그는 비스듬히 기울어진 머리와 아주 좁은 턱, 그리고 지렁이처럼 앞으로 쑥 튀어나온 입을 갖고 있다. (*Underworld* 429)

드릴로가 보여주고 있는 이 가상 영화 속에 등장하는 사람들의 모습에 대해 그 정확한 원인을 밝히고 있지 않지만, 독자들은 이 사람들이 핵폭탄의 희생양들임을 짐작할 수 있다. 그들은 직접 간접적으로 핵의 영향에 노출되었고, 그 결과 그것은 자신들의 세대 뿐 아니라 그 다음 세대에까지 기형이라는 형태로 대물림하고 있다. 핵이 가져다주는 심각성은 바로 여기에 있다. 핵폭탄이 끊임없이 작은 원자들의 폭발로 이어지듯이, 유전적 기형 역시 세대를 이어가면서 계속된다는 것이다.

테크놀로지가 만들어내는 생산품에는 반드시 쓰레기라는 것이 존재한다. 핵폭탄도 생산품이다. 따라서 거기에는 쓰레기가 존재한다. 앞에서 논의하였던 쓰레기가 일반적으로 그 자체로서는 위험성을 갖고 있지 않은 쓰레기라고 한다면, 핵 쓰레기의 경우는 핵폭탄과 맞먹는 위험성을 갖고 있다고 하겠다. 앞에서 살펴보았던 일반 쓰레기들과 마찬가지로 핵폐기물에 대한 첫 번째 방법은 매립 또는 소각이다. 그러나 핵폐기물의 경우에는 그 정도에 있어서 차이가 난다.

우선 매립의 경우 가능한 한 깊이, 그리고 거기에서 뿜어 나올 방사능이 통과하지 못하도록 최대한의 보호 장치를 취한 이후에 매립이라는 것을 한다. 그러나 그 매립은 언제나 충분하지 않다. 그래서 드릴로는 『언더월드』에서 이러한 방사능에 노출된 암울한 세계를 보여준다. 빅토르는 닉에게 쓰레기와 무기와의 연관성에 대해 말한다. 이 둘은 서로 악마적인 쌍둥이인데, 왜냐면 쓰레기는 비밀 역사이고, 숨겨져 있는 역사이자, 고고학자들이 고대 문명을 파헤치기 위해 땅속으로부터 꺼내는 것이기 때문이라고 그는 말한다. 우리는 그것을 파헤치지 않고 언제나 그것을 파묻으려 애쓴다. 그러나 이것으로 충분 하지 않다(Underworld 791). 우리가 "방사능 폐기물을 아무리 깊이 파묻는다 해도, 그것의 치명적인 영향은 되돌아온다."(Wilcox 124). 그래서 인간은 이것을 파괴하기로 하였다. 여기에서 무기와 쓰레기와의 직접적인 연관성이 생겨난다. 인간은 '악마와도 같은 쓰레기를 죽이기'(Underworld 791) 위해 핵폭탄을 사용하기로 결정한다.

그러나 지금 세계는 또 다른 적과 마주하게 되었다. 자본주의와 소비주의가 가져온 엄청난 쓰레기인 것이다. 게다가 지금의 적은 예사롭지가 않다. 이것은 핵의 '쌍둥이'와도 같은 존재로서, 또 다른 쓰레기로 또 다른 쓰레기로 끊임없이 변모해가고, 더 아래로 더 아래로 내려갈 뿐('그 안에 있는 어떤 것 안에 있는 어떤 것 안에 있는 어떤 것 아래로 아래로 아래로. 밑으로 밑으로 밑으로')(*Underworld* 736) 없어지지 않는 다. 핵이 갖고 있는 연계성은 결국 쓰레기가 갖고 있는 연계성과 연관 되며, 이것은 결국 인터넷이 갖는 최고의 연계성에 도달한다. 그리고 드 릴로는 이러한 핵폐기물 역시 재활용되고 있음을 보여준다. 그 첫 번째 가 버려진 유적지의 관광 상품화와 동일한 방법으로, 관광지가 되는 것 이다. 이것은 '역사'가 곧 상품이 되는 순간이기도 하다.

핵은 인간의 테크놀로지의 놀라운 힘을 보여주는 최고의 상품이다. 하지만 "모든 테크놀로지가 결국 폭탄에 귀착되듯"(*Underworld* 467)이, 다른 상품들과 마찬가지로 이것은 그 자체의 위협적인 성질과 여기에서 생겨나는 쓰레기라는 문제를 갖고 있다. 그 위험성은 다른 어떤 폭탄보 다도 과히 위압적이며, 소련이 핵 실험을 한 그날로부터 인류의 죽음에 대한 공포가 시작되었다.

핵이 끊임없는 작은 핵으로 결합되어 있듯이 "끊임없는 연결성으로 장비되어"(*Underworld* 251) 있는 또 다른 결정체는 인터넷이라 할 수 있다. 이제 현시대사회는 "인터넷을 통한 전 세계적인 상호 연계 성"(Thomson 179)을 이룩하는데 성공을 거둔 셈이다. 인터넷은 전자공 학이 가져온 최고의 걸작이라 할 수 있으며, 자본주의와 소비주의, 그리 고 여기에서 나오는 쓰레기까지를 모두 포괄하는 거대한 웹이다. 이 속 에서는 모든 것이 서로 연결되어 있고 모두가 하나가 될 수도 있고 또 한 완전히 분열되어 있는 각각의 파편으로 남아있을 수도 있다.

자본주의와 소비주의 그리고 쓰레기라는 끊임없는 '재-활용'(re-cycle) 으로 인간을 점점 더 파괴의 나락으로 이끌고 있는 현실 속에서 인간은 드디어 인터넷이라는 하나의 비상구를 찾은 듯하다. 이에 대해 글리슨 (Gleason)은, "웹은 쓰레기 더미와 유사한데, 왜냐면 그곳은 모든 것이 서로 연결되어 있는 곳이며 또한 영원한 삶이 가능한 곳이기 때문이다"라고 주장한다(Gleason 141). 그의 주장대로라면 결국 인터넷 역시 일종의 자본주의가 낳은 또 다른 쓰레기에 지나지 않는다. 이러한 쓰레기와의 유사성에는 인터넷에 끊임없이 올라오는 '스팸메일'이나 상업성 광고 또는 음란 광고들을 들 수 있는 데, 그것들은 그 자체로서 이미 쓰레기인 것이다. 따라서 인터넷은 그 자체로 '쓰레기를 가득 실고 전 세계를 돌아다니는 쓰레기 선박'(*Underworld* 289)과 다를 게 없다.

인터넷은 테크놀로지 발달의 절정에서 이루어졌다는 의미에서 우선 핵의 발견과 일맥상통한다. 그러나 이것만이 아니다. 인터넷은 핵이 갖고 있는 위험성도 그대로 갖고 있다. 아니, 더한 위험성을 갖고 있는지도 모른다. 우선, 핵의 위험성은 일단 터뜨리지 않으면 그 끊임없는 연결의 고리에 걸려들 염려가 없다. 그러나 인터넷은 그렇지 않다. 인터넷은 이미 우리 삶의 너무 많은 부분을 차지해 버렸고 우리는 이러한 링크에 속하지 않으면 정체성 자체를 찾을 수 없는 위험성에 노출되어 버렸기 때문이다. 예를 들자면, 내 이름 석 자가 경찰청이나 시청의 웹상에 등록이 되어 있지 않으면, '나'라는 존재는 살아있어도 살아있지 않는 존재가 되어버린다. 이것이 인터넷의 위협이다.

이와 반대로 인터넷은 그 자체로서 '언더월드'라 할 수 있다. 이런 점에서도 핵폭탄과 유사하다고 하겠다. 인터넷의 세계에서는 누구든지 깊이 몸을 숨길 수 있다. 패스워드나 아이 디(ID)와 같은 것은 진정한 의미의 '나'와는 무관하다. '나'는 철저히 지하세계에 남겨두고 사이트 이곳저곳을 기웃거릴 수 있는 곳이 바로 인터넷이다. 그리고 이곳에서 우리는 모두 동등하고 평등하다. 남녀 차별도 없고 연령의 구별도 그다지 중요하지 않으며 인종차별도 없는 듯하다. 따라서 우리는 웹 안에서 세계 모든 곳을 다닐 수 있고 그 모든 것과 연결될 수 있지만, 또 한편으로 우리 각자는 철저히 혼자일 뿐이다.

이런 의미에서 이것은 마치 포스트모던 생태학이 주는 개념과 상통하는 듯이 보인다. "그것은 … 마음과 몸을 .. 그리고 양쪽의 구성원들을 평등하게 포섭해야 한다"(White Noise 29)는 포스트모던 생태학의 관점으로 보면, 웹은 이러한 생태학의 개념에 잘 들어맞는다. 그러나 좀 더 깊이 생각해 보면 오히려 그 반대의 경우임을 파악할 수 있다. 즉, 포스트모던 생태학에서 강조해온 각자 성별의 중요성이나 지배 대상으로서가 아니라 공존해야할 대상으로서의 자연을 향한 시선은, 이곳 인터넷에서 완벽하게 무너져 내리고 만다. 오히려 인간은 인터넷 웹 속에서 자연이라는 존재도 잊어버리고, 나아가 '나의 존재'도 잊어버린다.

그렇다면 이러한 인터넷이라는 '언더월드'로의 도피는 죽음에 대한 공포로부터 인간을 자유롭게 해 줄 수 있을까라는 의문이 생긴다. 핵폐기물을 아무리 깊이 파묻어도 인류는 그 위험성으로부터 완벽하게 자유로울 수 없었다. 따라서 현시대 사회에서 느끼는 환경으로부터 오는 갖가지 두려움으로부터 자유롭기 위해 우리는 인터넷이라는 또 다른 세계로 숨어 들어가는지도 모르겠다.

그러나 에드가 수녀가 인터넷 속에서 "바이러스의 끊임없는 위협"(Underworld 825)을 느끼듯이 이 곳 역시 안전하거나 평화롭지 않다. 쉴 새 없이 몰려드는 쓰레기 같은 메일들, 남녀의 성별조차 분명치 않은 음란광고물 그리고 끊임없이 소비를 유혹하는 상업 광고들, 거기에다 쉴 새 없이 불안하게 만드는 바이러스까지, 이 모든 것들은 한시도 우리를 가만히 내버려두지 않는다. 이런 의미에서 드릴로가 이 소설의 마지막을 평화(peace)라는 단어로 매듭짓고 있는 이유를 알 수 있을 듯하다. 인간은 이 모든 것으로부터, 즉 상업화된 성으로부터 소비광고로부터 그리고 궁극적으로는 이 모든 쓰레기들로부터 '평화'를 얻기를 갈망한다.


## 4. 나오면서

이항대립적이고 메타내러티브적이던 모던시대와 달라진 포스트모던이라는 시대적인 배경에 영향을 받아 생태학에서도 변화가 생겨났다. 이로써 문명과 남성 그리고 이성이라는 이름으로 원시적인 자연은 지배되고 파괴되고 정복되어야 한다는 개념에 변화가 생겼다. 모든 것이 상하 관계로서가 아니라 나무뿌리처럼 수평적으로 연결되어 있으므로, 자연과 인간 역시 함께 공존하고 함께 뻗어나가야 한다는 것이 포스트모던 생태학의 주장이다.

이 장에서는 이러한 포스트모던 생태학적인 관점으로 현시대를 재고찰하였으며, 현시대 사회의 포스트모던적인 연계성과 더불어, 이 소설 속에서 자본주의와 소비주의와 쓰레기가 어떻게 연결되어 있는지, 그리고 그것이 가져오는 생태학적 문제점이 무엇인지를 미국의 대표적인 포스트모던 소설가로 알려진 돈 드릴로는 어떻게 보여주고 있는지를 살펴보았다. 그가 현시대를 바라보는 시각이 긍정적이라고만 할 수는 없는데, 이러한 시대에 대한 그의 비판은 핵무기와 인터넷이라는 현시대 문명 속에서 그 절정을 이루었다.

이 글에서는, 우선적으로 자본주의의 발달과 더불어 소비주의의 지나친 팽창이라는 시대적인 현상들을 다루었고, 이로 인해 생겨나는 쓰레기와 이러한 쓰레기들을 묻어두는 언더월드에 대해 고찰해 보았다. 나아가 핵폭탄으로 인해 쓰레기가 되어버린 지역들, 그리고 그것이 무엇인지도 모른 채 당하고 있는 사람들의 비참한 모습을 문명이 가져온 쓰레기에 비유하면서 쓰레기라는 개념을 더욱 확대시켜 나갔으며, 이러한 인간의 비극성마저도 다시 상품화되는 모습을 보여줌으로써 현시대 자본주의의 지나침을 살펴보았다. 이러한 자본주의와 소비주의 그리고 쓰레기라는 문제까지를 총 망라하는 인간의 최대 걸작으로서 인터넷상의 웹에 대해 살펴보았으며, 이곳에서는 서로 모든 것이 연결되어 있음을 파악하였다.

포스트모던 생태학에서 주장하는 것처럼, 인간은 자연의 일부로서 함께 공존하는 존재여야지, 자연을 다스리는 폭군이 되어서는 안 된다. 따라서 이제 인간은 자연과 더불어 더욱 평화롭게 공존할 수 있는 방법을 모색해야 할 때다. 이를 위해 인간은 대량 생산과 대량 소비라는 이기적인 자본주의 체제를 생태학적인 관점에서 고찰할 필요가 있다. 그럼으로써 무분별한 자연 생태계에 대한 파괴를 감소시키고, 거기서 나오는 쓰레기도 줄일 수 있을 것이다. 이와 더불어 인간은 핵이라는 물질에 대한 자국이익 우선의 생각을 재고할 필요가 있을 것이다. 핵이라는 것이 끝없는 연결점으로 이루어져 있듯이, 그 피해는 단지 한 지역에서만 끝나는 것이 아니라 끝없이 이어질 것이 분명하기 때문이다. 결국 지구는 하나의 덩어리이다. 한쪽에서의 붕괴는 그곳에 한정되어 끝나는 것이 아니라 어떻게든 서로 연결되어 결국 그 영향을 받게 되기 때문이다. 지구 안의 모든 국가들과 지역들과 인간을 포함한 생명체들은, 모두 하나로 연결된 땅과, 하나로 덮여있는 하늘(공기)과, 그리고 하나로 이어진 지하세계를 갖고 살기 때문이다.

이러한 연결성의 백미는 역시 인터넷이다. 그러나 인터넷은 현실이 아니다. 이것은 엄청난 규모의 언더월드이자 가상세계이다. 이런 의미에서 『언더월드』는 자본주의와 소비주의의 발달, 그리고 그와 더불어 성장한 테크놀로지의 발달로 인한 현시대의 특징들이 어떠한 생태적 문제점들을 초래하고 있는가를 잘 드러내 주고 있다.

그는 사회와 문명에서의 발달이 그것만의 길을 가는 것이 아니라 그와 연결되어 있는 다른 많은 부분들에 어떠한 영향을 미치고 있는가를 예리하게 지적하고 있다. 우리의 눈에 드러나지 않지만 더욱 큰 규모와 중요성을 갖고 있는 이러한 세계를 그는 언더월드로 정의내리고 있다. 이러한 언더월드는 우리가 해결해야할 과제이기도 하고, 또 한편으로 우리가 언제나 인식하고 함께 해야 할 공존의 세계이기도 하다.

드릴로는 이러한 시대상을 암울하고 냉소적인 시각으로 비판하면서도 그의 소설의 마지막을 '평화'(peace)라는 단어로서 끝을 맺음으로써 희망을 잃지 않는다. 이처럼 현시대가 갖고 있는 많은 부정적인 요소들 속에서도 언제나 희망은 존재한다. 이와 더불어 인류가 진정한 평화를 구축하려고 노력할 때 비로소 인류의 미래는 희망적임을 암시한다고 하겠다.

# 『화이트
노이즈』에
나타난
포스트모던
양상

## 1. 들어가며

현대 사회[1]는 이전과는 여러모로 달라졌다. 사회 현상이라는 측면에서 보거나, 인식론적인 면에서 본다면, 과거 모더니즘 시대와는 현저한 변

---

* 문학석사학위논문(1999년. 경성대학교 대학원)을 수정하여 실었음.

[1] 본 논문에서 현대 사회는 우리가 살고 있는 현시대를 지칭한다. modern이 근대 또는 현대로 번역되면서, contemporary는 '현시대' 또는 '동시대'로 변역되고 있지만, 본고에서는 문맥의 흐름상 '현대'라는 용어가 modern이 아닌 contemporary를 의미하고 있음을 이해하기 바란다. 더불어, '현대인' 역시 지금 현대사회를 살고 있는 사람들을 지칭한다.

화를 보이고 있다. 이러한 변화가 1960년을 전후로 각 분야에서 서서히 나타나기 시작하자, 찰스 젱크스(Charles Jencks)는 모더니즘 시대는 끝이 났다라고 주장하였다(14). 그 변화의 시점을 결정짓는데 있어서는 다소 차이가 있기도 하지만, 많은 학자들이 '모더니즘 시대가 끝이 났다'는 그의 주장에 동의를 하고 있는 것은 분명하다. 그리고 대다수의 학자들은 제 2차 세계대전 이후에 이러한 변화가 본격적으로 일어났다는데 의견을 모으고 있다.

따라서 본고에서는 제 2차 세계대전 이후의 사회 문화에 걸친 전반적인 변화를 가리켜 '포스트모더니즘'이라는 광범위한 용어로 정의하려 한다. 포스트모더니즘은 가장 좁은 의미로는 문학을 비롯한 예술분야를, 그리고 좀 더 넓은 의미로는 20세기 후반의 시대정신이나 정신 구조 또는 세계관과 관련된 매우 폭넓은 현상이라고 말할 수 있다.

이러한 포스트모더니즘에 대한 논의에 있어서 가장 중요한 역할을 했던 선구자 중의 한 사람으로 이합 핫산(Ihab Hassan)을 들 수 있다. 그는 포스트모더니즘과 포스트모던이라는 용어를 사용하는데 많은 노력을 기울인 인물로서, 이 용어들은 료타르(Jean-Francois Lyotard), 쟁크스, 그리고 다른 여러 학자들에 의해 계승되어져 다양한 학문 분야에서 널리 사용되게 되었다.[2]

---

[2] 이에 대한 이합 핫산의 글을 직접적으로 인용하자면 다음과 같다. "까다로운 학자들은 문제성 있는 신조어를 쓰지 않으려 했듯이, 한때 '포스트모던'이라는 용어의 사용을 피했었다. 그러나 지금에 와서는 이 용어가 영화, 연극, 무용음악, 미술, 건축분야, 역사기술은 물론이고, 새로운 과학 분야, 인공두뇌의 기술, 그리고 다양한 문화적 생활방식들의 어떤 경향을 나타내는 하나의 구호가 되고 있다. 사실, 포스트모더니즘은 대학 교수들을 위한 여름학회에서 국립 인문학 연구기금의 인정을 받았다. 게다가, 이 자리에서는 겨우 10여 년 전에 포스트모더니즘을 소비사회에 대한 또 다른 보잘 것 없는 잡동사니 용어로 치부해 버렸던 작고한 마르크스주의 비평가들의 논문에 대한 통렬한 비판도 있었다."(xi).

이합 핫산은 모더니즘과 포스트모더니즘을 비교함에 있어서, 모더니즘이 주로 형식주의적이며 위계질서적이라면 포스트모더니즘은 반형식주의적이며 무정부적이라고 주장하였다.

모더니즘과 포스트모더니즘과의 연관성에 대해서는 여러 가지 이견들이 있는데, 그 견해 차이는 '포스트'라는 용어가 탈모더니즘 또는 후기모더니즘 등으로 해석되는 데서 찾아볼 수 있다. 그러나 엄격한 의미에서 '포스트'라는 용어는 단지 모더니즘에서 벗어나는 '탈-'의 의미로만 쓰인 것도 아니고, 그렇다고 모더니즘을 계승하는 의미의 '후기-'의 의미만을 내포하고 있는 것도 아니다.[3]

이 문제에 관해 료따르는, "포스트모더니즘이란 용어는 아마도 아주 호의적이지 않은 용어인 듯하다. 포스트모던이란 용어는 하나의 역사적인 '시대구분'의 개념을 의미하기 때문이다. 그러나 '시대구분화'란 아직도 '고전주의적' 또는 '모던'이란 개념이 갖고 있을 뿐이며, '포스트모던'은 단순히 하나의 기분 내지는 마음의 상태이다"라고 주장하였다(정정호 xv).

이러한 사실에서도 알 수 있듯이, 포스트모더니즘과 모더니즘은 서로 복잡한 관계를 갖고 있다. 포스트모더니즘은 모더니즘의 토대 위에

---

3) 정정호 교수에 의하면, 레슬리 피들러(Leslie Fiedler), 위르겐 하버마스(Jurgen Habermas), 프레드릭 제임슨(Fredric Jameson), 리차드 로티(Richard Rorty) 등은 모더니즘과 포스트모더니즘을 하나의 단계적 현상으로 파악하고 있다. 이에 반해 영국의 마르크스주의자인 패리 앤더슨(Perry Anderson)은 '모던'과 '포스트모던'이 궁극적으로 구별될 수 없는 같은 용어라고 파악하였다. 그러나 이합 핫산, 말콤 브레드버리(Malcolm Bradbury), 에브람스(M. H. Abrams), 안드레아스 휘센(Andreas Huyssen)과 같은 학자들은 포스트모더니즘을 모더니즘의 지속인 동시에 단절의 현상으로 파악하는 다분히 절충적인 입장을 취하고 있다(정정호 xx).

서 생겨난 것이므로 단순히 이 둘을 서로 상반된 의미나 시대적 양상으로만 보기는 어려우며, 그렇다고 포스트모더니즘이 모더니즘의 발전된 형태로만 이해하기도 어려운데 이 둘은 많은 부분에 있어서 서로 대조를 이루고 있기 때문이다. 그러나 여기에서 좀 더 중요하게 인식해야 할 부분은 이 두 현상 사이에는 서로 대조적인 부분들이 많이 있으며 두 개념의 차이를 극명하게 보여준다는 점일 것이다.

모더니즘으로 대표되는 이전의 시대와는 다른 현대 사회의 전반적인 변화를 포스트모더니즘이라고 구분 짓고 있다면, 우리가 살고 있는 현 시대는 어떠한 특징을 갖고 있는 것일까? 그리고, 이러한 포스트모던 특징들은 동일한 시대적 상황 속에서 쓰인 문학 작품들 속에서 어떠한 형태들로 나타나고 있을까?

포스트모더니즘에 대한 개념 정의나 특징은 다양하고 복잡하다. 따라서 이러한 문화적 현상을 담은 소설들을 좀 더 잘 이해하기 위해서는, 이러한 소설들이 사회적 변화의 내용을 어떻게 묘사하고 이해하고 있는가에 초점을 맞추어 분석해야 할 것이다. 우리가 살고 있는 시대의 급속한 변화를 이해하려는 의지를 가진 채, 본 논문에서는 우리 시대의 대표적인 포스트모던 작가 중의 한사람으로 인정받고 있는 돈 드릴로의 소설 『화이트 노이즈』를 집중적으로 연구해 볼 것이다. 우선적으로 포스트모던 소설로서의 특징들을 살펴보고, 이러한 특징을 통해 그가 말하고 있는 포스트모던 시대의 특징은 무엇인지를 고찰해 봄으로써 급변하는 시대 속에서 조금이나마 방향을 잡는 데 도움을 얻고자 한다.

## 2. 포스트모던 시대의 특성

포스트모더니즘이 모더니즘에 계속 이어진 것인지, 아니면 이에 대한 반대 현상인지에 대한 연구와 논란이 여전히 계속되는 와중에서도, 포스트모더니즘에는 모더니즘과는 구별되는 몇 가지 분명한 특징들이 존재한다. 따라서 우선 이합 핫산의 연구를 기초로 하여, 본 논문에서 다루게 될 소설인 『화이트 노이즈』와 연관 지어, 포스트모더니즘의 특징 및 양상들을 간략하게 살펴보려 한다.

핫산은 포스트모더니즘의 특징을 크게 다음과 같이 요약하고 있다 (84-95). 첫 번째 특징으로 '불확정성'을 들 수 있는데, 이러한 특징을 나타내는 유사한 개념으로 애매 모호성, 불연속성, 다원론 등이 있다. 미국의 사회학자인 토드 지틀린(Tod Gitlin)도 뉴욕 타임즈 북 리뷰(*New York Times Book Review*)에서 포스트모더니즘의 출현을 다음과 같이 기술하고 있다.

> 양자이론, 미립자 물리학을 통한 하이젠버그의 '불확실성의 원리' 등을 알게 되었고 확실성과 지속에 대한 개념이 약화되었다. 이런 이유로, 불연속을 소중히 여기고 '측정할 수 없는 것에 대해 관대해지는 능력을 강화시키는' 포스트모더니즘이 생겨난 것이다(1).

'불확정성'이란 이전에는 확정적이고 의심할 여지가 없는 것으로 받아들여지던 것들이 이제는 더 이상 확신을 가져다주지 않는 것을 말한다. 포스트모더니즘 시대의 가장 중요한 특징 중 하나인 이러한 불확정성은 사람들로 하여금 이전의 이론이나 사상이나 철학 등 모든 분야들에 나타난 확정성이나 진리 등에 의심을 던지게 만들었다. 따라서 포스트모더니즘의 시대에 들어서면서 이전에는 거의 용납되거나 상상할 수 없었던 많은 다양한 시도와 견해들이 나타나고, 그 결과, 옳고 그른 것과 같은 구별이 모호해지면서, 이러한 사회 현상이 하나의 시대적 특징으로 자리 잡은 것이라 하겠다.

핫산 역시 이러한 불확정성을 이 시대의 가장 중요한 특징 중의 하나로 보고 있는데, 그는 다음과 같이 기술하고 있다:

> 불확정성: 과학적 사고에서처럼 문화적 사고 속에서도 불확정성은 분해하려는 의지(확산, 해체, 불연속성 등)와 그와 반대되는 통합적인 의지 사이의 공간을 채우고 있다. 그러나 문화적인 불확정성은 좀 더 교묘하게 통합 능력을 지닌 채 그 자신을 드러낸다. 즉, 선택, 다원주의, 파편, 우연, 상상력은 내가 보여 주고자 하는 그 애매모호한 양상들의 일부에 불과하다. (65)

현대에 이르러서는 과학 분야에서조차도 불확실성에 대해 거론하고 있다는 점에서, 이전의 많은 이론들 또한 한번쯤은 의심을 던져 보아야 하는 대상으로 바뀌었음을 알 수 있다. 이러한 현상은 서구의 모든 언술행위에서도 드러나는데, 문학을 이해하는 데 있어서 우리는 작가, 독자, 글쓰기, 책읽기, 책, 장르에 대해서 이전과는 명백히 다른 관점을 갖게 되었다.

울프강 아이슬(Wolfgang Iser)은 텍스트 내에 산재해 있는 '공백들'을 근거로 새로운 독서 이론을 수립하였고, 해롤드 블룸(Harold Bloom)은 '오독'의 필요성을 역설하였는데, 이것은 저자 중심이 아니라 독자 중심적인 텍스트에 대한 새로운 견해를 보여준다. 이러한 견해를 피력한 대표적인 인물로서 프랑스의 구조주의자로부터 후기 구조주의자로 변신한 롤랑 바르뜨(Roland Barthes)를 들 수 있다. 그는 문학작품의 목적이 독자를 텍스트의 소비자가 아니라 생산자로 변화시키는 것이라고 강조하면서, 독자 자신이 텍스트의 의미를 다시 쓰는 창조, 참여, 생산의 과정을 강조하여 새로운 문학에 대한 견해를 피력한다.

불확정성의 특징은 중심적 권위주의에서 탈중심화된 다원론적인 현상으로도 설명할 수 있다. 포스트모더니즘을 언급하면서 흔히들 현시대를 가리켜 '권위가 상실된' 시대라 일컫는다. 가정에서는 아버지의 권위가 상실되고, 사회에서는 이전 시대에는 존중을 받았던 사회 지도 계층들에 대한 신뢰가 붕괴되고 있는 것도 이러한 시대를 반영하는 한 예라 할 수 있겠다. 이전 시대에 비해 다수의 여성들이 직업을 가지고, 이처럼 달라진 사회적 분위기 속에서 이혼율조차 증가함으로써 결혼과 가족의 의미 역시 이전 시대와는 현저히 달라지고 있다. 가족에서 중심이 되었던 부모의 역할이 점차 모호해지고 부부의 역할 역시 변화하고 있다. 종전의 시대에서 하나의 구축점이 되었다고 볼 수 있는 아버지 권위는 점차 사라져 가고 가족 안에서도 중심이 없는 개개인만이 있을 뿐이다.

이러한 시대적인 양상과 관련해서, 료따르는 현대사회에서의 지배담론의 탈권위화와 그 붕괴를 주장하면서, 이러한 지배담론이 있던 자리에 소수 언술행위와 '사소한 이야기들'이 자리 잡고 있음을 역설한다. 쟈끄 데리다(Jacques Derrida), 미셸 푸코(Michel Foucault), 롤랑 바르뜨 등과 같은 포스트구조주의자들의 '해체이론'은 신의 죽음, 아버지의 죽음, 작가의 죽음을 선언하면서 권위에 대한 야유를 보내는데, 그들의 작업은 지배전위를 무너뜨리는 포스트모던적 상황을 잘 드러낸다고 하겠다.

포스트모더니즘의 두 번째 특징은 '이종혼합'이다. 풍자적, 조롱적인 모방, 우스꽝스러운 모방, 혼성모방을 포함한 장르의 돌연변이적 복사, 즉 장르 의식의 붕괴와 장르 혼합의 절충주의적 확산이다. 이러한 이종 혼합적 특성에 관한 대표적 논문으로 피들러의 "경계를 넘어서고 간극을 메우며"(Cross the Border-Close the gap)를 들 수 있을 것이다. 그는 이 논문에서 저급문학 혹은 대중문학과 고급문학 사이의 간극을 메우고, 이 둘 사이의 다리 역할을 한 선구적인 인물로 프랑스 태생의 소설가인 보리스 비앙(Boris Vian)을 소개하고 있다.

비앙은 미국의 정치에 정면으로 반대하는 입장에 서면서, 그것의 대중문화에 열중한 가공의 미국인이었다. 이 독특한 미국적 신화의 덕택으로 그는 고급문화와 저급문화 혹은 순수문학과 대중문학 사이의 간극을 완전히 메웠다고는 할 수 없을지라도 어쨌든 양다리를 걸치는 데는 성공했다고 볼 수 있다. 오늘에 이르러서야 비로소 비앙은 특히 파리의 젊은이들 중에서 독자다운 독자를 갖기 시작하였는데, 미국에서와 마찬가지로, 엘리트 문화와 대중문화의 간극을 메우는 일이 시대적인 선택이라기보다는 필수적인 것임을 보여주고 있다(Leslie 20-42).

포스트모더니즘 시대에서는 더 이상 고급이나 저급, 또는 순수문학 혹은 순수예술이나 대중예술의 뚜렷한 경계를 기대하기는 어렵다. 순수예술을 하는 정통 성악가와 대중가수가 함께 음반을 내는 경우를 이미 서구에서는 흔히 볼 수 있는데, 이러한 현상은 공산체제와 민주체제로 양분화되어 있던 이전의 모더니즘 시대가 끝나고 그 유물인 냉전체제라는 말이 구식으로 들리는 현시대에서는 당연한 것인지도 모른다.

포스트모더니즘의 세 번째 특징은 '후기자본주의'다. 이에 대한 중요한 논문으로 프레드릭 제임슨의 「포스트모더니즘: 후기 자본주의 문화 논리」(Postmodernism, or the Cultural Logic of Late Capitalism)를 들 수 있는 데, 이 논문에서 그는 포스트모더니즘을 에른스트 만델의 "후기자 본주의"에서 제시한 자본주의 발전 단계 중 최종 단계에 해당하는 후기 자본주의의 지배적인 문화 형식으로 규정하고 있다(Jameson, *Postmodernism* 1-54). 후기자본주의 단계란 자본주의 발전과정에서 시 장자본주의, 독점 혹은 제국주의 단계 이후에 등장한 다국적 자본주의 를 일컫는 것으로, 이 3단계가 문학사 또는 문화사에서는 사실주의, 모 더니즘, 포스트모더니즘으로 나타난다고 보고 있다(1-54). 포스트모더니 즘 시대의 자본주의를 일컬어 한마디로 다국적 자본주의라 할 수 있는 데, 녹색혁명에 의한 전자본주의적 제 3세계 농업의 파괴, 대중매체와 광고 산업의 발전 등이 그것이라 할 수 있다. 따라서 제임슨은 "이제 우 리는 우리의 시대를 제3의 (혹은 제4의) 기계시대라고 불러야 할지도 모른다"고 말하고 있는 것이다(36).

제임슨의 또 다른 논문인 「포스트모더니즘과 소비사회」(Postmode-rnism and Consumer Society)에서는 후기 자본주의를 다음과 같이 요 약하고 있다.

> 이미 언급한 바와 같이, 마르크스주의자들이든 아니든 간에 그 들은 제 2차 세계대전 이후에 어떤 새로운 사회가 생겨났다는 데 의견을 같이 하고 있다. (이러한 새로운 사회에 대해서는 여 러 가지로 표현되고 있는데, 예를 들면 후기자본주의 사회, 다국 적 자본주의, 소비사회, 대중매체 사회 등이다.) 새로운 형태의 소비풍조, 이미 예정되어 있던 유행의 뒤떨어짐, 보다 빠르게 변 화하는 패션과 스타일, 일반적으로 사회전반을 장악하고 있는 전대 비문의 광고와 텔레비전과 대중매체, 평준화에 따른 도시 와 시골 및 중심지와 지방 사이의 오래된 긴장감에 대한 대처, 그리고 고속전산망과 자동차 문화의 발전. 이러한 것들은 하이 모더니즘이 아직도 영향력을 미치고 있던 전쟁 이전의 사회가

빠른 속도로 붕괴했음을 보여주는 현상들에 속한다. (28)

제임슨이 열거하고 있는 후기자본주의 사회의 특성들은 이제 우리 현재사회에서는 지극히 당연한 것들로 받아들여지는 것들이다. 우리는 어느새 과학과 기술의 발전이 가져온 이러한 생활들에 익숙해져 있으며, 현시대의 자본주의는 대중매체나 광고, 그리고 소비주의에 흠뻑 젖어 있는 현대인들을 대상으로 전 세계적인 사업을 펼치고 있는 것이다. 이제 자본주의는 더 이상 '치외법권적'인 성격을 띨 수 없이 전 지구적인 규모로 일어나고 있다. 이것이 가능하기 위해서는 이러한 규모에 걸맞는 과학의 발전이 선행되어야 했기에, 전 지구를 대상으로 할 수 있는 전자매체의 발전과 광고 산업의 발전이 병행하고 있는 것이다. 따라서 이러한 기술의 발전이 포스트모더니즘의 또 다른 특징이 되고 있다.

포스트모더니즘의 네 번째 특징으로 '기술주의'를 들 수 있다. 일반적으로 기술주의라 하면, 과학의 발전과 연관된 기계의 발전을 떠올리게 된다. 그러나 기술주의에 대한 정의는 그렇게 단순한 것만은 아니다. 이 용어의 사용에 대해 레오 막스(Leo Marx)는, "1880년 이전에는 기술주의라는 용어가 거의 사용되지 않다가, 지금과 같은 의미에서 이 용어를 사용하게 된 것은 19세기 중반에 들면서 부터다"라고 주장하고 있다. 그에 따르면, 그 이전에는 '기계적 발견', '기계장치', '기계의 발전' 등과 같은 용어로 이러한 기계류의 발전에 대해 언급을 하였으며, 오늘날과 같은 의미로 기술주의를 사용하게 된 것은 제1차 세계대전 이후, 그리고 아마도 대공황 이후가 될 것이라고 밝히고 있다(17-18).

기술주의에 대한 개념을 좀 더 이해하기 위해서 존 스트리트(John Street)의 정의를 살펴보자.

기술주의란 어떤 특별한 목적을 제공하기 위해 이용되거나 디자인된 하드웨어의 한 부분으로 생각되어질 수 있다. 그것은 원자력 연구소나 자동차를 말한다. 여기에서 기술주의는 인간이 만들어낸 도구적인 가치를 갖고 있는 대상물들로 구성되어 있다는 것이 그 첫 번째 가정이다. 우리가 인간의 신체나 자연세계를 기술적인 복합체라고 말하는 반면에, 폐나 두뇌와 같은 것을 기술주의의 한 부분이라고 말하지는 않는다. 우리는 오히려 기술주의를 비유로서 이용한다. 두뇌는 컴퓨터처럼, 심장은 양수기처럼 작동한다고 생각한다……. 기술주의는 전통적인 개념에서와 같이 '하나의 기계'를 의미하는 것만은 아니다. 연필은 하나의 기술이며, 대지를 비옥하게 만들고 음식을 오래 지속시켜주기 위해 이용되는 화합물 역시 기술이다. 기술주의는 반드시 그 자체만으로 인공적일 필요는 없다. 그것은 스스로 생겨날 수도 있다. 어떤 것을 기술주의라 결정하는 것은 인간이 그것을 신중하고 의식적으로 사용할 때이다. (7-8)

이처럼 기술주의란 단순히 기계의 발전에 대한 용어, 또는 인간에 의해 만들어진 것만을 의미하는 것이 아님을 알 수 있다. 위에서 언급하고 있듯이, 기술주의는 어떤 특별한 목적을 위해 이용되거나 만들어진 것이라고 할 수 있는데, 이것은 반드시 인간에 의해 새로이 만들어진 것만을 의미하는 것이 아니라 원래부터 존재하거나 자연적으로 생성된 것일 수도 있다. 따라서 기술주의를 단순히 어떤 물질적인 대상물, 또는 전자공학적인 매체, 또는 화합물과 같은 것들로 단정지어 버려서는 안 된다.

이런 점에서, 존 스트리트는 다니엘 벨(Daniel Bell)이 내린 기술주의에 대한 개념 정의를 예로 들고 있는데, 그는 기술주의를 세 가지로 분류하고 있다. 즉, 병원이나 국제 무역 체계의 조직과 같은 것은 사회 기술주의로, 자동차나 숫자상으로 통제될 수 있는 기구와 같은 것은 기계 기술주의로, 그리고 직관적인 판단을 위해 숫자를 사용하는 것은 지적 기술주의라고 정의하였다(9-10). 기술주의에 내한 정의는 상당히 포괄적이라 할 수 있으나, 과학을 이용하여 사회에 적용할 수 있도록 만드는 것이므로, 과학의 발전과 더불어 사회의 변화에 발맞추어, 그 속에서 끊임없이 변모해 왔다. 기술주의라는 용어가 본격적으로 사용되어 온 19세기 중반이래로, 기술주의는 새로운 변화를 함께 겪고 있는 것인지도 모른다. 모더니즘에 입각한 사물을 보는 견해가 바뀌었듯이, 기술주의 역시 포스트모던 시대적 상황 하에서 사회, 문화 및 다양한 분야에서 폭넓은 변화를 가져다주었다.

이제껏 간략하게 살펴본 것 외에도, 포스트모더니즘의 특징들 중에는 대중주의, 보편내재성, 단편화, 탈정전화 등과 같은 여러 가지 특징들이 있으나, 다음에 다루게 될 포스트모던 소설과 관련된 특징만을 간략하게 논의하였다. 따라서 본 논문은 이러한 시대적 변화의 특성들을 이해하고, 나아가 포스트모더니즘이라는 시대적 상황과 특성을 잘 표현해 주고 있다고 여겨지는 드릴로의 『화이트 노이즈』를 중심으로 포스트모던 현상의 특징들에 대해 이해해보고자 한다.

요약하자면, 본 연구는 드릴로의 대표작 중 하나인 『화이트 노이즈』를 분석해 봄으로써, 드릴로가 이 소설을 집필할 당시인 1980년대의 미국사회의 모습을 파악하고, 이로써 포스트모더니즘으로 불리는 현대 사회의 전반적인 특징들과 그 문제점들을 파악하려 한다. 『화이트 노이즈』를 통해, 포스트모더니즘의 특징으로 다루었던 4가지 내용들을 중심으로, 이러한 특징들이 실제 소설 속에서 어떻게 묘사되고 있는지를 알아보고, 그러한 포스트모던 양상으로 인하여 발생되는 다양한 문제점들에 대해서도 논의하고자 한다.


## 3. 『화이트 노이즈』에 나타난 포스트모던 양상

드릴로가 앤소니 드컬티스(Anthony DeCurtis)와의 인터뷰에서 밝혔듯이, 그의 소설 『화이트 노이즈』는 그가 이 소설을 집필할 당시인 1980년대 중반의 미국의 모습을 잘 드러내고 있다(57). 드릴로가 말하고 있듯이, 그는 그 당시 미국의 현실을 그대로 작품 속에 담고 있는데, 이것은 그가 당시의 미국의 실제 모습을 근거로 하여 소설을 썼음을 의미한다. 따라서 『화이트 노이즈』에 드러난 시대 양상을 살펴봄으로써 우리는 1980년대 중반의 보편적인 미국 문화와 포스트모더니즘의 주요 양상들을 제대로 파악할 수 있을 것으로 기대된다.

『화이트 노이즈』는, 제임슨이 포스트모더니즘과 자본주의, 그리고 소비주의에 대한 일련의 논문인 "포스트모더니즘-후기자본주의 문화 논리"와 "포스트모더니즘과 소비사회"를 발표했을 시기인 1984년에 집필되었다. 따라서 드릴로는 이러한 1980년대의 미국의 일반적인 생활을 토대로 하여, '제임슨의 논문이 학문적 분야에서는 어떻게 진행되고 있는가'라는 질문에 근거하여 마치 그 시대의 특성을 파악한 듯이 보일 정도로 포스트모던 시대적 상황을 묘사하고 있다(서영철 『영미어문학』 15-37).

제임슨이 후기자본주의라는 용어로 표현한 서구 자본주의 사회에서 그 중심지에서만이 아니라 변방에서도 일어나고 있었던 이러한 새로운 변화에 대해 사회나 개인들이 어떻게 이해하고 적응해가고 있는가 하는 문제 역시 전 세계적인 과제였을 것이다. 이미 살펴보았던 포스트모던 사회현상들과 더불어 이 소설을 살펴봄으로써, 현대 사회를 대표한다고 할 수 있는 20세기의 미국 사회의 현실과 그것이 안고 있는 문제점들에 대해 포스트모던적 시각을 통해 이해할 수 있기를 기대해 본다.

### (1) 가족관계의 해체

지난 100여 년 동안, 미국에서의 이혼율은 하나의 사회적인 문제가 될 정도로 급속도로 증가되어왔다. 1985년 『화이트 노이즈』가 출판될 당시는 이러한 이혼율의 상승도가 그 중간 지점에 도달해 있을 때였다. 그러나 70년대 중반에 접어들면서, 이미 미국의 많은 작가들은 '미국 가정의 붕괴'를 경고하였고 가족의 해체를 예상하였다 "이러한 가족 간의 결속에 있어서의 붕괴는 미국의 가장 심각한 문제 중의 하나임에 틀림이 없다". "그러나 아무도 그것에 대해 무언가를 시도하려 들지 않는다. 이러한 시대적인 조류는 어쩔 수 없는 것으로 보인다(119)"라고 앨런 블룸(Allen Bloom)은 자신의 논문 「미국 정신의 종말」("The Closing of the American Mind")에서 밝히고 있다.

블룸의 주장처럼 현대의 미국 가정은 해체 위기를 맞고 있다. 가정의 위기는 자녀들로 하여금 불안정을 초래하고 이것은 청소년 범죄나 마약과 같은 또 다른 심각한 사회 문제를 동반한다. 그러나 이러한 문제를 해결하기 위한 정확한 해답은 찾지 못하고 있는 것 또한 미국의 현실인 듯하다. 그러나 이혼율의 증가와 그와 관련된 가족의 붕괴는 비단 미국에만 한정된 것이 아니다. 이전과는 달라진 가족 형태와 관련되어 생기는 다양한 사회적 현상은 하나의 시대적 흐름으로서, 이제 단순히 서구 사회에만 국한된 것이 아니라, 현시대의 전 세계적인 현상이라 할 수 있을 것이다.

붕괴된 가정이 가져온 현시대적 상황과 관련해서, 드릴로는 그의 소설 『화이트 노이즈』에서, 주인공이며 작중 화자인 잭 글레드니(Jack Gladney)와 그의 현재 부인인 바베뜨(Babette)와 함께 살고 있는 자녀들의 혈통과 관련지어서 이러한 현시대의 미국 가족의 모습을 보여주고 있다.

> 바베뜨와 나, 그리고 이전의 결혼생활에서 태어난 우리의 아이들은, 한때는 깊은 골짜기와 함께 숲이 우거져 있었던 한 조용한 거리의 끝에서 살고 있다. (4)[4]

잭은 그의 아이들에 대해 이전의 결혼에서 태어난 아이들임을 밝히고 있다. 나중에 다시 그의 가족에 대한 계보를 간략히 살펴보겠지만, 그와 그의 현재 아내인 바베뜨는 각자 이전의 결혼에서 태어난 자신의 아이들을 데리고 현재의 결혼 생활을 이어가고 있다. 그리고 이러한 가족구성을 가진 그들의 가정에 대해 이상한 눈길을 보내는 주변인물은 아무도 없으며, 작가 또한 이 가정에 어떤 특별함을 부여하고 있지도 않다. 무엇보다도 우리는 주인공인 잭과 바베뜨가 이러한 문제를 놓고 심각하게 고민을 하거나 갈등을 겪는 부분을 전혀 찾아 볼 수가 없다. 이러한 관대함은 미국사회에서는 이미 이 같은 가정을 쉽게 접할 수 있고, 또한 그들 스스로도 이러한 현상에 대해 전혀 문제를 제기하고 있지 않다는 데서 비롯된다. 따라서 이전의 사회에서는 특별하거나 비정

---

4) 『화이트 노이즈』의 인용문 페이지는 본문에 팔호 속에 바로 표기하겠음.

상적으로 여겨졌던 이러한 가정의 모습이 지금의 시대에 이르러서는 더이상 비정상이라는 단어로 구분되지 않는다는 것을 의미한다.

> 뮤레이는 다른 여인의 쇼핑 카트에서 와일드를 찾아냈다. 그 여인은 바베뜨에게 손짓을 하고는 우리를 향해 걸어왔다. 그녀는 십대인 딸과 천 덕이라는 이름의 아시아계 아기와 함께 우리가 살고 있는 그 거리에 살고 있었다. 모두들 그 아기를 부를 때면, 거의 자신의 소유나 되는 듯이 자랑스런 어조로 그 아기의 이름을 불렀지만, 정작 전이 누구의 아기인지 그리고 어디 출생인지를 아는 사람은 아무도 없었다. (39)

이웃에 사는 여인이 입양한 아시아계 아이에 대한 이웃들의 강한 호감을 보여주는 대목이지만, 그렇다고 그녀를 쳐다보는 이웃에게서 관심 이상의 눈길은 느낄 수 없다. 경계와 구분이라는 개념 자체가 불분명해진 포스트모던 시대에서는 이전 결혼에서 얻게 된 자식들뿐만 아니라, 전혀 혈연적 관계가 없는 아시아계 입양아조차도 전혀 스스럼없이 가족 구성원으로 인정받는다. 이로써 가족이라는 개념 속에 강하게 자리 잡고 있었던 혈연적 연관성이라는 가치가 지금의 시대에서는 절대적 의미를 주고 있지 않다는 것을 보여준다.

잭과 바베뜨가 스테피(Stephie)와 함께 스테피의 생모에 대한 이야기를 나누는 장면에서도 이처럼 달라진 가족관계에 대한 그들의 인식을 느낄 수 있다. 가족에 관한 모던적 가치관을 갖고 있는 사람들에게는 오히려 어색하고 당황스러울 정도로, 그들은 자신들 가족이 갖고 있는 조금은 평범하지 않을 수 있는 상황을 아주 자연스럽게 인정하고 받아들이고 있다.

"우리 엄마는 몇 살이에요?"

"아직 젊지. 우리가 처음 결혼 했을 때 네 엄마는 겨우 스무 살 이었거든."

"바바보다 더 젊어요?"

"거의 같을 거야. 그러니 내가 더 젊은 여자들만 계속 찾아다니는 그런 남자들 중의 하나로 생각하지는 않겠지." . . .

"엄마는 여전히 CIA에서 일하나요?"라고 스테피가 물었다.

"정확하게 그녀의 직업이 뭐예요?"라고 바베뜨가 말했다……

"내가 그녀를 만나본 적이 있나요?"라고 바베뜨가 물었다.

"아니."

"내가 그녀의 이름을 아나요?" "다나 브리드러브."

스테피는 자신의 입술로 내가 말한 이름을 흉내 내고 있었다.

(47-48)

바베뜨의 전 남편이자 드니스의 아버지이기도 한 밥 파르디(Bob Pardee)의 출현에서도 유사한 느낌을 받을 수 있는데, 이러한 장면은 이제 현시대의 서구 영화들과 현실에서 종종 볼 수 있는 장면이기 되었다. 현재의 자기 부인이 옛 남편을 찾아가 자연스레 대화를 나누고 돌아온다거나, 전남편이나 전처가 현재 함께 살고 있는 부부를 찾아와 의논을 주고받는 것과 같은 장면은 서구가 아닌 한국의 현실에서도 이전의 시대처럼 완전히 어색한 장면은 아니다. '가족 해체' 또는 '가족 붕괴'라는 표현으로 인식되던 것이 이제는 '새로운 형태로 결합한' 가족의 개념으로 인식되고 있다.

내가 집으로 돌아왔을 때, 밥 파르디는 부엌에서 골프 연습을 하고 있었다. 밥은 드니스(Denise)의 아버지이다. 그는 글라스보로(Glassboro)에 발표를 하러 가는 길에 우리 모두와 저녁식사라도 할까 해서 들렀다고 말했다. 그는 골프채를 쥔 두 손을 부드럽게 왼쪽 어깨 쪽으로 휘저었다. 드니스는 창가에 있는 길상에 앉아서 그를 응시하고 있었다. (56)

부인의 전남편이 갑작스럽게 출현한 데 대해서 잭을 비롯한 가족 누구도 당황해 하거나 어색해 하지 않는다. 새로운 가정을 갖고 있는 전처의 집에 자연스레 들러서 골프연습을 하고 있는 밥 파르디와, 그를 아무렇지도 않게 받아들이는 잭의 모습은 현시대에서 변해가고 있는 가정이라는 개념의 일면을 보여준다고 하겠다. 밥 파르디와 드니스의 태도에서도 혈육이 갖는 강한 유착 같은 것은 느껴지지 않는다. 그러나 친부를 응시하는 드니스의 시선에서는 낯선 이에 대한 호기심과 더불어 어른과는 다른 남아있는 순수한 질문이 느껴지는 것 또한 사실이다. 과거에 존재했었던 혈육의 중요성은 더 이상 중요한 의미를 갖고 있지 않지만 아이들에게서도 완전히 그러하다고 할 수는 없는 부분이다. 이 부분에 대해서는 다음에 다시 논의하고자 한다.

따라서 『화이트 노이즈』의 글레드니 가족의 모습은 모던 시대에 강하게 자리 잡고 있던 기독교적인 가족 가치관이 느슨해지고 더불어 책임감이나 도덕성과 같은 이전 시대의 절대적인 가치관이 흔들리면서 생겨난 2차 대전 이후 가족 개념에서의 웃을 수만은 없는 변화를 다소 익살스럽고 가벼운 문체로써 묘사하고 있다고 하겠다. 『화이트 노이즈』에서 돈 드릴로는 결혼과 혈육관계에서 오는 결속에 그다지 중요성을 두고 있지 않다. 주인공 잭이 그의 네 번째 아내인 바베뜨를 어떻게 만나게 되었는지에 대해 상세하게 보여주고 있는데, 두 사람의 결혼 그 자체가 아니라, 잭의 네 차례에 걸친 결혼에 따른 결과와 그들이 현재 부부생활과 가족생활을 어떻게 이끌어 가고 있는가를 보여준다.

나의 첫 번째와 네 번째 결혼은 다나 브리드러브와의 결혼이었
는데, 그녀가 스테피의 생모이다. 우리의 첫 번째 결혼생활이 좋
았기 때문에 서로가 다시 자유로와졌을 때 한 번 더 결혼을 하
게 되었다. 결혼 후 쟈넷 세이보리(Janet Savory)와 트위디 브라
우너와(Tweedy Browner)와의 멜랑콜리한 그 일이 있은 후에,
모든 것이 무너져 버렸다. 그러나 이러한 일들이 바바도스
(Barbados)에서 스테파니 로즈를 임신하기 전은 아니다. 다나는
바바도스에 머무르고 있었다. 다나는 그곳에서 그곳의 관리를
매수하게끔 되었다. (213)

바베뜨는 잭의 네 번째 부인이다. 이 부부의 결혼생활은 미국 사회
에서 부부나 가족 간의 결속력이 얼마나 약화되었는가를 보여준다. 그
들의 자녀들은 대부분이 이전의 결혼에서 태어난 아이들이다. 각자 따
로따로인 가족에게 있어 그들을 하나로 묶어줄 수 있는 하나의 중심점
이 더 이상 혈연이 될 수도, 아버지나 어머니가 될 수도 없다. 이 가족
은 가족이라는 이름 이외에는 어떤 중심점도 없어 보인다.

이들 부부는 네 명의 아이들과 살고 있는데, 그들 중 둘은 잭이 데
리고 온 아이들이고 또 둘은 바베뜨가 데리고 온 아이들이다. 이들의
혈통관계 역시 다소 복잡한데, 간단히 그 계보를 살펴보면 이러하다. 하
인리히(Heinrich)는 14세이며 잭과 쟈넷 세이보리(Janet Savory)와의 결
혼에서 태어난 아이이며, 생모와 함께 살고 있는 누이가 한 명 있다. 드
니스는 11세이며 바베뜨와 밥 파르디와의 결혼에서 태어난 아이이다.

스테피는 드니스보다 두 살 어리며 잭과 다나 브리드러브와의 결혼
에서 태어난 아이다. 와일더(Wilder)는 2세이며 오스트레일리아 오지에
서 만난 무명의 탐험가와 바베뜨 사이에서 난 아이로, 친아버지와 살고

있는 형이 한 명 있다. 이외에도 잭은 세 번째 부인인 트위디 브라우너 (Tweedy Browner)와의 사이에 비(Bee)라는 딸이 하나 더 있다. 이러한 복잡한 가족구성은 '다양성', '불확정성', '비경계성'과 같은 개념으로 특징지을 수 있는 포스트모던 사회의 특성을 가족이라는 작은 세계 안에서 잘 드러내 보이고 있다고 할 수 있겠다.

드니스의 친부에 대한 응시에서 잠시 언급한 것처럼, 부모들은 복잡한 가족 계보에서 오는 문제를 더 이상 심각하게 인식하지 않으려 하거나 무시하고 있다 하더라도, 아이들의 경우에서는 어른들과 다를 수 있다. 아이들 역시 이처럼 복잡한 가족구조를 주변에서 흔하게 볼 수 있고, 또 이러한 현상을 외형적으로는 심각하게 생각하지 않는다 하더라도, 그 속에서 발생하는 묘한 갈등 같은 것을 완전히 무시할 수는 없다.

> "드니스에게 미안하다고 말했니?"
> "나중에요, 다시 한 번 말해주세요."라고 스테피가 말했다.
> "그 애는 좋은 아이야. 그리고 너만 좋다고 하면 너의 언니이자 친구가 되고 싶어 해."
> "나는 친구에 대해서 몰라요. 그 애는 작은 암송아지 같아요. 그렇게 생각하지 않으세요?" (36)

스테피와 잭의 대화를 통해 드니스와 스테피가 서로 어떤 갈등을 겪고 있음을 알 수 있다. 더불어 드니스와 스테피는 두 살의 나이 차이를 갖고 있음에도 불구하고 스테피가 드니스를 언니로 인정하려 들지 않음을 알 수 있다. 아이들의 이러한 갈등은 어쩌면 당연한 것인지도 모른다. 어른들의 경우에서는, 그들이 이러한 모든 상황을 고려한 후 자신들의 결정에 의해 한 가족으로 살고 있지만, 아이들의 경우에서는 이와는 다르다. 아이들은 부모들과 어른들의 결정에 의해 본의와는 상관없이 가족으로 묶인 채 적응할 것을 강요받은 것과 다름없다.

이제 겨우 아홉 살인 스테피의 경우, 친엄마가 아닌 사람의 자녀가 자신의 형제자매가 될 수 있음을 받아들이기를 기대하는 것은 다소 무리한 요구일 수도 있다. 따라서 현대 사회에 접어 들면서 이러한 복잡한 구성의 가족관계가 차츰 익숙한 현상이 되고, 당연한 하나의 사회적인 현상으로 여겨진다 할지라도, 이러한 변화가 그 자녀들에게까지도 아무런 갈등을 주지 않을 것이라는 것은 기성세대들의 안일한 기대일 수 있다. 따라서 현대사회에서 가정의 해체는 우리 시대가 갖고 있는 또 하나의 중요한 문제이며 해답을 찾아 나가야 할 과제임에 틀림이 없다. 글레드니 가족에서처럼 붕괴된 가정 안에서 더욱 두드러져 보이는 부모와 자식 간의 간격은 자식들이 부모의 권위를 거부하는 것과 같은 현상으로 나타나게 된다.

가족관계의 해체와 갈등에 관한 문제는 '주체의 죽음'이라는 개념과 결부된다. 이것은 개성의 상실로도 이해될 수 있다. 우리는 어떤 인물의 지문을 보고 그 사람 전체를 알아낼 수 있듯이, 모더니즘 시대에서 우리는 작가의 개인적 스타일이나 의도를 알 수 있었다. 그러나 현시대는 이와 다르다. 현시대에 이르러 오히려 개인의 정체성은 애매모호한 것이 되어 버렸고 주체가 누구인지를 알 수가 없다. 현시대, 즉 법인조직의 자본주의시대이자 소위 말하는 조직화된 인간의 시대이자 인구 폭발의 시대인 오늘 날에는 이전의 부르주아적 개인의 주체란 더 이상 존재하지 않는다(Jameson, *Consumer Society* 17). 이런 이유로 이합 핫산은 포스트모더니즘의 특징 중 하나로 자아의 상실을 들고 있다.

자아의 상실, 깊이의 상실: 포스트모더니즘은 자기소멸을 가장하면서 전통적인 자아를 무효화한다. 즉 안/밖이 없는 위장된 균일성, 혹은 자기소멸의 반대행위인 자기 배가행위, 자아반추를 가장하기도 한다. 비평가들은 근대문학에서의 "자아상실"에 주목을 했다……. 자아는 언어놀이나 혹은 실제 현실이 여러 가지로 생겨나게 되는 차이점 속에서 자아를 상실하고, 죽음이 자신의 놀이에 내재되어 있다 해도 자아는 자신의 부재를 구현한다. 자아는 해석을 거부하고 회피하면서 깊이 없는 표현양식으로 자신을 발산한다. (Hassan 169)

주체의 죽음은 포스트모던 소설에서 나타나는 작가의 죽음과 연관해서 설명할 수 있는데, 작가는 자신의 소설 속에서 더 이상 절대권한을 가진 주인일 수 없으며 이제껏 누려왔던 작가로서의 권위나 특권과 같은 것을 주장할 수 없다. 이제 작가와 독자의 관계는 주고받는 관계가 아니라, 그 경계가 모호해지면서 오히려 독자가 그 소설의 생산자가 될 수도 있는 위치로 탈바꿈되기도 한다.

이러한 특징은 앞에서 살펴본 것처럼, 포스트모던 소설 속에서 가족관계의 해체라는 주제로도 드러나게 되는데, 이것은 포스트모더니즘의 특징 중의 하나인 중심적 권위의 상실과 관련이 있다. 이전 시대에서 핵이 되고 주축이 되던 부모나 가장으로서의 역할에 위기가 오고, 이로 인해 그 자녀들의 역할이 위협을 받게 되며 이혼으로 인한 가족 해체도 증가하고 있다. 따라서 작가와 독자와의 관계가 불분명해지고, 사회 전반에 있어서 그 역할의 경계가 불분명해지면서, 가정에서도 이와 같은 특성이 나타나고 있다. 즉, 가족에서의 역할 불분명성, 부모나 가장의 권위의 상실, 그리고 자녀의 의무나 책임감의 소멸 등으로, 현시대에서는 이전 시대의 가족체계가 가지고 있던 권위, 결속력, 조화 등의 질서가 무너지고 있다.

'주체의 죽음'이 주는 의미는, '작가의 죽음'에서처럼 일반적인 포스트모던 소설의 관점을 넘어서, 이전의 시대에는 확고한 권위를 가지고 권한 행사와 같은 특권을 누렸던 주체들이 그 위치를 상실하게 되었음을 말한다. 모던 시대에서 작가와 독자 사이에 분명하게 그어져 있던 선이 이제는 애매모호해졌듯이, 이전의 가부장적이고 상하적 가족관계는 차츰 힘을 잃고, 이로써 부모의 권위나 자녀에 대한 부모로서의 권한, 또는 부모에 대한 자녀의 봉양이나 효에 대한 의무 역시 사라져 가고 있는 것이 현실이라 할 수 있다. 현대 사회의 가정의 붕괴에 있어서의 주요 요소들로, 성의 혁명과 여성운동, 그리고 부모의 권위의 추락을 말할 수 있다. 이와 같은 현상은 여성의 사회생활, 남편의 실직, 자녀들의 독립, 그리고 무엇보다도 가치관의 변화와 밀접한 관계가 있다 (Lasch iv).

> "바바가 뭘 복용하는데?"
> "저한테 물어보지 마시고 드니스에게 물어보세요."
> "바바가 뭔가를 복용하고 있다는 것은 어떻게 알았니?"
> "드니스에게 물어보세요."
> "왜 드니스에게 물어야 하지?" "바바에게 물어 보세요." (37)

잭과 스테피의 대화를 통해 우리는 현시대에서의 부모 특히 아버지의 권위가 얼마나 추락하고 있는지를 여실히 확인할 수 있는데, 이것은 이 가족만의 문제이거나 현상이 아니라 우리가 살고 있는 시대가 아버지의 절대적 권위가 살아있던 이전의 모던시대와는 달라졌음을 보여주는 특징으로 파악할 수 있다.

잭의 질문에 대한 스테피의 응답에서 그러하다. "드니스에게 물어보세요."라든지 "바바에게 물어보세요."라는 대답에서 우리는 스테피가 잭을 권위 있는 아버지로서 인정해주고 있다고 느낄 수 없다. 이제 어린 아이에게서도 아버지는 권위를 가진 존재가 되지 못하고 있을 뿐 아니라, 잭 스스로도 이러한 부모로서의 권위를 가져보려고 하지 않는다. 즉, 포스트모던 시대에서는 부모 역시 자신들의 권위가 더 이상 존재하기 어렵다는 것을 인식해간다. 더 이상의 상하관계를 고집하기에는 시대가 너무 변했음을 인정하는 것이라 하겠다.

> 나는 가운을 걸치고는 홀을 내려가서, 바베뜨가 내게 읽어줄, 독자들이 자신의 성적 경험을 묘사한 편지를 엮어서 만든 그러한 형태의 삼류 잡지책을 찾기 위해 하인리히의 방으로 갔다. 이것은 현대인들의 공상이 에로틱한 생활의 역사에 공헌을 해 온 몇 가지 것들 중의 하나인 것처럼 나에게 자극을 주었다. 그러한 편지들에는 두 배의 공상이 작용을 하고 있다. 즉, 사람들은 상상 속에서 그러한 경험들을 쓰고 그러한 편지들이 전국적으로 잡지에 실리는 것을 보게 된다. 과연 어느 쪽이 더 자극적일까? (30)

삼류잡지를 찾기 위해 아들의 방을 뒤지는 것에서 잭은 이미 부모로서의 체면을 염두에 두고 있지 않다. 그는 자신이 아들의 방에서 이러한 잡지책을 찾고 있다는 것에 대해서 심각하게 생각하지도 않으며, 그것을 부끄러워하지도 않는다. 이러한 행동 중에 그가 생각하는 유일한 것은 그저 잡지에 관한 것뿐이다. 하인리히는 자신의 방에서 일종의 포르노 잡지를 찾는데 실패한 아버지에게 "아래층에서 찾아보라고 말한다"(30). 이러한 권위의 상실은 바베뜨의 경우에 있어서도 마찬가지다. 바베뜨가 한 가정의 어머니로서 스스로의 권위를 주장하거나, 또는 권위를 유지해 보려는 모습을 전혀 찾아 볼 수가 없다.

잭과 바베뜨의 부모로서의 권위 상실은 그들의 비정상적인 가족 관계와도 밀접한 관계가 있다. 각자 다른 친 부모를 가진 자녀들은 그들을 하나로 이어줄 중심이 없음을 무의식 속에서 느낀다. 이로써 잭의 가족에서는 철저한 개인주의 또는 자기 중심주의적 분위기를 느낄 수 있는데, 이 또한 이들 가족의 구성을 고려해 보면 당연한 일인지도 모르겠다(Lasch 7) 지금까지 글레드니의 가족 관계를 통해 포스트모던시대의 가족의 해체라는 문제를 간략히 짚어보았다. 이로써 이혼율의 증가와 이에 따른 변화된 가족들이 겪고 있는 문제들에 대해서도 잠시 고민해 보았길 기대한다.


## (2) 종교에 대한 회의 및 윤리, 도덕관의 붕괴

드릴로는 이 소설에서 포스트모던 사회에서의 종교의 의미를 재조명해 봄으로써, 직접, 간접적으로 이와 관련하여 현대 사회에서 윤리 도덕관 역시 무너지고 있음을 보여주고 있다. 모더니즘 시대까지만 해도 종교란 그 시대 사람들의 생활과 가치관을 통제해 주고 지탱해 주는 일종의 축과 같은 존재였다고 할 수 있다. 그러나 이러한 종교는 더 이상 그 위치나 권위를 주장하거나 강요할 수 없는 존재로 추락하고 말았다 (Bauman, *Postmodernity* 178-9).

  이것은 종교에 대한 회의와도 연관이 있다. 위태롭기는 했지만 그래도 서구사회의 윤리를 버티는 버팀목 역할을 해왔다고 간주할 수 있었던 것이 기독교다. 그런 의미에서 종교에 대해 현대인들이 느끼고 있는 회의감은 더욱 이들을 우왕좌왕하게 만들고 있는 것이다. 이러한 종교에 대한 회의는 종교에 의지하고 있던 신자들에 의해서 생겨난 것일 수도 있지만, 어쩌면 그들 종교 자체에서부터 생겨난 것인지도 모른다.

'불확정성'으로 특징지었던 현시대의 양상이 이러한 종교에까지도 그 영향력을 미친 것으로 볼 수 있다.

진화론으로 시작되는 과학의 발전과 더불어 시작되었던 기독교에 대한 의구심은 '불확실성'으로 특징지어지는 포스트모던 사회에 이르러 또 다른 위기를 겪고 있다. 이제껏 믿어 왔던 종교적 교리나 진리에 대해 종교인들 스스로조차도 의문을 던지기 시작한 것이다. 또한 '이종혼합' 적인 포스트모더니즘 시대의 특징은 품위 있는 것과 상스러운 것, 윤리적인 것과 비윤리적인 것과 같은 것들을 모두 하나로 만들고 있으며, 이러한 불분명한 시대에서 '선과 악'과 같은 이분법적인 문제에 대한 판단 기준 자체가 애매모호해진 시대적 상황에 기인된다. 따라서 윤리나 도덕 같은 것은 더 이상의 확정적인 판단을 내려야 하는 논제거리가 되지 않는 것이다. 결국 서구 사회에서 개인이나 사회의 윤리를 이끌어 왔다고 볼 수 있었던 종교는 포스트모던시대로 접어들면서 더 이상 과거와 같은 독보적인 영향력을 갖지 못하는 상태가 되었다.

앞에서 언급한 것처럼, 모던 시대에서는 확정적이던 것도 포스트모던 시대에서는 더 이상 확실성을 주지 못하고 있다. 이것은 종교에 있어서도 예외일 수 없다. 즉, 종교에서 주장하는 교리들, 천국이나 질대적인 힘을 가진 신(God)의 존재, 그리고 기적과 같은 것이 더 이상 현대인들을 납득시킬 수 없는 것이다.[5] 현시대를 사는 사람들은 무조건적

---

[5]. Zygmunt Bauman, *Postmodernity and its Discontents*, 180.
인간은 영원히 불충분하다는 교리를 갖고 있는 '종교적인 조직'은 더 이상 있을 수 없다……. 종교를 대신하려는 사람은 누구라도 무엇보다도 먼저 '최고가 아닌 사람'이라는 개념을 모두 포기하고 모든 사람들에게 최고의 경험을 의무이자 현실적 전망으로 선언해야 한다. '너는 할 수 있어', '누구든지 그것을 할 수 있어', '네가 그것을 할 수 있을 지 없을 지는 완전 히 너에게 달려 있다'. '네가 어떤 일에 실패를 했다면 너 자신을 탓할 수밖에 없다'.

으로 믿고 따라왔던 많은 것들에 대해 의심을 갖기 시작했으며, 어쩌면 종교인들 스스로가 먼저 이러한 의구심을 갖기 시작한 것인지도 모른다는 것이 드릴로의 견해다.

> 나는 수녀에게 말했다, "오늘날에는 교회에서 천국에 대해서 어떻게 말을 합니까? 옛날처럼 여전히 저렇게 하늘에 있다고 말합니까?"
> 그녀는 돌아서서 그 그림을 쳐다보았다.
> "당신은 우리가 바보라고 생각하세요?"
> 나는 그녀의 대답에 놀랐다.
> "그렇다면 하느님과 천사와 구원 받은 이들의 아니라면, 교회가 말하는 천국은 무엇입니까?"
> "구원이라고요? 그게 무엇인가요? 여기에 천사에 대한 얘기를 하러 오는 사람이 있다니 정말 우스운 일이군요. 저에게 천사를 보여주세요. 부탁합니다. 저도 한번 보고 싶어요."
> "그래도 당신은 수녀잖아요. 수녀는 이러한 것들을 당연히 믿지 않습니까?" (317)

자선병원에서 잭과 어느 수녀의 대화 장면이다. 여기에서 수녀의 대답은 잭과 우리에게 일종의 충격을 안겨주고 있다. 일반적으로 수녀라면 당연히 갖고 있을 것이라고 생각하는 절대적 믿음이나 순종과 같은 것을 이 수녀에게서는 전혀 찾아 볼 수가 없다. 일반인들이 믿지 않는 종교적인 것조차도 이러한 종교인들은 믿어 의심치 않아야 하며, 그러한 믿음을 전하기 위해 이들이 존재해 온 것이기도 하다. 그러나 이 둘의 대화를 읽으면서 이러한 전통적인 기대는 완전히 무너져 버리고, 오히려 잭이 수녀에게 이들의 믿음에 대한 한 가닥 희망이라도 찾아보려고 발버둥치고 있음을 느낄 수 있다.

"나에게 천사를 보여주세요."라고 말하는 수녀의 태도에서 우리는 현대인들이 실험에 의한 과학적인 이론조차도 믿지 않는 것과 마찬가지로, 이 수녀 역시 실제로 확인되지 않는 존재인 천사에 대해 전혀 믿음을 갖고 있지 않다는 것을 알 수 있다. 그리고 이것은 단순히 천사만을 의미하는 것이 아니라 눈에 보이지 않고 과학적으로 증명되지 않는 것에 대한 불신으로 이어지며, 그것은 결국 '신'이라는 존재와 종교 전체로 확대될 수 있다. 드릴로는 이러한 수녀의 태도를 통해 포스트모던 시대의 또 다른 특징을 보여주고 있는 것이라 하겠다.

드릴로는 그의 소설에서 종교에 대한 불신을 거듭 드러내고 있다.

> "다른 사람들은 아무도 심각하게 생각하지 않는 것들을 믿는 것이 우리가 이 세상에서 해야 할 일이죠. 인간은 죽지 않는 한, 그러한 믿음을 완전히 포기할 수 없으니까요. 이것이 바로 우리가 존재하는 이유죠. 아주 소수만요. 낡아빠진 것들, 낡아빠진 믿음들을 구체화하기 위해서 말이에요. 악마, 천사, 천국, 지옥. 우리가 이런 것들을 믿는 척이라도 하지 않으면 세상은 무너지고 말거에요." . . .
> "당신은 천국을 믿지 않나요? 수녀잖소?"
> "당신이 믿지 않는데 나는 왜 믿어야 해요?"
> "당신이 믿는다면 나도 믿을 수 있어요."
> "설령 내가 믿는다 해도 당신이 꼭 믿어야 할 필요는 없어요."
>
> (318)

잭은 수녀가 천국의 존재를 믿어주기를 바란다. 그래서 그녀가 천국의 존재를 믿는다면, 자신도 믿을 수 있을 것이라고 말한다. 원래 이러한 역할은 오히려 수녀 쪽에서 해야 하는 것이겠지만, 여기서는 무언가가 뒤바뀐 듯한 인상을 주면서 이러한 제의를 오히려 수녀 쪽에서 거절

해 버린다. "설령 내가 믿는다 해도 당신이 꼭 믿어야할 이유는 없어요."라고 말하는 수녀의 태도에서, 더 이상 그들은 현대인들에게 이러한 믿음을 기대하지도 않고 있으며 또한 그러한 사실이 그들에게 별다른 의미를 주고 있지도 않다는 것을 느낄 수 있다. 종교인들 스스로의 이와 같은 종교에 대한 회의는 이 시대의 한 특징이 되고 있는 '불확정성'을 의식한 것이라 할 수 있는데, 그들은 더 이상 현대인들에게 종교에 대한 믿음을 무조건적으로 강요할 수도 기대할 수도 없다는 것을 인정하고 그러한 시대적 특징을 받아들이고 있는 것이라 하겠다. 이와 같이 모던 시대에 종교적 권위를 통한 절대적인 믿음이 이제 포스트모던 시대에는 회의와 다양화라는 양상을 띠고 있음을 보게 된다.

수녀의 말에서처럼, 현대인들도 종교인들만은 그들의 종교에 대한 믿음을 갖고 있을 것이라고 믿고 싶어 한다. 그리고 종교인들에 대한 이러한 믿음을 완전히 실망시키지 않기 위해 그들은 '가장된' 모습을 보여준다. 다시 말해, 그들이 아직도 자신들의 종교에 대한 확신을 버리고 있지 않은 것처럼 가장을 하는 것이다. 그렇게라도 하지 않으면, 세상은 완전히 붕괴되고 말 것이라는 수녀의 말에서와 같이, 비록 종교 스스로조차도 그 종교에 대한 회의를 갖고 있는 현시대이긴 하지만, 그래도 이러한 빈껍데기뿐인 종교나마 세상에 존재하는 까닭에 세상은 건재하고 있는 듯하다. 그리고 이것은 중심이 사라진 사회에서 그나마 이름뿐인 중심이 있기를 바라는 모던 시대의 사람들을 위한 것인지도 모른다.

> "당신은 내가 실제로 믿고 있는 것을 알고 싶은 건가요, 아니면 내가 믿는 척하는 것을 알고 싶은 건가요?"
> "그런 얘기는 듣고 싶지 않습니다. 정말 심하시군요."
> "하지만 사실인걸요."
> "당신은 수녀이지 않습니까. 수녀처럼 행동하세요."

"우리는 서약을 하지요. 청빈, 순결, 순종에 대한 서약을 말입니다. 엄숙한 서약이지요. 엄숙한 삶이고요. 당신들은 우리가 없으면 살아갈 수 없어요."

　　"당신들 중에는 당신처럼 믿음을 가장하는 게 아니라, 진정으로 믿고 있는 사람들이 분명히 있을 겁니다. 나는 그걸 알아요."
　　　　　　　　　　　　　　　　　　　　　　　　　　　　(320)

　　잭은 아직도 세상에는 가장된 신앙이 아닌 순수한 신앙을 가진 수녀들이 존재할 것이라고 믿는다. 이것은 잭 스스로가 아직도 종교에 대한 믿음을 갖고 있음을 의미하며, 동시에 현시대가 잃어가고 있는 윤리나 도덕관에 대한 불안을 이러한 종교에 대한 마지막 남은 믿음에 의지해 보려는 의도일 수도 있다. 그리 도덕적이지도 않고 또한 그러한 것을 염두에 두고 살지도 않는 인물로 그려지고 있는 잭 역시 현시대를 대표적하는 한 인물이라 할 수 있다. 그러나 이러한 그가 거의 이 소설의 마지막 부분에 가서 이러한 종교에 대한 신앙에 희망을 걸고 있는 것이다.

　　수녀의 종교에 대한 회의적 태도는 포스트모더니즘의 특징인 '이종혼합'과도 관련지어 생각해 볼 수 있다(Hassan, *Postmodern Turn* 170-171).27) 이전의 시대에서는 도저히 결합하기 어렵다고 생각했던 것들, 또는 그 경계가 너무 분명해서 서로 섞일 수 없다고 여겨왔던 것들이 포스트모던 시대에 와서는 이전의 모든 편견을 넘어서 자연스레 혼합되고 있다. 이전에 우리가 가져왔던 수녀에 대한 막연한 기대, 또는 수녀라면 당연히 떠올리게 되는 그러한 이미지가 그것과는 완전히 달라져버린 비종교적인 인물의 이미지와 서로 혼합되어 있음을 파악하게 된다. 이러한 이종혼합적인 특징이 잭을 혼란에 빠뜨린 것처럼 현대 사회는 모든 부분에 있어서 이종혼합 현상이 나타나고 있다.

수녀는 더 이상 수녀다움만을 보여주지 않는다. 수녀가 수녀다워야 한다는 기대마저도 이제는 무모하고 시대에 뒤떨어진 요구가 되고 있다. 소설 속에서처럼 이제 현대인들은 수녀도 한 인간임을 인정하고 그들에게 그 이상을 요구하지도 기대하지 말아야 하며, 수녀들 스스로도 더 이상 이전 시대에서 보여 주었던 수녀다움을 유지하려 노력하지 않는지도 모른다. 드릴로는 가장 순수하게 남아 있을 것이라고 기대되는 종교를 통해 포스트모던 시대의 또 다른 특성을 보여주고 있다.

종교에 대한 이전의 믿음이 무너짐으로써, 현대 사회는 종교가 지탱해 왔다고 볼 수 있는 사회 정의나 도덕, 윤리에 대한 중추적인 역할도 동시에 잃게 되었다고 볼 수 있다. 청교도적인 신앙이 현재와 같은 미국을 만들었고 또한 이들을 하나로 묶어 주었던 힘이었음에도 불구하고 (Schwartz 35), 미국의 교회들 역시 갈수록 일요일에도 자리가 비어 가는 것이 현실이며, 이 역시 모든 것에 대해 의문을 갖고 있는 현 시대의 한 특성이라 할 수 있다.

드릴로는 '이종혼합'이라는 포스트모더니즘의 특징을 잭의 상실된 도덕성에서도 보여주고 있다. 잭 글레드니는 지방의 작은 대학에서 히틀러(Hitler)를 전공으로 하는 교수다. 그러나 그는 일반적으로 교수라 하면 갖고 있을 것이라고 여겨지는 모습과는 다른 면들을 보여준다. 그 대표적인 예로, 히틀러를 연구하고 있고, 또 그 분야에서는 대가로 인정받고 있는 그가 정작 독일어조차 전혀 모른다는 사실을 들 수 있다.

> 독일어를 배우기 위한 나의 몸부림은 10월 중순부터 시작되어 거의 그 학년 전체 동안 계속되었다. 북아메리카에서 히틀러 연구에 있어서 가장 저명한 인물로서, 내가 독일어를 모른다는 사실을 나는 오랫동안 숨기려고 노력해 왔다. 나는 독일어를 말할 줄도 읽을 줄도 모르고, 구어를 이해 할 수도 없으며, 종이 위에

가장 간단한 문장 하나 조차도 쓸 수 없다.

　히틀러를 연구하는 동료들 중 독일어를 모르는 사람은 거의 없으며, 다른 사람들은 독일어를 아주 유창하게 하든지, 아니면 이에 정통한 사람들이었다. 최소한 1년 이상 독일어를 공부한 경험 없이 대학에서 히틀러 연구를 전공하는 사람은 아무도 없었다. 간단히 말해서, 나는 커다란 수치심을 가진채 살고 있었다. (31)


　잭 스스로도 자신을 부끄럽게 여기고 있다는 것은 자신의 이러한 모습이 모순적이라는 것을 인정하는 것이라 볼 수 있다. 교수라는 직업에도 불구하고, 자신의 분야에서 마땅히 가져야 할 지식을 가지고 있지 않은 채, 그러한 사실을 숨기려고만 하는 그의 모습에서 다분히 이종혼합적 특징을 찾을 수 있다. 이종혼합이라 하면, 이전의 시대에서는 분명히 그을 수 있었던 선과 악, 좋은 것과 나쁜 것, 신분이 높은 것과 낮은 것 사이의 개개의 특성은 잃지 않으면서 함께 혼재하는 것을 말한다 (Childers 221).6)29) 따라서 우리는 여기에서 교수가 자신의 권위나 도덕성 같은 것을 잃어버린 모습을 통해 이러한 이종혼합적 생활을 발견하게 된다.

　잭이 자신의 권위를 굳이 찾으려 들지 않는 것과 마찬가지로 그에게서 도덕이나 윤리와 같은 것은 그리 중요한 것이 아니다.

---

6) Joseph Childers and Gary Hentzi, Eds., *The Columbia Dictionary of Modern Literary and Cultural criticism (New York Columbia UP, 1995)* 221. 그러나 포스트모던 시대에서는, 이러한 이전의 아방가르드 운동이 전체로서 사회의 조건이 되었던 시점까지 사회생활은 분해되었다.

당신은 여기에서 히틀러에 관한한 굉장한 일을 해냈소. 당신은 그것을 창조해 냈고, 그것을 키워냈고, 그리고는 당신 것으로 만들었소. 당신을 거치지 않고는 이 나라에 있는 대학의 그 누구도 히틀러라는 단어를 언급할 수가 없소……. 그는 이제 당신의 히틀러요. 글레드니의 히틀러란 말이지요……. 대학도 당신의 히틀러 연구의 결과로 전 세계적으로 알려졌소……. 당신 은 이 인물과 관련된 완전한 체계를 발전시켰소……. 나는 그 모든 노력에 감탄하고 있습니다. 노련하고 빈틈없고 굉장히 앞서 있었어요. (11-12)

이 소설의 화자이자 주인공인 잭은 히틀러에 대한 연구로 유명해진 인물이다. 그는 위의 인용문에서도 알 수 있듯이, 히틀러를 새롭게 탄생시키고, 그를 엘비스 프레슬리와 같은 스타로 만들었다. 그는 히틀러라는 과거 역사 속에서는 거의 악마와 같았던 존재를 하나의 새로운 상품으로 만들어 놓은 것이다. 그리고 그의 히틀러 상품화 사업은 성공을 거두고 있다. 이러한 잭의 모습에서 우리는 후기자본주의가 낳은 소비 사회를 실감할 수 있는데, 그는 그나마 순수한 영역이라고 여겨지는 학문연구에 있어서 조차도 이러한 소비주의를 인식하고 그것을 자신의 출세나 이윤 획득을 위해 이용하고 있는 것이다(Cantor 47-8).30) 그리고 이것이 우리가 살고 있는 현시대의 특성이다. 더 이상 순수하다는 것의 경계가 모호해졌다. 무엇이든지 상품이 될 수도 있다. 경계가 사라졌다. 이러한 잭의 모습에 대해 캔터(Paul A. Cantor)는 다음과 같이 말한다.

잭이 히틀러를 독점한 것은, 어떤 영역의 확립이나 생산의 장려와 같은 것을 포함해서 자본주의 사회에서의 기업과 유사하다. 히틀러는 현대 사회를 동요시켜온 모든 비합리적이고 위험한 힘을 상징하는 존재로 여겨져 왔다. 그러나 글레드니에게 있어서 그는 성공을 가져다주는 확고한 기반을 제공해 주고 있다. 글레드니의 전 부인들 중 한명이 "히틀러는 어떤 인물인가요?"라고 물었을 때, 그는 "훌륭하고 확고하고 신뢰 할 만한 인물이야"(89)라고 대답한다. 한때는 제멋대로의 독재자였던 인물을 믿음직한 인물로 바꿀 수 있었던 것은, 자본주의 시장에서 그에 대한 이미지를 친밀하고 새로이 태어난 인물로 바꾸어 놓은 결과이다. (42)

캔터의 견해와 같이, 잭은 그의 상품인 히틀러라는 인물을 새롭게 포장하여 현대의 자본주의 시장에다 내놓음으로써 이 상품의 대중화에 성공한 것이다. 그는 메스미디어와 같은 현대 문명을 이용하여 히틀러를 역사 속의 악의 인물이 아니라, 우리와 똑같이 호흡을 하고 잠을 자고 취미활동을 하는 한 인간으로 재생산해 내었다.

히틀러는 지금까지만 해도 종종 '외로운 독재자', 혹은 '독재적인 악마의 화신'으로 대표되는 인물이었다. 이러한 까닭에서인지, 소설 속에서 히틀러를 다룬다는 것은 별로 흔치 않은 일이었지만, 드릴로는 이전의 사회에서의 주된 관념이나 가치판단이 포스트모던 사회에서는 어떻게 변하는 지를 잭의 히틀러에 대한 연구를 통해 보여주려 한다.

잭의 세계에 있어서 히틀러는, 아무런 열정도 불러일으키지 않는 단지 지적 교류와 자신을 성공시켜 줄 수 있는 또 하나의 주제일 뿐이다. 히틀러에 대해 그는 이렇게 말하고 있다: "그것은 선과 악의 문제가 아니야"(63). 포스트모던 사회에 있어서는 더 이상의 절대적인 선이나 악은 존재하지 않는다(Bauman, *Postmodern Ethics* 21).[7] 도덕성을 따지

---

[7] 우리의 시대는 도덕적인 모호성을 강하게 느끼는 시대이다. 이러한 시대 는 우리에게 이전에는 결코 누려 본 적이 없는 선택의 자유를 주었지만, 이와 더불어 이전에는 결코 고민해 본 적이 없는 불확정적인 상태로 우리를 던져 놓았다….

는 것 자체가 이미 구식의 일이 되어버렸다. 이제 선이냐 악이냐, 또는 옳은가 그른가와 같은 것은 더 이상의 관심을 불러일으키지 못한다. 자본주의 입장에서 본다면, 이것은 더 이상 이윤이 없는 사업인 것이다. 이러한 이유로 현대 사회에서는 도덕성이나 윤리와 같은 문제 자체가 전혀 추구의 대상이 되지 못하는 것이다.

『화이트 노이즈』에 있어서 히틀러는 현재까지 정상적으로 우리가 느껴왔던 그러한 도덕적인 분노는 물론이고 어떤 막연한 혐오감마저도 불러일으키지 않는다. 또한 드릴로는 그의 소설 속에서 히틀러를 20세기의 또 다른 스타였던 엘비스 프레슬리와 동일한 차원에 놓음으로써 히틀러에 대한 이전의 부정적 인상을 더욱더 코믹한 것으로 만들거나, 또는 그에 대해 어떤 도덕적 판단도 제시하지 않음으로써, 히틀러에 대한 비판적 견해를 갖는데 혼란을 주고 있다. 이로써 우리는 이전에는 악으로 여겨졌던 어떤 가치나 대상도 포스트모던 사회에서는 개인의 어떤 이익을 위해서는 다시 분해될 수도 있다는 것을 깨닫게 된다.

> "히틀러는 그의 어머니를 아주 존경했어요," 라고 내가 말했다…….
> "히틀러는 게으른 아이였어요. 그의 숙제 검사장은 온통 부족함으로 가득 차 있었어요. 그러나 클라라는 그를 사랑해주고 응석도 받아주고 그에게 신경을 써주었지요. 그러나 그의 아버지는 그러지 않았어요."

---

결국 우리는 어떠한 권위도 믿지 않으며, 아무것도 완전히 믿지는 않으며, 오랫동안 믿지도 않는다. 우리는 여태껏 과실이 없었 던 어떠한 주장에 대해서도 의심을 하지 않을 수 없게 되었다. 이것은 '포스트모던적인 도덕성의 위기'라고 표현되는 양상이 있어서 가장 정확하고 두드러진 특징이다.

"글레디스는 매일 엘비스를 학교까지 데려다 주고 또 데려오고
했어요……."
"히틀러는 곧잘 공상에 빠져 있었지요. 그는 피아노 교습을 받
았고 박물관과 별장 같은 것을 스케치했어요. 그는 집 주위에
곧잘 앉아 있었어요. 클라라는 이러한 일을 너그럽게 잘 참아
주었어요. 그는 그녀의 아이들 중에서 영아기를 살아남은 첫 아
이였으니까요. 그 아이 둘 중 셋은 죽었지요." (71)

잭의 친구이자 엘비스를 학문의 대상으로 삼고 있는 뮤레이(Murray)와
잭의 이러한 대화를 통해서, 우리는 어느 순간 히틀러가 악마와 같았던
잔인한 역사속의 인물로부터, 잭이 새로이 내놓은 히틀러라는 지극히
평범한 모습으로 탈바꿈하는 것을 목격한다. 이로써 히틀러는 더 이상
수많은 살인을 저지른 악마와 같은 존재가 아니라, 새로운 흥미를 불러
일으키는 존재로 재생산 된다. 이렇게 새로이 재창조된 히틀러의 모습
에서 그가 과거에 저지른 일에 대하여 도덕성을 물을 수는 없다.

잭의 히틀러 연구와 관련해서 포스트모던 사회에 나타나는 도덕성의
붕괴에 관하여 알 수 있다. 이외에도 잭은 여러 가지 면에서 윤리, 도덕
에 대한 불감증을 갖고 있는 현대인을 대표하는 상징인물로 묘사되는
데, 그와 유사한 또 다른 인물이 그의 현재 아내인 바베뜨이다.

바베뜨는 동시대를 사는 중산층의 여자로서 성(sex)의 문제에 직면
해 있다. 드릴로는 이 소설에서 바베뜨와 딜러(Dylar)라는 약물과 관련
지어서, 현대인들의 성에 대한 관심, 성생활이 차지하고 있는 위치, 그
리고 이들의 성에 대한 욕구충족 방법들을 드러내 보여주고 있다. 성은
과거나 현재를 막론하고 언제나 우리 인간들에게 있어서는 중요한 자리
를 차지해 왔다. 그러나 이전의 시대에서는 이러한 주제를 다루는 데
있어서 아주 조심스러웠고, 이러한 문제를 직접적으로 드러내는 것은

통속적으로 취급 받기 쉬웠다(Smart, *Postmodernity* 77).[8] 통속적인 것과 성스러운 것의 경계가 무너져 버린 이종혼합이 그 특징이 되어 버린 사회를 그리고 있는 이 소설에서, 우리는 그러한 성적인 행위 묘사나 성을 주제로 한 주인공들의 대화 장면 등을 쉽게 접할 수 있다.

> 나는 말했다, "몇 세기로 할 것인지 결정해요. 에트러스칸 노예 소녀에 대한 이야기가 읽고 싶어요, 아니면 조지 왕조시대의 난봉꾼에 대한 이야기가 읽고 싶어요? 매질하는 갈보 집에 대한 몇몇 이야기도 갖고 있는 것 같아요. 중세 시대는 어때요? 잠자는 여인을 덮치는 몽마 얘기나 잠자는 남자를 덮치는 마녀얘기도 있어요. 풍만한 수녀들 얘기도 있고요." (29)

잭과 그의 부인인 바베뜨가 어떤 성인 잡지를 읽을 것인가를 결정하기 위해 나누는 대화 장면이다. 현대 사회를 살고 있는 사람들은 이처럼 그들이 갖고 있는 성에 대한 관심을 노골적으로 표현하고 있다. 그리고 그들은 성생활에 대한 끊임없이 얘기를 나누고, 또 삼류소설이나 잡지책과 같은 것들을 통해, 그러한 성생활을 분석해 보기도 한다. 그렇게 함으로써 이들은 자신들의 성에 대한 욕구나 기대를 만족시키려 하고 있다. 잭의 사회적 위치가 대학 교수라는 점을 고려해 본다면, 성에 대한 그의 이러한 대화 장면은 독자들에게 웃음을 안겨주기도 한다.

이러한 장면은, 잭이 포르노 잡지를 구하기 위해, 그의 아들의 방을 뒤지는 장면과 더불어, 잭의 노골적인 성에 대한 관심을 통해서 그의 가장으로서의 권위나 교수로서의 권위와 같은 것은 전혀 찾아볼 수 없

---

[8]  현대 사회는 생산보다는 소비에 그 초점을 맞추고 있고, 억압보다는 욕구를 충족시키는 것이 사회를 통합하고 체제를 조절하는 데 있어서 핵심적이라고 보고 있다.

다. 그러나 그 이면에는, 교수라면 노골적인 성적 관심을 갖고 있지 않거나 표현해서는 안 된다는 고정관념이 잘못 되었음을 암시하기도 한다. 그렇다고 해서 이러한 태도가 도덕이나 윤리에 위배되는 것은 아니다. 다만 포스트모던 사회를 사는 사람들의 이러한 성에 대한 관심이나 집착이, 도덕성을 잃어가고 있는 이들에게 성적 윤리에 대한 불감증을 유발하는 요인이 되고 있는 것이 문제라 할 수 있다.

현대 사회의 일상생활에서 쉽게 나타나고 있는 성의 문제를 종교적인 성스러움과 관련지어 보면, 우리 사회의 급격한 변화를 느낄 수 있다. 일반인들의 성의 느슨함은 바로 종교인들이 갖고 있는 사라진 믿음과 같은 차원의 문제라고 할 수 있다.

여기에서 나아가 드릴로는 사람들이 성에 대한 강한 집착이나 성을 하나의 단순한 쾌락의 도구로 사용하고 있음을 단면적으로 보여주고 있다.

> "아내들은 먹을 수 있는 속옷을 입지요. 그들은 그게 무엇을 의미하는지, 즉 그 용도를 알지요. 반면에 창녀들은 어떤 날씨 속에서도 밤낮으로 거리에 서 있지요. 누구를 기다리고 있겠습니까? 여행객들? 사업가들? 끊임없이 육체를 탐하는 사람들? 뚜껑이 폭발해서 날아간 버린 것과 같은 것이지요. 일본인들이 성 가폴로 여행을 간다는 얘기를 제가 어디선가에서 읽었지 않겠어요? 비행기에 완전히 남자들로 가득차서 말이지요. 굉장한 사람들이지요." (246)

2차 대전이 끝나고 자유로운 인류 왕래 문화가 보편화됨으로써, 여행과 교류 등을 통하여 빈번한 인적 교류가 있어 왔다. 더구나 베트남 전쟁으로 인하여, 아시아에 주둔하게 된 미군들의 성적 요구와 맞물려 아시아는 성의 개방이라는 물결에 휩쓸리게 되었고, 또한 경제가 나아짐에 따라, 쾌락을 찾는 사람들은 차츰 더 성을 매개로 한 즐거움을 추구하게 되었다. 우리나라에서도 일본인들의 매춘 관광이 문제시되어 매스컴에서 크게 보도된 적이 있다. 이것은 비단 일본인들에게만 전용되는 현상이 아니라 우리나라나 서구 여러 나라에서도 마찬가지다.

성이라는 것이 부끄럽거나 굳이 숨겨야 하는 것이 아니라는 인식이 사회 전반에 퍼져 있고, 오히려 이러한 성을 소재로 한 상품화가 인기를 끌고 있는 것이 현실이다. 그러나 이러한 성에 대한 개방된 인식이, 성에 있어서 기본적으로 깔려 있어야 하는 성윤리를 붕괴시켜서는 안될 것이다. 매춘 산업이 점점 인기를 얻고 이윤을 얻기 위해서는 어떠한 것도 사업이 될 수 있는 후기 자본주의 사회에서, 이러한 사업은 점점 변태적으로 변해가고 있는 것 또한 현실이다. 결국 현대 사회에서는 정상적인 부부관계에서 오는 성이 아닌, 이처럼 사업을 통해 얻을 수 있는 성이 더 활개를 치고 있다. 이러한 사회적 분위기 속에서 아무런 양심의 가책이나 부끄럼도 없이, 성은 그 기본적인 윤리 도덕성마저도 잃어가고 있는 것이다.

바베뜨가 죽음에 대한 불안을 없애기 위해 복용하게 된 딜러라는 약물을 얻는 과정에서 알게 된 윌리 밍크(Willy Min)와의 잘못된 관계 역시 이러한 성윤리의 상실을 보여주는 한 예라 하겠다(Bauman, *Life in Fragments* 121)[9] 바베뜨는 윌리 밍크와의 성관계에 대해서 잭에게 어떤 양심적인 가책이나 죄책감을 내보이지 않고, 잭 역시 강한 질투심은

---

[9] 포스트모던 시대의 육체의 단련은 반대로, 혼자서는 과도하지만, 육체를 분리시키는 긴장감이 균형 있게 잘 조합되어 고딕식으로 이루어진다. 모던 시대에는 육체의 완전함을 추구했으나, 포스트모던 시대에는 고딕식 생활양식과 마찬가지로 육체에 대한 다른 추구를 하게 된다. 그 결과로 바베뜨에게서 볼 수 있듯이 성에 대한 불안이 오히려 균형을 잃게 되면서 성의 탐닉으로 빠져버리는 양상을 보여준다.

느끼지만 이러한 아내에게 사과를 요구하거나 강요하지 않는다. 어쩌면 우리시대는 이미 자신의 아내나 남편에게 이러한 순결을 요구할 수 있는 권리마저도 빼앗고 말았는지도 모르겠다. '반드시 그래야만 한다'에 대한 의구심과 도덕성에 대한 의문이 초래한 성윤리에서의 불분명한 경계 역시 우리시대의 또 다른 한 특징이 되고 있다.

이 소설에 있어서 도덕성 붕괴의 최고조는 잭이 윌리 밍크를 살해하려고 시도하는 장면일 것이다. 부인과 윌리 밍크와의 관계에 대한 질투로 인해 온갖 상상으로 괴로워하던 잭은 결국 그를 살해할 결심을 하고 그를 찾아간다. 그리고는 몇 번이나 계획을 수정해 가면서 결국 그를 향해 방아쇠를 당긴다. 그러나 그에게는 아직도 남아있는 양심이라는 것, 그의 내면에 깔려 있던 도덕성이라는 것이 고개를 들게 되고, 결국 그는 피를 흘리며 쓰러져 있는 윌리밍크를 병원으로 데려간다. 잭의 살의와 그 수행은 최고의 비도덕적 행위라 할 수 있지만, 결국 그가 양심을 되찾고 자신이 쏜 남자를 다시 살려내는 것은 남아있던 도덕성의 승리라고 할 수 있을 것이다.

드릴로가 암묵적으로 말하고 있듯이, 사람의 마음속에는 본능적으로 악이라고 하는 것이 자리를 잡고 있는 지도 모른다. 그리고 인간이 한 순간이라도 방심을 하면 그러한 악은 어느새 밖으로 나와 그 위력을 과시하게 된다.

> "당신도 한 인간이에요, 잭. 우리는 인간에 대해서 알고 있고 그리고 그들 속에는 광적인 분노가 있다는 것도 알아요. 이것이야말로 인간이 아주 잘 하는 것이지요. 광적이고 폭력적인 질투심. 살인적 분노. 사람들이 무언가에 적응을 하게 되었을 때, 이러한 것들을 할 기회를 엿보는 것은 아주 당연한 일이지요. 나 역시 그렇게 할 거에요. 그런 기회가 오지 않을 뿐이지요. 따라서 나

는 그러한 살인에 대한 광기를 갖는 대신에 장님들에게 책을 읽어주는 것이고요. 달리 말하자면 나는 나의 한계를 안다는 것이지요." (225)

바베뜨는 우리 인간들의 마음속에는 광적이고 살인적인 분노를 모두 갖고 있다고 말하고 있다. 그리고 그러한 광기는 어떠한 기회가 주어지면 당장에라도 폭발해 나온다고 한다. 이러한 그녀의 주장은 인간은 자신의 욕구대로 하려는 이드(Id)를 가지고 태어나며, 이러한 이드는 이를 저지하고 통제하는 에고(Ego)와 슈퍼에고(Super-Ego)에 의해 조절된다는 지그문트 프로이드(Sigmund Freud)의 이론과도 일치한다.[10]

이전의 시대에서는 이러한 에고와 슈퍼에고가 그 영향력을 많이 발휘했던 반면에, 여러가지 시대적인 가치관의 변화에 의해 검열이 약해진 틈을 타고서 현재에 이르러서는 오히려 이러한 에고와 슈퍼에고가 이드에 의해 지배당하고 있다고 볼 수 있다. 현대인들이 이전시대에 비해 훨씬 더 충동적이고 참을성도 없으며, 보다 더 폭력적인 것도 이러한 것과 관련 있다고 할 수 있겠다.

> 그날 밤 TV에서 베이크스빌에 있는 어떤 사람의 집 뒤뜰에서 시신 하나를 옮기고 있는 경찰들 모습을 보았다. 거기에서 두 명의 시신이 발견되었고 아마도 더 많은 시신이 발견될 것으로 여겨진다고 기자가 말했다. 굉장히 많을지도 모른다……. 경찰에서는 인부들이 아주 기술적으로 72시간 이상을 계속해서 작업을 해왔으며 확실한 정보를 갖고 있다고 말했다. 그러나 더 이상의 시체는 발견되지 않았다. 기대에 대한 실망감이 압도적이

---

10) Wilfred L. Guerin, *A Handbook of Critical Approaches to Literature* (Oxford: Oxford UP, 1992), 118-126.

었다. 슬픔과 공허감이 그 화면에 나타났다. 우울과 슬픔. 우리, 즉 나의 아들과 나는 그러한 것을 느끼면서 조용하게 그것을 지켜보고 있었다……. 기자는 처음에는 완전히 사과조의 표현을 하는 듯이 보였다. 그러나 많은 시신이 나오지 않은 것에 대해서 얘기를 해 나가면서, 점점 더 절망적으로 변해갔다……. 나는 실망감을 느끼지 않으려고 애썼다. (222-3)

살인사건에 대해 잭이 느끼는 호기심, 그리고 더 많은 피해자가 있을지도 모른다는 기자의 말에 대한 잭의 기대와 그에 미치지 못하는 결과에 대한 그의 실망감을 통해서, 드릴로는 현대인들의 내면심리를 조심스레 보여주고 있다. 이것은 바베뜨가 말한 본능 속에 잠재되어 있는 인간의 악의성과도 연관성이 있는데, 결국 인간은 타인의 불행에, 그리고 '선' 보다는 '악'에 의해 일어나는 일들에 더 흥미를 느끼고 있음을 보여준다. 잭은 더 많은 시체가 나올 것이라는 기자의 말에 은근히 기대를 하고 있었고, 그 결과를 보도하는 기자 역시 시청자들의 그러한 기대를 알기 때문에 '사과조'의 모습을 감출 수가 없다. 물론 이러한 기사는 사람들에게 슬픔과 경악을 가져다주기도 하고, 때로는 울분을 터뜨리게 만들기도 한다. 그러나 이러한 정확하지 못하면서도 흥미만을 쫓는 기사가 하루라도 없는 날이면 독자들은 실망감을 감추질 못하는 것 또한 사실이다. 우리는 이러한 비도덕적인 일들에 의해 위로를 받기도 하고 삶의 흥미를 느끼기도 한다.

어느 사이에 포스트모던 사회를 살아가는 우리는 이처럼 도덕이나 윤리와는 멀어진 생활들에 익숙해져 가고 있다. 이것은 우리의 내부에 언제나 잠재되어 있던 충동적인 본능이, 그것을 제압해줄 중심이나 기준이 사라져 버린 현대 사회에 와서 그 위력을 맘껏 펼침으로써 드러나는 결과일 지도 모른다. 이러한 인간의 충동적인 본능은 과거와 그 보다 더한 과거에도 언제나 존재해 왔었지만, 종교가 있고 사회적인 윤리가 있던 그 시대에는 그나마 검열과 억압에 의해 조절되고 통제되었던 것이다. 그리고 그러한 기준자체가 애매모호해지고 불확실해진 지금의 시대에서는 그동안 억압되어 있거나 감추어져 있던 것들도 무의식 밖으로 서서히 모습을 드러내고 있는 것이다.

하지만 현대인들의 중심을 잃은 도덕성에 대한 문제에 대해 드릴로는 한 가닥 희망을 남겨 놓고 있다. 살인이라는 최악의 상황에서 다시 양심을 되찾고 자신이 살해하려 했던 그 사람을 다시 살려내는 잭의 모습이 바로 그것이다.

> 나는 그를 쳐다보았다. 무릎을 완전히 피로 흠뻑 적신 채, 그는 살아있었다. 기분을 다시 정상적으로 가다듬고는, 나는 처음으로 그를 한 인간으로 쳐다보고 있음을 느꼈다. 오래된 인간의 혼란스러움과 변덕이 다시 고개를 쳐들었다. 동정심, 후회, 연민. 그러나 밍크를 돕기 전에 나는 몇 가지 기본적인 일들을 고쳐놓아야 했다……. (313)

인간은 살인과 같은 악에 대한 본능도 갖고 있는 반면에, 동정심이나 연민과 같은 선의 본능 또한 갖고 있다는 것을 드릴로는 잭의 모습에서 보여주고 있다. '선악'이라는 구분이나 경계 자체를 비웃는 것이 포스트모더니즘의 특징이고, 따라서 도덕성의 문제를 거론하는 것조차도 진부한 일로 여겨지는 포스트모던 사회지만, 아직도 우리 인간의 내면에는 변하지 않는 선함이 존재하고 있다. 그리고 이러한 잠재된 선한 마음마저 없다면, 우리가 사는 이 시대는 아무런 기준과 가치관도 없는 통제할 수 없는 무서운 세상이 되고 말 것이다.

앞에서 거론한 바 있는 종교에 대한 회의에 있어서, 남아 있을 진정한 종교에 대한 기대를 저버리지 않는 잭의 모습도 이러한 남아있는 도덕성과 관련이 있을 것이다. 비록 종교마저도 흔들리고 있는 현대 사회이지만, 그가 최악의 순간에서 자신의 깊숙한 곳에서 살아있던 양심에 의해 살인계획을 변경할 수 있었던 것처럼, 아직도 이 사회에는 진정으로 자신들의 종교를 신봉하며 살아가는 사람들이 존재할 것이라는 데 대한 그의 믿음 자체가 바로 이 사회에 대한 믿음이라 할 수 있다.

드릴로는 포스트모던 사회에서의 종교에 대한 회의와 윤리 도덕성의 붕괴를 심각한 문제로 거론하고 있으면서도, 아직은 그 근본적인 곳에 흐르고 있는 도덕적 종교적인 것에 대해 남아있는 믿음을 보여 주려하고 있다. 아무리 모든 가치가 흔들리고 있는 현대 사회라 해도 그 주춧돌이 되는 이러한 윤리 도덕성마저도 사라져 버린다면 이 사회는 어떻게 될 것인가? 마지막 순간에 다시 인간적인 모습으로 돌아온 잭처럼 가치관의 혼란 시대를 사는 사람들 역시 마지막 순간에는 인간의 선한 본성을 다시 찾아야 하지 않을까 라고 드릴로는 묻고 있다.


## (3) 소비주의

포스트모던 사회의 특징 중 하나를 후기자본주의 사회라고 앞에서 밝힌 바 있다. 전 세계가 하나의 거대한 생산과 소비망으로 발전함에 따라, 현대 사회는 엄청난 규모의 소비문화를 형성하기에 이르렀다. 소비문화란 현대 사회에 팽배되어 있는 소비 중심 생활 방식에 기초한다는 데 있다.

포스트모더니즘의 출현은 후기자본주의 하에서 출현한 새로운 현상으로, 2차 대전 이전의 시대가 갖고 있었던 도시와 시골, 또는 중심부와 지방간의 차이를 없애 주는 고속 전산망과 교통, 그리고 대중매체의 발달 등의 기술의 눈부신 발전에 힘을 얻어 전 세계가 동일한 시간대에 연계되었다. 이러한 기술을 통한 시간의 혁명은 전 세계를 동일 공간화하여 정치와 경제, 그리고 사회 모든 분야에 있어서 동시성과 동일 공간성을 갖게 하였다. 특히 소비자들은 세계 어느 곳에서도 동일한 광고를 보고 동일한 상품을 동시에 구입할 수 있게 되었다.

마이크 피터스톤(Mike Featherstone)은 소비주의 문화에 대해 그 견해를 세 가지로 언급하였다. 첫째는 소비주의 문화가 현대인들의 여가활동이나 구매활동과 같은 여러 가지 부분에서의 소비를 충족시키기 위해, 그 생산의 범위를 확대해야 한다는 것이다. 둘째는, 현대인들의 상품에 대한 만족도는 자신의 개성이나 다른 사람과의 차별성을 만족시킴으로써 얻어진다는 것이다. 그리고 세 번째로는 현대인들은 소비를 통해 자신의 꿈이나 욕망을 충족시킨다는 것이다(Featherstone 13)[11]

그의 견해를 통해서 보면, 현대인들의 소비주의는 단순히 필요한 물품을 소비하는 것에만 그치는 것이 아니라, 여가활동이나 오락활동, 그

---

[11]. 이 장에서는 소비문화에 대한 주요 견해를 세 가지로 밝히고 있다. 첫째는 소비주의 문화는 구매와 소비를 위한 장소 및 소비 상품의 형태에 대한 물질문화의 확대를 가져오도록 자본주의에 따른 소비품목에 대한 생산의 확대가 전제되어야 한다는 것이다……. 둘째로는 사회학적인 견해로서, 상품에 대한 만족도와 지위에 대한 우월성과 같은 것은 인플레이션 상황 하에서 드러나거나 함축하고 있는 차별성을 결정하는 영합게임(제로섬)에서 사회적으로 조직되어 있는 접근에 의존하고 있다……. 셋째로는 소비가 주는 즐거움에 관한 문제로서, 소비문화와 소비를 위한 특별한 장소로 인해 자신의 꿈이나 욕망이 환영을 받음으로 얻어지는 즐거움이라 할 수 있다.

리고 자신 이 품고 있었던 꿈이나 욕망을 충족시켜주고, 또한 자신의 개성이나 사회적 지위와 같은 것을 드러내 보여주는 다양한 특징을 지니고 있는 것이다. 이와 같이 소비주의가 포스트모더니즘 시대를 사는 동시대 사람들에게는 얼마나 중요한 비중을 차지하고 있는지를 알 수 있다. 현대 사회를 사는 사람들의 이러한 소비풍조와 그 생활방식에 대한 논문에서 페더스톤은 다음과 같이 밝히고 있다.

> 어떤 사람의 신체나, 의상, 말, 여가 이용, 식사나 음료에 있어서의 취향, 주택, 자동차, 휴가를 어떻게 보내는가 하는 것이 그 사람, 즉 그 소비자의 개인적 취향과 감각을 나타내는 지표로 여겨진다……. 대량 소비와 생산 기술에 있어서의 변화, 시장의 분할, 그리고 보다 넓은 범위에서의 수요가 일어나고 있는 현 시대는, 1960년대 후기 세대의 젊은 세대들만을 위한 것이 아니라, 30대나 그 이후의 노년층을 위해서도 보다 폭넓은 선택을 할 수 있도록 하고 있다. 이점에 있어서 스튜어트와 엘리자베스 에윈이 『욕망의 채널』(*Channels of Desire*, 1982: 249-51)에서 제시한 세 문장이 떠오르는데, 이 단락들은 현시대의 소비문화 경향을 상징적으로 보여주고 있다고 여겨진다. 즉, '오늘날에는 하나의 유행이란 없고, 단지 여러 종류의 유행들이 있을 뿐이다.' '규칙은 없고 선택만이 있을 뿐이다'. '개개인은 누구라도 될 수 있다.' (83)

포스트모던 시대를 사는 사람들은 그들의 소비취향에 따라 자신의 모든 것을 표현한다고 볼 수 있다. 따라서 '오늘날에는 하나의 유행이 존재하는 것이 아니라 여러 유행이 존재할 수 있고, 이와 더불어 누구라도 어떤 모습으로든 변신할 수 있다'는 이론이 성립하는 것이다.

위에서 언급한 세 가지의 특성은 현대 사회의 소비문화가 갖는 특성을 아주 잘 나타내고 있다고 볼 수 있는데, 이제 세계는 지구촌이라는 말에서처럼 세계가 하나의 소비 대상이 됨으로써, 전 세계인들은 자신들의 취향에 맞추어 전 세계의 생산품들을 동시에 소비하고 있다. 이제 유행에는 어떠한 규칙이나 원칙이 없기에 하나의 유행이란 있을 수 없고, 자신이 선택한 상품에 따른 여러 가지의 개성적 유행이 있을 수 있다. 모던시대의 대량생산과 대량소비라는 생산과 소비풍조에 따라 모든 사람들이 하나인 것처럼 획일화되어 있던 사회는, 개개인이 강조되는 다양하고 고정되지 않는 개성을 갖는 사회로 변화하게 되었다. 이것은 역설적으로 오히려 현시대의 모든 사람들은 자신의 주체성을 버리고 다른 어떤 존재로라도 변신할 수 있는, 또는 고정되지 못한 주체성을 가신 존재처럼 될 수 있음을 의미한다.

소비문화는 이제 단순히 젊은 층이나 특수한 연령층을 겨냥하지도, 또한 특별한 상품의 판매에만 국한시키지도 않는다. 소비문화는 단순히 소비자들의 상품 구입이라는 욕구충족 만이 아니라, 소비자들의 다양한 욕구를 만족시키기 위한 시간적, 혹은 공간적인 변화를 가져왔다. 예를 들면, 백화점이 하나의 휴식공간과 여가 활동을 위한 장소, 그리고 사회생활에서 쌓인 피로를 푸는 공간으로서의 역할까지도 해내고 있는 것과 같은 것이다.

이러한 소비문화 양식은 『화이트 노이즈』에서도 잘 드러나고 있는데, 그 대표적인 예가 바로 이들의 생활에서 없어서는 안될 만큼 자주 등장하는 슈퍼마켓일 것이다.

> 스테피는 나의 손을 잡고, 한쪽 벽을 따라 4-50 야아드 정도 길게 연결되어있는 과일코너를 걸어갔다. 거기에는 여섯 종류의

사과가 있었고, 여러 파스텔조의 외국산 레몬들이 있었다. 모든 것들이 제철인 것처럼 보였고, 물기가 촉촉하고 광택이 나고 색깔이 선명했다. 사람들은 비닐 걸이로부터 얇은 비닐종이를 찢어들고는 어느 쪽이 열려져 있는가를 찾기 위해 애쓰고 있었다. 나는 이곳이 소음으로 가득 차 있음을 깨달았다. 단조로운 시스템들, 잡담소리와 손수레가 미끄러지는 소리, 확성기 소리와 커피머신이 내는 소리, 아이들 울음소리. 그리고, 사람들의 이해의 범위를 넘어서 무리지어 이동하는 어떤 생명체처럼, 무디면서도 그 근원을 알 수 없는 고함소리. (36)

드릴로는 현대 사회의 소비주의를 가장 잘 보여주고 있는 슈퍼마켓을 잭의 시선을 통해 보여주고 있다. 슈퍼마켓은 일용잡화를 판매하는 동네 가게의 형태가 아니다. 그 이름이 갖고 있는 의미처럼 슈퍼마켓은 하나의 거대한 판매조직망을 가지고 있는 현대 사회의 대표적인 사업 중 하나다. 사람들은 이곳에서 세계 각국의 생산품들을 만날 수 있다 (Lyon 66). 잭이 표현한 바와 같이, 여러 종류의 과일들, 즉, 외국에서 건너온 여러 형태와 맛의 과일들을 만나게 된다. 이 모든 것들은 현대 사회의 농업 기술과 화학비료의 발달로 인해 뚜렷한 계절의 제약도 받지 않으며 그 크기나 빛깔에 있어서도 하나같이 최고급품이다.

이제 세계는 수요가 있는 곳이면 세계 어디든지 상품을 배달할 수 있는 교통망을 가지게 되었고 이로써 현시대의 소비문화는 한층 더 가속되고 있다. 우리는 슈퍼마켓에서 열대산 바나나나 지구 반 바퀴나 떨어진 곳에서 생산된 오렌지를 쉽게 살 수 있고, 이러한 상품들에 의아해하지도 않을뿐더러, 신기해하지도 않는다. 어느새 우리는 이러한 모든 현상들에 익숙해진 것이다.

『화이트 노이즈』라는 소설의 제목이 암시하는 바와 같이, 소음은 포스트모던 문화의 한 특징이다. 잭은 슈퍼마켓에 가서 온갖 소음을 접하게 된다(36). 소비를 부추기는 '안내방송 소리, 아이들 울음소리, 짐수레를 끌고 가는 소리, 그리고 근원을 알 수 없는 고함소리들' 등등, 슈퍼마켓 안은 온통 소음으로 가득 차 있다. 드릴로는 이를 통해, 이곳이야말로 바로 현대 사회를 사는 사람들의 살아있는 공간임을 암시해주고 있는 것이다. 친구를 만나고 시끌벅적 하게 자신들의 욕구를 충족시키고, 끊임없이 움직이고, 떠들면서, 이들은 살아있는 자신들의 존재를 바로 이곳에서 느끼고 있는 것이다.

> 나는 무관심하게 제멋대로 쇼핑을 할지도 모른다는 가능성을 갖고 물품을 구입했다. 나는 구입할 생각이 전혀 없었던 상품들을 보고 만지고 살펴보고, 그리고는 그것을 사기위해 서 쇼핑을 하였다…. 나는 나 자신을 가득 채운 채 출구를 잃어버리고 서있는 새로운 모습의 나 자신을 발견하였고, 존재하는지 조차 잊어버렸던 한 인 간을 확인하게 되었다…. 우리는 화장품 코너를 지나서 가구 코너에서 남성복 코너로 가로질러 갔다…. 나는 구입한 상품들에 대해 지불하였다. 내가 돈을 터 쓰면 쓸수록 그 돈은 덜 중요한 것처럼 보였다. 나는 이 모든 지불금액 보다 더 컸다. 그 금액은 빗물처럼 나의 피부에서 흘러내렸다. 사실 이러한 금액은 실존적인 신용이라는 형태로 다시 내게로 돌아왔다…….

위의 인용에서는 캡슐 속에 들어있는 것과 같은 포스트모던 환경이 있다. 모든 것이 이들의 생활에 필요한 것일 수 있고, 모든 것에 라벨이 부착되어 있고, 그리고 모든 것이 가격을 갖고 있다. 포스트모던 사회의 사람들은 이곳 슈퍼마켓에서 만나고 대화를 나누고, 또 계획에 의한 것이든 충동적인 것이든 어떤 상품을 구입하고, 그리고는 헤어진다. 이제 슈퍼마켓은 이들의 삶의 중심을 차지하고 있다고 볼 수 있다.

드릴로가 소설에서 묘사하고 있는 슈퍼마켓은 오늘날의 대형마트나 쇼핑몰의 1980년대식 버전으로 이해되는데, 소설에서 예견했듯이 현대를 사는 우리들에게 이제 마트나 쇼핑몰은 중심을 잃은 포스트모던 사회의 중심이 된 듯하다. 따라서 현대인들에게 있어서 그 중심적인 생활이 슈퍼마켓에서 이루어지듯이, 소비 역시 생활의 핵심이 되고 있음을 알 수 있다.

드릴로는 그의 소설 속에서 현대 사회의 소비 성향을 잘 보여주고 있다. 현대인들은 소비를 함에 있어서 어떤 계획이나 뚜렷한 목적을 가지고 있지 않다. 이러한 소비 형태는 필요에 의해서가 아니라 소비를 위한 충동구매라 불릴 수 있는데, 잭이 보여주는 것처럼 이들은, 단지 하나의 습관처럼 또는 소비 그 자체를 위한 욕구 충족을 위해서, 슈퍼마켓으로 대표되는 쇼핑몰을 찾는다. 쇼핑몰의 이곳저곳을 아무런 목적이나 관심조차 없이 돌아다닌다.

이러한 모습은 현대 사회에서 흔히 볼 수 있는 광경으로, 현대인들이 얼마나 깊이 쇼핑이라는 소비문화에 빠져 있고 삶의 에너지처럼 의존하고 있는가를 보여주는 한 예라 할 수 있다. 결국 이들은 하루라도 쇼핑을 하지 않으면 안 되는 일종의 습관적인 병을 갖게 된 것이다.

이전 시대에서 이러한 소비주의는 마치 여성들의 점유물인 것처럼 여겨졌었다. 그러나 잭과 그의 동료인 뮤레이의 쇼핑 장면을 볼 수 있듯이, 이제 이러한 소비문화는 단순히 여성들에게 국한되는 것이 아니다. 남성들 역시 이러한 소비 공간에서 보고 만지고 구입함으로써, 소비를 하는 행위를 통하여 일종의 쾌락을 느끼게 된다.

잭의 표현처럼, 구입한 물건에 대한 금액이 크면 클수록 자신의 존재는 더욱 크게 느껴지는 것이다. 이러한 현상은 앞에서 언급한 바 있는 페더스톤의 소비주의의 세 가지 특징과도 연관 지어 생각해 볼 수 있다. 현대인들은 자신들의 소비를 통해, 자신의 개성이나 사회적 지위를 나타내 보일 수 있고, 또한 자신이 갖고 있던 욕망이나 꿈을 실현하기도 한다(Ferraro 21). 자신이 지불해야 될 금액이 크면 클수록 자신이 더욱 높게 여겨지는 잭의 경우에서처럼, 현시대의 모든 소비자들은 소비에서 오는 이러한 욕구충족이 주는 만족감을 근본적으로 추구하고 있다고 여겨진다.

뮤레이는 다음과 같이 슈퍼마켓에 대해 말하고 있는데, 그의 견해는 잭의 그것과 거의 다를 바 없고, 실은 잭보다도 이러한 슈퍼마켓을 더 좋아하고 또한 이러한 공간이 있는 도시를 좋아하는 인물이다.

> "포장하지 않은 육류, 신선한 빵," 그는 계속해서 말을 했다. "외국산 과일 들, 덜 익힌 치즈. 20개국 나라에서 생산된 상품들. 이곳은 마치 고대의 어떤 십자로나, 페르시아의 바자나, 티그리스의 번영된 도시와 같아요……." (169)

고대에도 현대 사회의 슈퍼마켓과 같은 공간이 있었다고 볼 수 있는데, 여러 나라의 상품들이 서로 교역을 벌일 수 있었던 십자로나 바자(Bazar)같은 것이었다. 그러나 그 시대의 교역은 현대와는 판이하게 다르다. 옛날에는 우선 지역적인 한계성으로 소비는 아주 좁은 범위로 국한되어 있었다. 생산 또한 현대와는 엄청나게 달라서 제한된 생산은 소비의 한계를 가져왔을 것이다. 따라서 과거에도 언제나 소비라는 인간의 요구와 욕구는 존재했지만, 현재와 같은 대량 생산과 교통 통신의 발달에 따른 공급의 확대가 뒷받침되지 않았기 때문에 그 소비는 아주 제한적일 수밖에 없었다. 그런 면에서 현대 사회는 교통과 통신 등의 발달로 상품의 이동이 광범위하고 신속하게 이루어져서 세계 어느 곳이라도 동시에 유통될 수 있는 체계를 갖추고 있다. 바로 이러한 유통체계의 발달에서 소비자와 만나는 공간이 슈퍼마켓으로 소비의 중심지가 된다.

포스트모던 시대를 사는 사람들이 갖고 있는 소비심리는 단지 이들만이 갖고 있는 특성이 아니라 고대에서도 언제나 존재해 왔었던 하나의 자연스런 심리일 수 있다. 그러나 고대나 이전의 시대와는 다른 소비주의 특징들을 보여 주고 있기 때문에, 포스트모던 시대를 소비주의와 연결지어서 소비사회라 부르는 것이다.

『화이트 노이즈』에서 잭이 아무런 목적이나 필요성도 없이 상품들을 구입하고 거기에서 일종의 만족감을 느끼는 것은, 과거의 필요에 의한 물품교환이나 소비의 형태와는 판이하게 다르다. 물론 소비를 위한 공간 또한 이전과는 다르다. 단순한 상품 구입을 위한 공간의 역할이 아니라, 이제 이곳은 사람들에게 취미 활동이나 문화생활 또는 놀이 활동까지도 모두 만족시켜 주는 공간으로 변모해 있다. 그리고 그들은 미리 계획되어 있지 않았다 하더라도 상품이 주는 매혹에 넘어가게 되어 결국 소비를 하고야 만다. 포스트모던 시대에 사는 현대인들은 이 거대한 쇼핑몰에서 쉽게 빠져 나올 수가 없다.

잭은 뮤레이를 슈퍼마켓에서 우연히 자주 만나는데, 그 이유는 그들이 그만큼 자주 그곳에 가기 때문이다.

우리는 슈퍼마켓에서 우연히 뮤레이 제이 시스킨드를 만났다. 그의 쇼핑 바구니에는 간단한 라벨이 부착된 하얀 포장지 안에

들어 있는 상표명이 없는 일반적인 음식들과 음료들이 담겨져
있었다. 복숭아 통조림이라는 라벨이 붙은 하얀 통조림이 하나
있었고, 슬라이스를 확인할 수 있는 플라스틱 창이 없는 하얀
포장지에 들어 있는 베이컨이 하나 들어 있었다. 볶은 땅콩이
들어 있는 항아리는 균일한 크기가 아닌 땅콩이라는 글이 적혀
있는 하얀 포장지에 싸여 있었다……. "이것은 새로운 형태의
간소함이에요."라고 그는 말했다.

　　"아무런 취향도 갖고 있지 않은 포장. 그런데 그것이 나에게
감명을 주지요. 나는 내가 돈을 절약하는 것뿐만 아니라 일종의
정신적인 교감에 기여하고 있다고 느껴요. 마치 3차 세계 대전
과 같은 것이지요. 모든 것이 하얀색이에요. 그들은 우리의 선명
한 색깔들을 가져다가 전쟁수행에 사용할거에요." (18)

　　뮤레이의 쇼핑바구니는 여러 가지 상품들로 가득 차 있다. 상품들의
공통점이라고 한다면 모든 것에 라벨이 붙어 있다는 점, 그리고 모든
포장지들의 색깔이 흰색이라는 점이다. 그렇다면 여기에서 흰색이 주는
의미는 무엇일까? 그것은 '아무런 취향도 갖고 있지 않은' 포장지를 의
미한다. 사람들은 모두 자신의 욕구나 취향이나 기호에 따라 세계 각국
에서 생산되는 상품들 중의 하나를 선택한다. 그러한 상품들은 모두 나
름대로의 특색이나 어떤 부류의 소비자들에게 알맞은 취향을 갖고 있
다. 그러나 이와는 반대로, 그 모든 상품들을 감싸고 있는 포장지는 일
괄 적인 성향을 띤다. 소비자의 취향이나 기호와는 전혀 상관없이 아무
런 느낌도 주지 않는 하얀색 포장지를 고집하고 거기에 일괄적인 형태
의 라벨을 부착한다. 여기에서의 흰색은 『화이트 노이즈』의 '흰색'(White)
가 상징하듯이, 소비라는 현대인들의 공통점을 하나로 묶어주는 일종의
상징과도 같다고 하겠다.

잭은 이것을 제 3차 세계대전에 비유하고 있다. 제 1차 세계대전과 2차 세계대전이 정치나 이념에 의한 대립에서 발생한 것이라면, 아마도 제 3차 세계 대전은 현대 사회의 최고의 관심사 중의 하나인 상품의 판매, 즉 소비와 관련된 것이 아닐까? 비록 그것이 이전의 세계대전과는 다른 형태를 갖는다 해도, 즉 대량 학살이나 폭격과 같은 실제의 전쟁을 치르지 않는다 해도, 현대 사회의 판매와 소비를 둘러싼 국가나 기업 간의 경쟁을 가리켜 제 3 세계대전이라고 할 수 있는 것이다.

현대 사회에서 가장 중요하게 자리를 잡고 있는 것은 정치적 이념이나 이해관계가 아니다. 이제 세계는 하나의 거대한 소비의 대상일 뿐이고 따라서 국가나 기업은 자신의 경제적 이익을 위해서는 이전에 갖고 있던 이해관계의 대립과 같은 것은 전혀 아랑곳 하지 않는다. 누가 얼마만큼의 상품을 생산하고 판매하여 얼마나 많은 이윤을 남기느냐 하는 것이 현대 사회에서의 최대의 관심사인 것이다. 이것은 과히 세계대전이라고 명명할 만하다. 즉, 세계는 제한되어 있는 소비 대상을 상대로 자신들의 상품을 판매하기 위한 끊임없는 전쟁을 하고 있다.

이처럼 소비문화는 현대 사회의 구조나 그 핵심을 이해하는 데 있어 아주 중요한 문제라 할 수 있다. 페더스톤은 이러한 소비문화가 다음과 같은 두 가지 점에 있어서 초점을 맞추고 있다고 밝히고 있다.

> '소비문화'라는 용어를 사용하는 것은 상품의 세계와 그러한 구조의 원칙이 현대 사회를 이해하는 데 있어 핵심이 된다는 것을 강조하는 것이다. 이 용어는 두 가지 점에 초점을 맞추고 있는데, 첫째로는, 경제에서의 문화적 차원에서, 단지 유용성이 아니라 '전달자'로서의 물질적인 상품의 상징화와 이용에 초점을 맞춘다. 둘째로는, 생활 방식과 문화상품과 일용품의 범위 내에서 영향을 미치고 있는 수요와 공급, 자본 축적, 경쟁, 독점 판매에

대한 시장원리, 문화상품 경제에 초점을 맞춘다. (84)

페더스톤은 소비문화가 첫 번째로 초점을 맞추고 있는 것은 경제에서의 문화적 중요성이다. 이제 소비는 단순한 이용성에 그 핵심을 두지 않는다. 소비는 현대인들에게 어떤 메시지를 전달해 주는 전달자의 역할까지도 하고 있음을 의미한다. 소비문화가 두 번째로 초점을 맞추고 있는 것은 단순한 일용품만이 아니라 문화 상품까지도 포함한 범주 내에서 영향을 미치고 있는 경제 원리다. 소비문화는 자본주의라는 경제 구조와 아주 밀접하게 연결되어 있기 때문에, 자본주의적 경제 원리에 초점을 맞추지 않고서는 계속 유지될 수가 없다.

더불어, 오늘날 다양한 분야에서의 과학기술이 발전되면서 대량생산과 독점판매, 그리고 홍보나 선전을 통한 소비촉진을 통한 과잉 경쟁과 같은 새로운 생산 소비의 특성이 생겨남으로써, 현대 사회에 걸맞은 경제 원리는 더욱 중요한 핵이 되었다.

여기에서 중요한 의미로 와 닿는 것은 소비의 범위 안에 문화적인 상품이 내포된다는 것이라 할 수 있다. 현대 사회의 소비구조에는 단순히 일용품이나 물질적인 상품만을 소비의 대상으로 여기는 것이 아니라, 현대 사람들이 필요로 하는 문화적인 모든 욕구까지도 그 상품의 대상으로 삼고 있다는 것이다. 이것은 현대 사회의 소비사업의 가장 큰 특징 중의 하나로, 이들이 필요로 하는 것은 그것이 정신적인 것이든 물질적인 것이든 모두가 소비산업의 대상이 될 수 있다는 점이다. 이러한 소비문화의 특징에 대해 페더스톤은 다음과 같이 언급하고 있다.

소비사회의 핵심적인 양상 중의 하나는 포괄적으로 일반인들이 소비하고 유지하며 계획하고 꿈꾸어 온 일용품과 제품들, 그리고 경험의 이용도이다. 그러나 이러한 소비는 필요성에 역점을 둔 실용품만을 소비하는 것과는 다르다(아도르노, 1967; 제임슨, 1979; 라이스, 1983). 오히려, 광고와 메스미디어와 상품 전시의 기술을 통한 소비문화는 상품의 이용과 의미에 있어서의 원래의 개념을 혼란스럽게 만들고, 연관된 감정이나 욕구들을 불러일으킬 수 있는 새로운 이미지와 기호에 그것들을 접목시키게 된다……. (114)

현대 사회에서 소비는 점점 그 범위를 확대해 나가고 있다. 소비를 단순히 일용 생활품 정도를 구매하는 행위에 한정시키는 것은 시대에 뒤떨어지는 사고가 되었다. 이제 소비산업은 광고의 발전, 통신의 발전, 그리고 메스미디어의 발전에 힘입어 그 범위와 소비품의 종류를 끊임없이 확장시켜 나가고 있다. 소비의 범위는 일상생활과 관련된 전체로 그 범위를 확장하고 있다. 작금의 시대에서는 무엇이든지 상품이 될 수 있고 소비될 수 있다.

현대 사회를 사는 사람들의 기호와 취향을 포함하여, 생활에 필요한 모든 용품들과 그들의 욕구를 자극할 수 있는 모든 것들을 소비산업의 대상으로 삼음으로써, 현대 사회의 소비산업은 점점 더 그 세력을 넓혀가고 있다. 소비문화의 발전은 이들의 정서적인 문제와도 연관이 있는데, 이전에 누릴 수 있었던 여러 가지 정서적인 욕구 충족 방법들에서 이제 더 이상 아무런 위안을 받지 못함으로써 이들은 자신들의 욕구 불만을 모두 돈을 주고 구입하는 것으로 바꾸고 있다. 윤리 도덕성의 붕괴에 내한 문제를 다루면서 잠시 언급한 바 있는 매춘과 같은 성의 상품화 역시 이러한 현대 사회의 소비문화의 한 특징이라고 볼 수 있을 것이다. 다시 말해서, 현대 사회에서 소비문화는 윤리나 도덕성, 또는 가치관과 같은 것은 전혀 아랑곳하지 않고 모든 것을 소비상품으로 여기고 그것의 판매에 주력하고 있다. 그리고 그것을 소비하는 현대 사회를 사는 우리들 역시 이러한 소비문화에 깊숙하게 빠져있기 때문에 이제 이러한 소비문화가 없어서는 안 될 중요한 것으로 인식하게 되었다 (Lyon 68).

> 몇몇 가옥들은 방치해 둔 듯한 표시가 역력했다. 공원의 벤치들은 수리가 필요했고 붕괴된 거리는 새로 포장할 필요가 있었다. 그러나 슈퍼마켓은 더 나아진 것을 제외하고는 아무런 변화가 없었다. 슈퍼마켓은 잘 갖추어져 있고 음악이 있으며 밝았다. 이것이 우리에게는 가장 중요한 것처럼 여겨졌다. 모든 것이 좋았고, 계속 좋을 것이고, 슈퍼마켓이 잘못되지 않는 한, 그것은 더 나아질 것이다. (170)

슈퍼마켓으로 대표되는 현대 사회의 소비문화의 미래에 대한 드릴로의 견해를 알 수 있는 부분이다. 그는 슈퍼마켓이 계속 발전할 것이라고 보고 있다. 가옥이나 거리는 비록 붕괴되기도 하고 방치되고 있기도 하지만 슈퍼마켓은 이와 다르다. 오히려 더욱 발전하고 있을 뿐이다. '슈퍼마켓이라는 것이 사라지지 않는 한 이것은 계속 발전할 뿐이라는' 말에서 우리는 현대 사회의 소비문화가 보여 줄 미래를 짐작할 수 있다. 소비라는 용어 자체가 사라지지 않는 한 현재 사회가 갖고 있는 이러한 소비문화는 계속해서 발전할 것이라는 것이 미래에 대한 드릴로의 예언이다.

현대 사회의 대표적인 사회 문화적 현상의 하나로 볼 수 있는 현대 사회의 소비문화에 대해 『화이트 노이즈』를 통해 살펴보았다. 현재의 소비사회에 대해 여러 가지 특징들을 들어서 설명할 수 있겠지만, 그 중에서도 드릴로는 현대인들에게서 중요한 자리를 차지하고 있는 20세기의 슈퍼마켓을 통해 이러한 소비사회의 단면을 보여주고 있다.

이제 이들의 생활에서 빠질 수 없는 중요한 자리를 차지하고 있는 이러한 소비를 위한 공간은, 현대인들에게 반드시 필요한 것뿐만 아니라, 단지 소비를 위한 소비, 즉 소비에 대한 욕구 충족이라는 또 다른 소비 형태마저도 만족시켜주고 있다. 이러한 소비문화는 인간의 욕구나 취향, 또는 사회의 전반적인 분위기, 가치관의 변화 등에 맞추어 계속해서 변화하고 있으며, 또한 계속해서 발전하고 있다.


## (4) 전자공학적 생활양식

소비주의 문화와 더불어 현 사회의 전자공학적인 생활양식은 포스트모던 현상을 잘 나타내고 있다. 현대인들의 생활에 있어서 소비가 빼놓을 수 없는 중요한 자리를 차지하고 있듯이, 과학과 기술의 발전에 따른 전자공학적 매체는 현시대를 살고 있는 우리와 떼어놓을 수 없는 존재가 되어버렸다. 집 안을 둘러보면 공간을 가득 메우고 있는 전자 기계들을 발견할 수 있으며, 그 중 하나는 언제나 켜져 있는 상태인 것도 발견하게 된다. 이제 우리는 이것들 중 어느 하나도 버릴 수가 없고 또 이것들에 의존하지 않고는 살 수 없음을 느낀다.

이러한 전자매체의 대표적인 예가 텔레비전과 컴퓨터라 할 수 있는데, 사회생활도 마찬가지겠지만, 특히 가정생활의 대부분은 이들과의 관계로 이루어진다. 현대인들은 마치 이러한 전자기계들을 끌어안고 사는 듯하다. 이러한 전자공학적 생활방식은 『화이트 노이즈』에 아주 잘 나타나 있는데, 소설 전반에 걸쳐 전자매체가 항상 등장하고 있으며, 등장인물들은 언제나 이러한 기계들에 절대적으로 의존하고 있다는 것을 느낄 수 있다.

전자공학적인 생활양식의 특징은 앞에서 언급했던 기술주의의 발전의 결과다. 이러한 전자공학적인 부분은 그 중에서도 기계 기술주의와 관련이 있는데, 기계를 생활에 편리하게 이용하도록 하기 위한 기술의 발전으로 인해 현시대와 같은 전자공학적인 생활양식이 생겨났다고 볼 수 있겠다. 이러한 기계 의존적인 생활은 현대인들에게 편리함을 주는 것은 물론이지만, 지나친 물질주의나 허무주의와 같은 그에 따른 부작용 역시 내포하고 있다.

1999년도에 들어서면서 최근 가장 큰 논란과 관심이 되고 있는 문제 중의 하나로, 밀레니엄 버그(millennium bug) 또는 Y2K라 불리는 문제를 들 수 있는데, 현대 사회의 거의 모든 부분에 있어서 없어서는 안될 중요한 역할을 하고 있는 컴퓨터가 2000년을 맞이하여 각종 오류를 불러일으킬 것이라는 문제이다. 세계는 지금 이 엄청난 문제를 놓고 그 것을 해결하기 위해 엄청난 자금과 인력을 쏟아 붓고 있다. 전기, 통신, 국가의 관리 기능, 인력관리, 회사들의 각종 업무 등 현대 사회의 거의 모든 부분에 있어서 현대인들은 컴퓨터를 사용하고 있으므로 이에 따른 부작용 또한 상상을 초월한다(Smart, *Modern Conditions* 111).43) 이와 마찬가지로, 컴퓨터 보다 더 광범위하게 인류 생활에 침투되어 있는 텔레비전은 정보 교환, 오락 등 문화생활에 필수적인 영향을 미치고 있다. 그러나 텔레비전은 사회에 긍정적인 영향만을 끼친 것이 아니라, 부정적인 면이 사회전반에 퍼지는 데 있어서도 그 통로가 되어 왔다.

이러한 텔레비전이나 컴퓨터는 현대 사회의 기술의 발전이 가져온 최대의 산물이라고도 할 수 있겠으나, 이러한 기술에서의 발전이 텔레비전의 부정적 역할이나 컴퓨터의 밀레니엄 버그와 같은 엄청난 부작용도 낳고 있다.

세계는 현대 사회에 있어서 가장 필요하고 편리함을 주는 전자기계들이 가져온 문제를 해결하기 위해 또다시 고도의 기술을 발휘하고 있다. 기술의 발전으로 이룩된 현대 사회는 그러한 기술이 낳은 전자공학적인 생활양식들에 완전히 둘러싸여 살고 있다. 이러한 전자매체들은 우리 사회 구석구석을 가득 메우고 있으며, 이제 현대인들은 이러한 전자매체들의 도움을 받지 않고는 정상적으로 살아가는 것이 불가능하다고 느끼기도 한다. 그만큼 현대 사회는 거의 모든 것이 이러한 전자공학을 이용한 제품을 위주로 이루어져 있는 것이다. 그리고 우리가 가져온 전자 공학의 발전으로 생활에 있어서의 편리함을 얻는 반면에, 이모든 것에 대한 회의를 느끼기도 하고 또한 그것이 가져오는 부작용으로 더 큰 불편함을 체험하기도 한다.

드릴로 역시 이러한 포스트모던 시대의 한 양상이라 할 수 있는 전자공학 위주의 생활양식에 대해서 그의 소설 속에서 잘 보여주고 있는데, 『화이트 노이즈』에서는 현재 전자문명을 대표하는 텔레비전과 라디오를 들고 있다. 『화이트 노이즈』에서 잭의 가족들은 언제나 텔레비전이나 라디오를 보거나 듣고 있다. 이러한 잭의 가족들의 모습에 대해서, 캔토는 다음과 같은 견해를 보여주고 있다.

> 『화이트 노이즈』에서, 드릴로는 사회가 아주 커다란 문제를 갖고 있는 것으로 보고 있다. 그 문제는 글레드니의 가족에게서 선명하게 드러나는데, 그것은 텔레비전을 시청하는 것을 제외하고는 가족 간에 있어서 공통된 점이 전혀 없다는 것이다……. (Cantor 50)

이러한 현시대 가족의 특성은 앞에서 논의한 바 있는 가족 간의 붕괴와 같은 현시대의 가정에서의 심각한 문제를 야기했는데, 가족 간의 유대가 붕괴된 것은 현시대의 기술문화가 가져온 또 하나의 부작용이라고 할 수 있다.

어린 아이인 와일더는 자신의 의사와는 상관없이 종종 이렇게 텔레비전 앞에 남겨지곤 한다. 다른 가족들은 텔레비전에 대한 자신들의 관심이 사라지면 또다시 각자 자신의 방으로 또는 각자의 생활로 돌아간다. 그러나 와일더만은 다른 가족들의 무관심 속에서 계속 텔레비전 앞에 머물러 있을 수밖에 없다.

> 그러고 나서 드니스는 텔레비전으로 기어가서는 볼륨 다이얼을 돌렸다. 그러나 아무런 반응도 없었다. 아무런 소리도 목소리도 들리지 않았고 아무 것도 나타나지 않았다. 드니스는 혼란스러운지, 나를 돌아다보았다. 하인리히가 앞으로 다가가서, 텔레비전 뒤쪽으로 감추어져 있는 손잡이를 조정하기 위해서 텔레비전 뒤로 손을 넣은 채, 그 다이얼을 만지작거렸다. 그 애가 다른 채널을 틀자, 갑자기 소리가 크게 터져 나왔고 원색의 불분명한 화면이 나왔다……. 그 작은 소년은 그 검은 스크린과 몇 인치의 간격을 두고는 낮은 억양으로 분명치 않게 울면서 텔레비전 앞에 남아 있었다……. (105)

이 장면은 현재 우리사회에 있어서 아주 흔한 장면 중의 하나라고 여겨진다. 현대 사회에 들어와서 우리나라에서도 '애기를 돌봐주는 비디오테이프'와 같은 것이 인기를 끌고 있는데, 현대 사회의 아이들은 부모나 가족들과 애기를 나누거나 그들의 돌봄을 받는 시간 보다는 텔레비전과 같은 전자매체에 의해 돌봐지는 시간이 더욱 많다는 것을 알 수 있다.

현재를 살아가는 우리는 어느 사이엔가 이러한 전자매체물이 주는 편안함에 길들여져 그에 동반되는 부작용에는 차츰 무신경해지고 있다. 이것은 잭이나 바베뜨가 텔레비전 앞에서 거의 하루를 보내는 와일더에 대해서 아무런 문제점도 인식하지 않고, 오히려 그러한 텔레비전의 편리함에 더욱 의존하게 되는 것에서 잘 드러난다.

텔레비전에 의해 아이들이 방치되는 것과 같은 문제가 바로 텔레비전이 가져오는 부정적인 영향의 한 예가 될 수 있을 것이다. 그리고 이러한 부작용은 점점 더 심각해져서 세계는 그 부작용에 더욱 깊이 빠져들게 될 것이라는 것이 드릴로의 메시지다.

이로써 우리는 두 가지의 세계에 살고 있는 결과가 생겨난다.

> "당신의 얘기는, 텔레비전이 주는 재앙에 우리가 빠져드는 것이 다소 전 세계적인 현상이라는 뜻이군요."
> "대부분의 사람들에게 있어서, 세계에는 단지 두 가지의 공간이 있을 뿐이라는 것입니다. 그들이 살고 있는 그 공간과 그들의 텔레비전 말입니다." (66)

실제로 우리는 이제 우리가 살고 있는 세계와 텔레비전을 통해 보게 되는 세계에서 살고 있다. 그리고 우리는 차츰 어느 것이 현실이고 또 어느 것이 더 중요한 세계인지에 대한 판단력마저도 잊어버리고 있다. 그리고 이러한 전자매체들은 우리의 판단력을 좌우하는 데 있어 가장 중요한 영향력을 발휘하는 존재가 되어 버렸다(Smart, *Modern Conditions* 113). 이제 우리는 잠시라도 텔레비전을 켜지 않으면 불안함을 느끼게 되고, 텔레비전 역시 우리가 원하든 않든 간에 우리에게 그들의 생각과 그들의 세계를 보여주고 있으며, 우리는 어느새 그러한 최면에 이끌려 그것이 주는 다양한 정보와 소식, 그리고 즐거움에 빠져들고 만다.

> "우리가 텔레비전을 어떻게 보고 들을 지를 잊어버렸을 때만 그것은 문제가 되지요,"라고 뮤레이가 말했다…….
> "텔레비전은 수취인의 명시도 없이 배달되는 제3의 우편물과도 같은 것이지요. 그러나 나는 그러한 것을 받아들일 수 없다고 학생들에게 말합니다. 나는 메모까지 하면서 주의 깊게 청취하면서 이른 시간까지 텔레비전을 보면서 두 달 이상을 이 방에 앉아 있었다고 그들에게 말했지요……."
> "그래서 당신이 내린 결론이 뭡니까?" . . .
> "전파와 방사능," 그가 말했다.
> "나는 이러한 메스미디어가 미국의 가정에 있어서 최고의 영향력을 갖는다는 것을 알게 되었습니다……. 우리가 꿈결처럼 무의식의 방식으로 알게 되는 그 어떤 것처럼, 그것은 우리의 거실 바로 거기에서 태어난 하나의 신화와 같은 것이지요……."
> (50-51)

뮤레이의 말처럼, 실제로 미국 가정에서 최고의 영향력을 행사하고 있는 것은 텔레비전을 비롯한 메스미디어다. 그리고 이것은 단지 미국의 가정에만 국한되는 명제도 아닐 것이다. 이제 전 세계는 이러한 전자매체가 주는 강한 영향력을 무시할 수 없게 되었다(Frow 185). 텔레비전을 가리켜 뮤레이가 '정크메일'이라고 일컫는 것도 절대 과장된 표현이거나 잘못된 표현은 아닐 것이다. 텔레비전과 같은 메스미디어는 이미 우리사회에 너무 깊이 자리를 잡고 있고, 게다가 현대 사회를 사는 사람들 역시 메스미디어 없이는 하루도 살아갈 수 없기 때문에, 이제 메스미디어는 우리가 수용하든지 않든지 간에 우리의 의사와는 상관없이 우리에게 전달되고 있다. 그리고 대부분의 현대인들은 어떤 윤리적 판단에 앞서 이러한 메스미디어의 보급을 기꺼이 받아들이고 있다.

메스미디어를 비롯한 현시대의 전자공학적 기술이 가져온 다양한 전자 산물들이 현대인들에게 엄청난 편리함을 가져다주었고, 또한 엄청난 양의 정보를 가져다 준 것은 사실이다. 『화이트 노이즈』에서는 이러한 대표적인 기계로서 텔레비전을 들고 있지만, 최근에 들어와서는 이러한 현대 사회에서 가장 중요한 전자공학적 산물로서 컴퓨터를 들 수 있다. 컴퓨터는 텔레비전보다도 더 많은 지식과 정보를 주지만 화면을 통해 전달된다는 등 유사점이 많다.

이처럼 현대 사회는 기술의 발전의 결과로서 편리하면서도 많은 지식과 정보를 제공해주는 전자매체들에 둘러싸여 살고 있다. 과거 에는 단순히 라디오와 같은 것이 주종을 이루었으나, 이제는 텔레비전과 같은 것이 주종을 이루고 있으며, 기술에서의 지속적인 발달이 컴퓨터를 선두로 한 첨단과학 전자물품들을 발달시키고 있으며 그 진화속도도 점점 더 빨라지고 있다.

기술주의의 발달과 이에 따른 전자공학에서의 발전으로 현대 사회를 사는 사람들은 이러한 전자 물품들이 주는 편리함과 그 기능성에 차츰 빠져들게 되어, 이제는 일상생활의 거의 모든 것조차 이러한 기계들에 맡기는가 하면, 판단력마저도 여기에 의존하게 되었다.

> "오늘 밤에 비가 올 거래요."
> "지금 비가 오고 있어,"라고 나는 말했다.
> "라디오에서는 오늘밤에 비가 온다고 했어요." . . .

"유리창 밖을 한번 보렴,"라고 내가 말했다. "비가 내리고 있니, 아니니?"

"나는 단지 라디오에서 들은 것을 아빠에게 얘기할 뿐이에요."

(22)


잭과 그의 열네 살짜리 아들인 하인리히와의 대화 장면이다. 잭의 질문에 대한 하인리히의 대답을 통해 이 아이가 갖고 있는 메스미디어와 같은 전자매체에 대한 강한 믿음을 느낄 수 있다. 눈에 보이는 것, 또는 귀에 들리는 것, 즉 우리가 직접 확인할 수 있는 것조차도 더 이상의 확신을 줄 수 없다. 인간 자신의 판단에 대한 강한 불신과 의혹은 오히려 전자매체에 대한 강한 믿음으로 바뀌어 가고 있다고 할 수 있겠다(Frow 183).


"라디오에서 얘기한다 해서 우리의 판단력이 주는 확신을 져버려야 하는 것은 아니야."

"우리의 판단력이라고요? 라디오가 틀리는 것보다 우리의 판단력이 틀릴 경우가 훨씬 더 많아요. 이것은 연구 실험에서도 증명된 거예요……. 우리의 사고 밖에는 아무런 현재도 과거도 미래도 없어요. 소위 운동 법칙이라고 하는 것은 하나의 커다란 사기극에 불과하죠. 주변의 소리조차도 우리의 사고를 혼동시킬 수 있어요. 소리를 들을 수 없다 해서 거기에 아무것도 없다고 단정 지을 수는 없죠. 개들은 그 소리를 들을 수도 있어요. 그리고 다른 동물들도 들을 수도 있고요. 그리고 거기에는 개들도 들을 수 없는 어떤 소리가 있을 수도 있다고 나는 확신해요. 공기 중에, 즉 음파 속에 그러한 소리가 존재하는 거죠. 아마도 그러한 소리들은 결코 멈추지 않을 거에요. 높이 높이 더 높이. 어딘 가로부터 계속해서 흘러나올 거예요." (22-23)

이런 전자공학적 기계의 영향을 덜 받고 자란 세대인 잭에 비해서, 어릴 때부터 이러한 매체의 영향을 더 많이 받아온 하인리히는 이에 대해 잭보다도 훨씬 더 강한 믿음을 갖고 있다. 따라서 그는 잭이 말하는 인간 스스로의 판단력을 비웃고 있다. 인간의 판단력에는 실수가 있을 수 있고 오차가 생길 수도 있지만, 기계에서 나오는 판단에는 객관적인 실험이 뒷받침되어 보다 정확할 수 있다는 것이 그의 주장이다. '라디오가 틀리는 것보다 우리의 판단력이 틀릴 경우가 더 많다'라는 하인리히의 말을 통해 우리 자신의 판단에 대하 신뢰마저도 잃어버리고 마는 현대인들의 모습을 보는 것과 동시에, 차츰 그 자리를 우리의 기술주의가 만들어낸 전자 매체에 빼앗기고 있음을 인식할 수 있다.

> "물은 반드시 끓여서 마셔야 해요," 라고 스테피가 말했다.
> "왜 그렇지?"
> "라디오에서 그렇게 말했어요."
> "라디오에서는 항상 물을 끓여 마셔야 한다고 하지,"라고 바베뜨가 말했다. (34)

이처럼 전자매체가 주는 정보에 대한 강한 믿음이 성인들보다 어린이의 경우에서 더 강하다는 것을 알 수 있다. 하인리히의 경우와 마찬가지로 스테피 역시 라디오에서 주는 정보에 아주 민감하며 그러한 정보들에 강한 신뢰를 보이고 있다. 이것은 성인이 되어서 이러한 전자매체의 영향을 받기 시작한 전 세대의 경우보다도, 아주 어렸을 때부터 이러한 전자매체가 주는 정보에 귀를 기울여 왔던 젊은 세대의 경우에 있어서, 그 믿음과 의존 정도가 훨씬 강하다는 사실을 입증한다.

앞에서도 보았듯이, 바베뜨의 막내아들인 와일드의 경우, 거의 텔레비전 앞에서 방치된 채로 성장하고 있다. 이 어린 아이에게는 자신의 부모나 형제들과 함께 하는 시간보다 텔레비전이나 라디오에서 흘러나오는 소리를 들으면서 보내는 시간이 훨씬 더 많다. 이로 인해 그는 자연스레 이러한 전자 매체들이 주는 정보나 그 즐거움에 빠져들게 되고, 나중에는 자신의 판단력마저도 이러한 전자매체에 완전히 의존하게 되어 차츰 이러한 전자공학 위주의 생활 속으로 깊이 빠져들게 될 가능성이 높다.

> "미끈미끈하다고? 그것들은 미끈거리지 않아."
> "끈적임에 있어서 가장 유명한 것은 하나의 전설이에요," 라고 하인리히가 말했다.
> "그는 2인치나 되는 독이빨을 가진 가분의 독사와 함께 우리 속으로 기어들어 갔어요. 아마도 열두 마리의 맘바와 함께 말이에요. 맘바는 세상에서 땅위를 가장 빠르게 움직이는 뱀으로 알려져 있어요. 끈적임이라는 이야기 핵심에서 좀 벗어났나요?"
> "그것이 바로 나의 논쟁거리이기도 해. 독을 가진 이빨. 뱀에게 물리는 것 말이지. 연간 5만 명의 사람들이 뱀에게 물려 죽어가고 있어. 어젯밤 텔레비전에서 그렇게 말했어."
> "모든 것이 어젯밤 텔레비전에서 방송된 것이지," 라고 오레스트가 말했다. 나는 그 대답을 존경했다 나는 그 역시 존경했던 것 같다. (267-8)

이로써 드릴로는 현대 사회에서 메스미디어가 얼마나 중요한 자리를 차지하고 있는지를 여실하게 보여주고 있다. 독사에 대한 토론을 나누던 그들에게 있어서 결론은 '텔레비전에서 그렇게 말했다'이다. 잭은 이 말에 대해 일종의 존경심마저도 표현하고 있다. 이제는 더 이상 이러한 논의에 있어서 의문을 제기할 것이 없어진다. 왜냐하면 그것은 모두 텔레비전에서 나온 내용들이기 때문이다. 이제 텔레비전은 인간의 지식과 마음에 확고한 신념을 주고 있어서 마치 신과 같이 군림하고 있는 듯이 보인다(Frow 182).

이러한 전자매체가 현대인들에게 주는 정보는 이 시대를 사는 우리에게는 절대적인 존재가 되고 있다. 우리는 어느 순간 우리가 만들어낸 이러한 기술들에 의해 세뇌당하고 있으며, 또한 그것들에 모든 것을 의존하고 있다. 이제 우리는 이러한 전자매체가 주는 편리함과 그들이 주는 수많은 정보들, 그리고 즐거움에 완전히 매료되어, 더 이상 이러한 전자공학적인 환경이 없이는 살아갈 수 없게 되었다. 그러나 이러한 전자공학 위주의 생활양식이 현대인들에게 단순히 편리함과 즐거움, 그리고 안전성만을 가져다주는 것은 아니다. 즉, 이러한 편리함 뒤에는 그것이 안겨다 주는 재앙이라고도 할 수 있는 부작용들이 숨어있다.

> "진짜 문제가 되고 있는 것은 매일 우리를 둘러싸고 있는 전자파라고 할 수 있지요⋯⋯. 이제 이것은 하나의 큰 근심거리가 되었어요."라고 그는 말했다.
> "유출이나 낙진, 누출과 같은 것은 잊어버리고도 곧 당신을 망가뜨릴 그것들이 바로 당신의 집 안에 있습니다. 바로 전자파 말이지요. 엄청난 볼트의 전력선에 가까이 사는 사람들 사이에서 발생하는 자살률이 가장 높다고 내가 말한다면 이 방에 있는 누가 그 말을 믿겠습니까? 무엇이 그 사람들을 슬프고 우울하게 만들었겠습니까? 보기에 흉한 전깃줄과 전봇대를 봐야했기 때문일까요? 아니면 지속적인 전자파에 노출되었기 때문에 그들의 뇌세포에 어떤 변화가 생긴 것일까요?" (174-175)

현대인들은 전자물품들이 가득 찬 공간에서 살고 있다. 주변을 둘러보면 온통 전기나 자력을 뿜어내는 물건들뿐이다. 그리고 우리는 이러한 물질들이 가져다주는 편리함에 온전히 매료되어 있다. 그러나 하인리히의 견해와 같이, 우리는 이것들이 주고 있는 위험성은 무시하고 있다.

최근에 들어와서야 이러한 전자물질들에서 뿜어져 나오는 전자파의 위험성에 대한 얘기가 종종 거론되고 있다. 이로 인해 이러한 전자파를 막는 여러 가지 방법들이 연구되기도 하고 또 실제로 생활에서 사용되기도 한다. 이것은 현시대의 기술이 가져온 부작용 중의 하나라 할 수 있는 전자파의 악영향에 대해서 현대인들이 그 위험성을 인식하기 시작했음을 의미한다.

과거의 원자폭탄의 낙진이나 가스누출, 또는 원자파의 유출과 같은 고도의 위험성을 가진 문제가 아니더라도, 이제 우리는 집 안팎을 가득 메우고 있는 각양각색의 전자물질들에 의해서 그것들로부터 흘러나오는 전파 속에 장시간 노출되어 있는 것이다. 원자력의 유출이나 가스누출과 같은 것은 심각하게 생각하면서도, 우리는 거의 평생에 걸쳐 노출되고 있는 이러한 우리 주변의 전자물질들에는 별로 예민하지 않다. 그러는 사이에 이러한 기계는 우리를 서서히 망가뜨리고 있는지도 모르겠다.

> "두통과 피로와 같은 증상은 아무것도 아니에요,"라고 음식을 씹으면서 그가 말했다.
> "신경장애와 신경이상, 그리고 가정에서의 폭력적인 행동들을 어떻게 생각하세요? 이에 대한 과학적인 연구 결과들이 있지요. 모든 기형아들이 어떻게 생겨났다고 생각하세요? 라디오와 텔레비전, 바로 그 것들로 인해 생겨난 거에요." (175)

하인리히는 현대 사회에 이르러 부쩍 늘어나게 된 기형아 발생률이나 신경장애와 같은 문제들이 전자파로 인한 것이라고 단정 짓고 있다.

물론 이것은 다소 무리한 결론이라고 볼 수 있다. 하지만, 현대 사회에 들어오면서 더욱 증가하게 된 신경질환이나 기형아의 발생과 같은 문제와 기술의 발전에 따른 전자 물질의 범람을 단순한 우연이라고 말할 수만은 없다. 이에 대한 연구는 지금도 계속 진행 중인 상태로서, 전자물질들이 내놓는 전자파가 인체에 전혀 무해 하지만은 않다는 것이 일반적인 연구 결과이다.

현시대를 살고 있는 사람들의 생활에 있어서 아주 많은 부분을 차지하고 있고 또한 그만큼 현대인들에게 편리함을 주고 있는 전자물질들이 그러한 긍정적인 면뿐만 아니라 부정적인 면도 갖고 있음을 차츰 인지해야 한다고 피력하면서, 나아가서 드릴로는 이러한 전자파와 같은 문제를 넘어서 더 큰 문제를 다루고 있는데, 이러한 전자공학적인 물질을 잘못 사용함으로써 공기 자체가 독성으로 오염되는 것과 같은 일을 만들 수 있다는 것이다.

"어떻게 생겼니?"
그는 나에게 쌍안경을 건네주고는 옆으로 비켜섰다. 선반 쪽으로 올라가지 않는 이상, 나는 문제의 그 철도 조차장과 문제가 된 차와 차들을 볼 수가 없었다. 그러나 그 연기는 또렷하게 보였는데, 그것은 특정한 모양 없이 강을 넘어서 공중으로 피어오르는 두터운 검은 연기 덩어리였다.
"엔진이 불타는 게 보이니?"
"그게 저곳을 다 덮고 있어요," 라고 그가 말했다.
"그러나 그것들이 그렇게 가깝게 다가오는 것처럼 보이지는 않아요. 대단한 독성을 가졌거나 아니면 폭발성이 있거나, 아니면 양쪽 모두인지도 모르겠어요." (110)

이것은 독성가스가 차츰 공기를 오염시킴으로써 오는 죽음에 대한 공포와 이에 대한 대피소동을 내용으로 하고 있다. 이러한 대기오염은 자동차나 가스, 기름을 함유한 어떤 물체나 건물의 폭파와 같은 것에서 생겨날 수 있는데, 현대 사회를 사는 우리들은 이와 같은 위험성을 곳곳에 둔 채로 살고 있다. 도로를 가득 메운 자동차는 물론이고, 온 도시를 가득 차지하고 있는 듯한 기름과 가스를 가득 담은 주유소들, 그리고 도시가스를 저장하고 있는 커다란 건물들, 또는 원자력 발전소들, 이러한 모든 것들은 우리 주위에서 흔히 볼 수 있는 것들로서 알게 모르게 우리의 삶을 위협하고 있다.

소설 속의 사건은 주변에 흔하게 존재하는 이러한 위험 요소들 중의 하나가 폭발함으로써 그 주위의 공기가 독성으로 오염된 것을 다루고 있다. 이 사건으로 이 소설의 주인공인 잭은 죽음에 대한 강한 공포심을 느낀다.

이러한 공포는 앞에서 보았던 전자파가 주는 막연한 피해와는 또 다르다. 그보다는 훨씬 더 강하고 절박하며 눈앞에서 확인되는 어떤 것이라는 점을 잭의 태도에서 알 수 있다. 드릴로는 이러한 잭의 태도를 통해서 현대사회에서 지대한 공헌을 하고 있는 이러한 전자공학적인 산물들이 이와는 반대로 우리 현대인들의 삶을 위협하는 존재로 바뀔 수도 있다는 것을 여실히 보여주고 있다.

"그게 무슨 종류의 화학물질이라고 얘기하니?"
"나이오딘 디라이티브, 또는 나이오딘 디라고 부르는 거래요. 학교에서 독성 폐기물에 대한 영화에서 보았어요. 쥐를 비디오로 녹화한 것이었어요."
"어떤 일이 생겼니?"
"그 영화를 통해 그것이 인간에게는 어떤 영향을 미치는 지에 대해서는 확실히 알 수가 없었어요. 그러나 쥐들에게는 아주 위독한 종기들이 생겨났어요."

"그게 바로 그 영화가 보여주려는 것이야. 라디오에서는 뭐라고 하던?"

"처음에는 피부병이 생기고 손바닥에 땀이 난다고 말하더니, 지금은 오심, 구토, 호흡곤란과 같은 증상이 나타난다고 말하고 있어요." (111)

대기오염이 인간들에게 직접적으로 어떤 악영향을 미칠 수 있는가를 구체적인 예시처럼 들린다. 이것은 쥐의 실험이 아니라 바로 인간에게 미치는 영향인 것이다. 처음에는 매스컴에서 이러한 대기오염의 문제를 그리 크게 생각지 않은 듯하다. 아니면 그러한 심각성을 다소 감추려 했는지도 모르겠다. 그러나 나중에는 이 문제가 초래할 심각성을 차츰 제대로 받아들이고 사실대로 보도하고 있는 것을 볼 수 있다. 따라서 텔레비전의 발표가 그대로 현실이 되어감에 따라, 텔레비전에 모든 정보를 의존하고 있던 사람들은 점차 공포심을 느낀다. 오염된 공기가 다가옴에 따라 오락과 볼거리의 원천이기도 한 텔레비전이 종종 이러한 죽음을 전달해 주는 매체가 된다.

대부분의 현대인들은 현대 사회에서 아주 커다란 편리함을 가져다주는 없어서는 안 될 전자공학적인 산물들이 다른 한편으로는 인간에게 이처럼 커다란 위협을 가져온다는 것을 심각하게 고민해 보지 않았다. 그러나 이러한 전자공학의 두 얼굴은 현실이었고 그로 인한 사건들의 발생빈도가 증가하면서 현대인들은 점차 정자공학적 기술들이 야기할 수 있는 위험과 그 결과 야기될 죽음의 공포를 현실로 인식하게 된 것이다. 이제 우리는 주변의 곳곳에 죽음에 대한 공포를 간직한 채 살고 있다(Bauman, *Life* 106).

소설에서 바베뜨는 이러한 불안을 해소하기 위해서 딜러라는 약물에 의존한다. 그러나 이것이 근본적으로 인간을 죽음으로부터 해방시켜 줄 수 있는 것도 아니고 또한 그러한 불안을 해소시켜 주지도 못한다. 결국 죽음에 대한 공포를 달래기 위해 복용하게 된 이 약물 역시 현시대의 기술이 낳은 또 다른 부작용이 된다.

현대 사회는 기술주의의 끊임없는 발전에 힘입어 편리한 전자 공학적 물품들에 둘러싸여 그들의 도움을 받으면서 살고 있다. 그러나 이것이 단순히 우리 인간들의 삶에 도움을 주는 것만은 아님을 살펴보았다. 이러한 전자공학적인 생활은 아주 이중적인 얼굴을 하고 있는데, 바로 이러한 것들이 갖고 있는 위험 요소인 것이다. 이 모든 것은 인간을 위해 인간에 의해 만들어졌지만, 반대로 바로 그 인간의 생활을 위협하는 존재이기도 한 것이다.

현대인들은 이미 전자공학적 생활양식에 길들여져 있기 때문에 이들이 주는 위험 요소로 인해 이 모든 것을 다시 포기하고 원시시대로 돌아갈 수는 없다. 문명이 가져다주는 편리함이 너무 거대한 까닭에, 그것이 가져다주는 부정적인 영향을 알면서도 도저히 이것을 포기할 수 없도록 만들고 있기도 하다. 그러나 단순히 이 모든 위험요소를 알면서도 방관할 수만은 없는 것 또한 사실이다. 따라서 우리의 모든 생활과 가치관과 판단력마저도 이러한 전자공학적 산물들에 완전히 의존하거나 떠맡기지 말고, 인간만이 지킬 수 있는 고유한 면들을 유지해 나가면서, 그리고 그 위험성에 대해 충분히 고미하고 해결책을 강구하면서, 이러한 전자공학이 가져다주는 편리함도 함께 누려나가야 하는 것이 현대인들이 풀어가야 할 과제일 것이다. 드릴로는 전자공학 위주의 생활이 주는 피해를 보여줌으로써, 무의식적으로 받아 들였던 일상생활 속에서의 문명의 이기의 편리함이 현대인들을 위험과 공포, 그리고 죽음에 이르게 할 수 있다는 경각심을 고취시키고자 한다.


## 4. 나오면서

제2차 세계대전이 끝난 이후 세계는 급격한 변화를 겪어왔다. 국가 간의 이해관계에서 가장 중요하게 작용을 해 왔던 이념이라는 것이 차츰 그 의미를 잃게 되었고, 그 대신 자국의 이익 우선이라는 자본주의적인 성향이 국가 간의 이해관계에서 가장 중요한 가치 중 하나로 등장하게 되었다. 이제 냉전체제라는 말은 과거의 세계사 속에서나 찾아 볼 수 있는 구식이 되어 버렸다.

이러한 전 세계적인 이해관계의 변화와 더불어 현대 사회는 이전에는 상상조차 못했던 여러 가지 변화들을 겪고 있다. 이전에는 확실성을 부여받았던 것들도 이제는 의문의 대상이 되었고, 이로써 가정이나 사회에서 확고한 위치를 잡고 있던 많은 것들의 위치와 의미가 흔들리게 되었다. 즉, 가정에서의 부모와 자식의 역할이나 권위가 사라지고, 사회에서도 상 하 계급의 분명한 경계가 무너지는 등, 현대 사회는 이전에 분명하게 존재했던 모든 경계가 흔들리거나 사라지는 커다란 변화를 겪게 되었다.

현대 사회에 들어오면서 급속도로 발전하게 된 기술주의의 발전에 힘입어 사회변화는 가속도를 낼 수 있었는데, 이러한 기술의 발전이 현대의 후기자본주의라는 더욱 극단화된 경제 논리 하에 산업형태 역시 큰 변화를 겪게 되었다. 이제 현대인들은 이러한 기술이 가져다 준 엄청난 정보와 생활의 편리함, 그리고 그러한 기술문명이 가져다주는 즐거움을 만끽하면서, 이전과는 또 다른 삶을 살아가고 있다. 기술의 발달은 또한 현대인들을 하나의 소비영역으로 끌어들이는 데 성공함으로써, 우리는 소비문화라는 또 하나의 새로운 즐거움을 갖게 되었고 이것은 현대 사회의 특징이 되고 있다.

그러나 이러한 모든 변화들이 현대인들의 삶을 풍요롭고 편리하게만 만들어주는 것은 아니다. 이전에는 확고하게 제자리를 잡고 있던 모든 것들에 의문을 제기 함으로써, 사회 질서가 흔들리게 되었고, 이와 관련해서 개인주의가 더욱 기세를 떨치게 되었다. 이제 사회에서는 물론이고 가정에서조차도 모두가 각자의 생활만을 살아가고 있으며 그들을 연결해 줄 중심이 없다는 불안감을 느끼게 된다. 아이러니하게도 현시대의 가정과 사회에서 유일한 공통점이라면 모두가 대형 유통 마켓에서 쇼핑을 한다는 것과 텔레비전이나 컴퓨터를 즐긴다는 점이다.

사회적인 변화와 더불어, 이전의 사회에서 하나의 윤리적인 기둥과도 같았던 종교의 역할마저도 현대 사회에서는 그 자리를 잃어가고 있다는 것 역시 포스트모더니즘 시대에서의 중요한 변화라 할 것이다. 미국이라는 국가가 성립할 수 있도록 하는 데 있어서 큰 역할을 했던 청교도 정신은 이미 미국 사회에서 사라져가고 있으며, 서구 여러 나라들에서도 수천 년간 이어져 왔던 종교의 자리가 더 이상 아무런 힘도 없이 현대인들로부터 외면당한 채 쓸쓸히 맥을 이어가고 있을 뿐이다.

종교에서의 이러한 회의는 현대인들의 윤리 도덕적인 면과 상당한 연관성을 갖고 있는데, 왜냐하면 오랫동안 인류는 대부분 이러한 종교에 의지하여 윤리나 도덕성을 지켜오고 있었기 때문이다. 그러므로 이러한 종교에서의 회의나 붕괴는 단순히 종교 그 자체 의 붕괴만을 의미하는 것이 아니라, 나아가 현대인들의 도덕성과 윤리관 전체가 흔들리게 하는데 일조를 한 것으로 해석된다. 포스트모던 시대를 사는 우리에게 선악과 같은 기준은 이제 모호한 어떤 가치가 되어 버렸고, 또한 이러한 이분법적 기준을 갖는다는 것 자체가 어색한 것이 되어 버렸다.

본 연구는 포스트모더니즘으로 불리어지는 현대 사회의 특징을 통해 포스트모던 양상을 다룬 돈 드릴로의 『화이트 노이즈』를 살펴보았다. 드릴로는 이 소설을 통해서 포스트모더니즘이라는 현대 사회의 변화된 모습에 대해서 그리 긍정적인 견해를 보이고 있지는 않다. 그는 앞에서 살펴보았던 포스트모던 사회의 특성들과 이와 관련된 여러 문제점들에 대해서 냉철하게 인식함으로써 그 문제점들을 독자들에게 제기하고 있다. 드릴로는 잭 글레드니라는 이 소설의 화자이자 주인공인 한 인물과 그의 가정과 그가 살고 있는 사회의 모습을 통해서, 이전과는 명백히 달라진 현시대의 생활들과 또 그 속에서 살고 있는 인물들의 생각과 가치관들을 보여주고 있다.

이 소설에서는 현시대의 공학적 기술이 가져온 전자매체들이 항상 등장하고 있는데, 『화이트 노이즈』에서의 대표적인 예가 텔레비전과 라디오다. 『화이트 노이즈』라는 이 소설의 제목에서도 알 수 있듯이, 드릴로는 현대 사회의 두드러진 특징으로 현대인들이 이러한 전자공학 상품들의 사용을 위주로 생활을 하고 있다는 점을 보여주고 있다. 이 소설에서 잭의 가족은 언제나 텔레비전 앞에 앉아 있거나 아니면 라디오에 귀를 기울이고 있다. 이것이 그들이 가정에서 할 수 있는 유일한 즐거움이자 의무인 것처럼 보인다. 이제 현시대를 사는 사람들은 텔레비전 화면에 아무것도 나타나지 않는 상태인, '화이트 노이즈'의 상태가 될 때까지 그 앞에 앉아 있다. 또는 아무도 없는 방에 텔레비전만이 켜진 상태로 남겨져 있다. 화면의 이미지가 사라진 텔레비전의 '화이트 노이즈'는 현대인들의 공허함을 상징한다 하겠다.

앞서 살펴보았듯이, 전자공학의 발전이 현대인들에게 만족과 즐거움만을 가져다주지는 않는다. 드릴로는 이러한 전자공학 위주의 삶이 현대인들을 더욱 소외시키고, 동시에 이러한 전자매체가 이들에게 편리함과 즐거움을 주는 대신에 또한 질병이나 죽음을 더욱 가깝게 인식하도록 만든다는 것을 보여준다. '대기 오염 사건' 이후에 잭이 느끼게 되는 죽음에 대한 공포나, 바베뜨의 삶 속에 언제나 자리 잡고 있는 죽음에 대한 불안감이 바로 이러한 예라고 할 수 있다.

주인공들은 죽음에 대한 불안을 해소하기 위해서 또다시 전자공학적인 기술주의에 의존하게 되는데, 그것이 바로 딜러라는 이름의 일종의 항불안제다. 현대를 사는 사람들은 현대의 전자공학 위주의 생활이 가져다주는 이러한 공포나 불안을 잊기 위해 또다시 전자공학적인 기술의 산물에 의존하지만, 드릴로는 그것이 정답이 될 수 없음을 암시하고 있다. 딜러는 바베뜨의 죽음에 대한 불안을 해소하는 데 있어서 아무런 효과도 주지 못하고, 오히려 잭으로 하여금 살인 동기만을 제공할 뿐이기 때문이다. 따라서 딜라라는 이름의 이 약도 텔레비전과 마찬가지로 선과 악의 양면성을 내포하고 있을 뿐이다.

잭은 결국 그의 살해 대상자인 윌리 밍크를 죽이지 않고 오히려 마지막에 가서는 그를 살려줌으로써 현대인들에게 한 가닥 희망을 남겨주고 있다. 결국 인간은 그 깊숙한 내면에 아직 기계나 물질문명에 의해 사로잡히지 않은 순수한 인간적인 면, 그리고 그러한 기계에 의존하지 않은 순수한 인간적인 판단력을 가지고 있음을 암시한다. 이것은 잭이 자선병원에서 만난 수녀와의 대화에서 '당신들 중에는 당신처럼 믿음을 가장하는 게 아니라 진정으로 믿고 있는 사람들이 분명히 있을 겁니다. 나는 그걸 알아요.'(320)라고 말하는 장면에서 명확히 드러난다.

현대에 이르러 이전의 시대에서 축이 되고 기준이 되었던 많은 진리, 원칙, 규범들이 흔들리고 있다. 어쩌면 이 모든 변화의 핵심은 이 소설의 제목에서와 같이 기계문명 또는 물질문명 중심의 사회로의 변화인지도 모른다. 그러나 차츰 잃어가고 있는 가족 간의 유대감이나 도덕성, 인간적인 가치관과 같은 것은 이러한 물질문명만으로는 채워질 수 없는 것들인데, 불행하게도 현재를 살고 있는 우리들은 그것을 차츰 망각하고 있다.

이상에서 살펴본 것처럼, 드릴로는 『화이트 노이즈』라는 이 소설을 통해 현대 사회의 모순된 모습들을 보다 냉철하게 이해하고, 그것이 가져다주는 문제점들을 심각하게 고민해볼 것을 우리에게 종용하고 있다. 이에 대해 그는 이 모든 시대적 변화와 문제점들 속에서도 현명하게 대처해 나갈 수 있기 위해서는 선한 인간성의 회복과 기계가 할 수 없는 인간적인 어떤 것을 망각하지 않으려는 노력을 그 대안으로 내 놓고 있는 듯하다.

# 참고문헌

강병남. 『복잡계 네트워크 과학』. 서울: 집문당, 2010.

김성동. 「떼이야르 드 샤르댕에서의 인간의 문제」. 『철학탐구』 29 (2011): 31-61.

김욱동. 『포스트모더니즘과 포스트구조주의』. 서울: 현암사, 1991.

피들러, 레슬리. 「경계를 넘어서고 간극을 메우며」, 『포스트모더니즘론』, 신문수 역. 서울: 문화과학사, 1989.

박선정. 『포스트모던 사회와 네트워크의 세계: 현대 사회를 향한 돈 데릴로의 시선』. 파주, 한국학술정보, 2009.

샤르댕, 피에르 떼이야르. 『물질의 심장』. 이병호 옮김. 왜관: 분도출판사, 2006.

_____. 『인간현상』. 양명수 옮김. 서울: 한길사, 1997.

_____. 『자연 안에서 인간의 위치』. 이병호 옮김. 왜관: 분도출판사, 2006.

서영철. "Don DeLillo's *White Noise* and the Postmodern *Fin de Siecle*: Fear of Death", 『영미문학』, 1996, 가을. 제35집, 15-37.

_____. "Periodization of Postmodernism", 『경성대학교 논문집』 17.3 (1996): 75-94.

서영철. "Post-Postmodern Theories: A New Modernity." 『새한영어영문학』 53.3 (2011): 169-90.

윤영수, 채승병. 『복잡계 개론』. 서울: 심성경제연구소, 2005.

정정호, 강내희. 『포스트모더니즘론』. 서울: 문화과학사, 1989.

정하웅, 김동섭, 이해웅. 『구글 신은 모든 것을 알고 있다: DNA에서 양자 컴퓨터까지 미래 정보학의 최전선』. 서울: 사이언스북스, 2013.

정혜욱. 「9-11테러와 외상적 사건: 드릴로의 『떨어지는 남자』」. 『비평과 이론』 3.2 (2008): 211-35.

진은영. 『니체, 영원회귀와 차이의 철학』. 서울: 그린비, 2007.

제임슨, 프레드릭, 「포스트모더니즘-후기 자본주의 문화논리」, 『포스트모더니즘론』, 강내희 역. 서울: 문화과학사, 1989.

"Autism." Wikipedia. 2012. Web. 25 Feb. 2012.

Aronowitz, Stanley. "Reflections on Identity." *The Identity in Question*. Ed. John Rajchrnan. NY and London: Routledge (1995): 111-146.

Barthes, Roland. *The Death of the Author. Image-Music-Text*. London: Harper Collins, 1977.

Bauman, Zygmunt. *Postmodernity and its Discontents*. Washington Square: New York UP, 1997.

──. *Postmodern Ethics*. Oxford: Blackwell, 1993.

──. *Life in Fragments: Essays in Postmodern Morality*. Oxford: Blackwell, 1995.

Bawer, Bruce. "Don DeLillo's America." *The New Criterion 4*. 34-42. 7 Jan. 2005. <https://www.newcriterion.com/issues/1985/4/don-delilloas-america>

Benamou, Michel and Charles Caramella, Eds. *Performance in Postmodern Culture*. Milwaukee: University of Wisconsin, 1977.

Bertens, Hans. *The Idea of the Postmodern*. London and New York

Routledge, 1995.

Bloom, Allan. *The Closing of the American Mind*. New York Simon & Schuster, 1987.

Buchanan, Mark. *Nexus: Small Worlds and The Groundbreaking Theory of Networks*. New York: Norton, 2002.

Cantor, Paul A. "Adolf, We Hardly Knew You", *New Essays on White Noise*. Ed. Frank Lentricchia, Cambridge UP, 1991, 39-62.

Castells, Manuel. *The Power of Identity*. 2nd Ed, Blackwell Publishing, 2004.

Chardin, Pierre Teilhard de. *The Future of Man*. Trans. Norman Denny. London: Collins, 1964.

Childers, Joseph and Hentzi Gary, Eds. *The Columbia Dictionary of Modern Literary and Cultural Criticism*. New York Columbia UP, 1995.

Cilliers, Paul. *Complexity and Postmodernism: Understanding Complex Systems*. London: Routledge, 1998.

Connor, Steven. *Postmodernist Culture: An Introduction to Theories of the Contemporary*. Oxford: Blackwell, 1989.

DeCurtis, Anthony. "An Outsider in this Society", *An Interview with Don DeLillo*. Ed. Frank Lentricchia, Durham: Duke UP, 1994.

DeLillo, Don. *White Noise*. New York: Penguin, 1985.

_____. *Libra*. New York: Penguin, 1988.

_____. *Underworld*. New York: Scribner, 1997.

_____. *Cosmopolis*. New York: Scribner, 2003.

_____. *Falling Man*. New York: Scribner, 2007.

_____. *Point Omega.* New York: Scribner, 2010.

_____. "In the Ruins of the Future: Reflections on Terror and Loss in the Shadow of September." *Harper's Magazine.* December 2001: 33-40

Dunn, Robert G. *Identity Crises: A Social Critique cf Postmodemity.* Minneapolis: U of Minnesota P, 1998.

Eagleton, Terry. *After Theory.* New York: Basic, 2003.

Eshelman, Raoul. "Performatism, or the End of Postmodernism." *Anthropoetics* 6.2 (Fall 2000/Winter 2001): n. pag. Web. 23 July 2010.

Faulkner, Joanne. "The Innocence of Victimhood Versus the 'Innocence of Becoming': Nitzsche, 9/11, and *Falling Man.*" *Journal of Nietzsche Studies* 35-36 (2008): 67-85.

Featherstone, Mike. *Consumer Culture and Postmodernism.* London: Sage, 1991.

Fekete, John. *Life after Postmodernism: Essays on Value and Culture.* London: MacMillan, 1988.

Ferraro, Thomas J. "Whole Families Shopping at Night!" , *New Essays on White Noise.* Ed. Frank Lentricchia, Cambridge: Cambridge UP. (1991): 15-38.

Fiedler, Leslie. "Cross the Border—Close the Gap", *Postmodernism: An International Anthology.* Seoul: Hanshin, 1991.

Francese, Joseph. *Narrating Postmodern Time and Space.* State U of New York P, 1997.

Frow, John. "The Last Things Before the Last: Notes on *White Noise.*" *Introducing Don Delillo.* Ed. Frank Lentricchia. Durham: Duke

UP, 2001. 175-92.

Gass, Joanne.. "In the Nick of Time: DeLillo's Nick Shay, Fitzgerald's Nick Carraway, and the Myth of the American Adam." *Underwords: Perspectives of Don DeLillo's Underworld.* Ed. Joseph Dewey. U of Delaware P. (2002): 103-113.

Gauntlett, David. *Media, Gender and Identity: An Introduction.* London: Routledge, 2002.

Gleason, Paul. *Don DeLillo, T. S. Eliot, and the Redemption of America's Atomic Waste Land. Underworld..* Ed. Joseph Dewey. U of Delaware P, 16 (2002): 130-143.

Gleick, James. *Chaos: Making a New Science.* 2nd ed. New York: Penguin 2008.

Gottdiener, M. *Postmodern Semiotics: Material Culture and the forms of Postmodern Life.* Oxford, U.K.: Backwell, 1995.

Guerin, Wilfred L. *A Handbook of Critical Approaches to Literature.* Oxford: Oxford UP, 1992.

Hassan, Ihab. *The Postmodern Turn: Essays in Postmodern Theory and Culture.* Ohio State UP, 1987.

Howard, Gerald. The American Strangeness: An Interview with Don DeLillo. *Hungry Mind Review.* 43 (1997): 13⁻16. Reprinted in *Conversations with Don DeLillo,* ed. Thomas DePietro, 119⁻30. Jackson: U of Mississippi P, 2005.

Hutcheon, Linda. *The Politics of Postmodernism.* London: Routledge, 1989.

Jameson, Fredric. "Postmodernism and Consumer Society", *Postmodernism and its Discontents.* Ed. E. Ann Kaplan. London:

Verso, 1988.

Jameson, Fredric. *Postmodernism or The Cultural Logic of Late Capitalism.* Durham: Duke UP, 1993.

Jencks, Charles. *Late-Modern Architecture.* New York: Rizzoli, 1980.

_____. *What is Post-modernism?* London, New York: St. Matin's, 1989.

Kaplan, Ann. Ed. "Postmodernism and Consumer Society", *Postmodernism and its Discontents.* London: Verso, 1988.

Kauffman, Linda S. " The Wake of Terror: Don DeLillo's 'In the Ruins of the Future,' 'Baader-Meinhof,' and *Falling Man.*" *Modern Fiction Studies* 54:2 (2008): 353-77.

Kavadlo, Jesse. *Balance and Belief in Don DeLillo's recent fiction.* NY: Fordham UP, 2001.

Kavaldo, Jess. *Recycling Authority: Don DeLillo's Waste Management. Don DeLillo: Balance at the Edge of Belief* NY: Peter Lang. (2004): 129-147.

Kerridge, Richard, and Neil Sanunells. *Writing the Environment-Ecocriticism & Literature.* London: Zed Books, 2008.

Kirby, Alan. "The Death of Postmodernism and Beyond." *Philosophy Now* Nov.-Dec. 2006: n. pag. Web. 15 Dec. 2010.

_____. *Digimodernism: How New Thechnologies Dismantle the Postmodern and Reconfigure Our Culture.* New York: Contiuum, 2009.

_____. "Time for a New'ism'?" *New Stateman* 19 Mar. (2007): 48.

Laist, Randy. "The Concept of Disappearance in Don DeLillo's

Cosmopolis." *Critique* 51.3 (2010): 157-75.

Lasch, Christopher. Haven in a Heartless World: The Family Besieged. New York: Basic, 1977.

_____. *The Culture of Narcissism: American Life in an Age of Diminishing Expectations.* New York: Norton, 1979.

Lentricchia, Frank. "Tales of the Electronic Tribe," *New Essays on White Noise.* Cambridge: Cambridge UP. (1991): 87-113.

_____. Ed. *Introducing Don DeLillo.* Durham: Duke UP, 1991.

Lentricchia. Frank. *Introducing Don Delillo.* Ed. Durham: Duke UP. (2001): 175-92.

Lipovestsky, Gilles. *Hypermodern Times.* Cambridge: Polity, 2005.

Lyon, David. *Postmodernity.* Mineapolis: U of Minnesota P, 1994.

Lyotard, Jean-Francois. The Postmodern Condition: A report on Knowledge. Minneapolis: UP of Minnesota, 1984.

Mandel, Ernest. *Late Capitalism.* London: Verso, 1978.

Marchand, Philip. "When Garbage and Paranoia Rule: DeLillo's 11th Novel Encapsulates our Entire Cold War History to Sublime Effect", *The Toronto Star.* Saturday Second Edition. Oct. 4, (1997): M17.

Marx, Leo. "The Idea of Technology and Postmodern Pessimism", *Technology, Pessimism, and Postmodernism.* Boston: UP of Massachusetts, 1994.

McCaffery, Larry. *Postmodern Fiction: A Bio-Bibliographical Guide.* Greenwood P, 1986.

Milgram, Stanley. "The Small World Problem." *Psychology Today* 1.1

(1967): 61-67.

Mitchell, Melanie. *Complexity: A Guided Tour*. New York: Oxford UP, 2009.

Moses, Michael Valdez. "Lust Removed from Nature", *New Essays on White Noise*, Ed. Frank Lentricchia, Cambridge: Cambridge UP. (1991): 87-113.

Nash, Cristopher. *World Postmodern Fiction*. London: Longman, 1987.

Natoli, Joseph and Linda Hutcheon. *A Postmodern Reader*. Albany: State UP of New York, 1993.

Nel, Philip. "A Small Incisive Shock: Modem Forms, Postmodern Politics, and the Role of the Avant-Garde in *Underworld*." *Modem Fiction Studies* 43, 3 (1999): 724-752.

Nietzsche, Friedrich Wilhelm. *Thus Spoke Zarathustra*. 1909. New York: Oxford UP, 2009.

Orwell, George. *1984*. New York: Harcourt, 1949.

Pearson, Keith Ansell. *How to Read Nietzsche*. New York; Norton, 2005.

Samuels, Robert. *New Media, Cultural Studies, and Critical Theory after Postmodernism: Automodernity from Zizek to Laclau*. New York: Palgrave, 2009.

Schwartz, Joseph. "Three Aspects of Hawthorne's Puritanism", *Twentieth Century Interpretations of The Scarlet Letter*. Englewood Cliffs: Prentice Hall, 1968.

Simon, Herbert. *Models of My Life*. New York: Basic Books, 1991.

Sinclair, John. *Collins Cobuild English Dictionary for Advanced Learners*, Harper Collins, 2001.

Slethaug, Gordon E. *Beautiful Chaos: Chaos Theory and Metachaotics in Recent American Fiction*. New York: State U of New York P, 2000.

Smart, Barry. *Postmodernity*. London: Routledge, 1993.

_____. *Modern Conditions, Postmodern Controversies*. London: Routledge, 1992.

Spielmacher, Mark Stephen. *Technologized Subjects in the Novels of Thomas Pynchon and Don Delillo*. Canada: Waterloo UP, 2008.

Street, John. *Politics and Technology*. New York: Guilford, 1992.

Taylor, Victor E., and Charles E. Winquist, eds. *Encyclopedia of Postmodernism*. New York: Routledge, 2001.

Turner, Bryan S. *Theories of Modernity and Postmodernity*. London: Sage, 1993.

White, Daniel. R. *Postmodern Ecology: Communimtion, Evolution, and Play*. Albany: State UP of New York P, 2005.

Wiegand, David. "We Are What We Waste; Don DeLillo's Masterpiece Fits a Half-Centrny of Experience Inside a Baseball". *Sqfrancisco Chronicle* 12 Jan. (2005). <http://sfgate.com/cgi-bin/article.cgi?file=/chronicle/archive/1997/09/21/>

Wilcox, Leonard. "Baudrillard, DeLillo's *White Noise*, and the End of Heroic Narrative." *Bloom's Modem Critical Interpretations-Don DeLillo's White Noise*. Ed. Harold Bloom. Philadelphia: Chelsea. (2003): 97-115.

Wilcox, Leonard. "Don DeLillo's *Underworld* and the Return of the Real" . *Contemporary Literature* 43, 1 (2002): 120-137.

Williams, Richard.(2005) "Everything Under the Bomb." *The Guardian* Sat.12 Jan. 1998. <http://books.guardian.do.uk/reviews/generalfiction/0,612196807,00.html>

ⓒ Point Omega by Eugene Soloviev

# 찾아보기